W0221163

Doris Gercke schreibt seit über drei Dekaden Kriminalliteratur, und ich bewundere sie als unkorrumpierbare Chronistin der sogenannten Normalität in unserem Land. Mit grenzenloser Belesenheit und weitem Horizont pflegt sie eine frugale, fein justierte Ästhetik des schlichten Erzählens: Lakonisch, voll scheinbarer Ruhe und manchmal mit leisem Galgenhumor skizziert sie Szenarien, die Widerhaken im Kopf hinterlassen. Direkt und fast kühl zeigt sie Menschen, die ihre Geschichte nicht aus freien Stücken, aber unzweifelhaft selber machen.

In der ersten Kurzgeschichte, die ich von ihr las, begegne ich an einem Frühlingsmorgen einem Richter, folge ihm durch seinen auf den Säulen von Routine und Respekt errichteten Alltag. Ich sehe, wie der Blick eines an Macht gewöhnten Mannes die Welt kategorisiert. Spüre das Verbrecherische an dieser Ordnung. All das ist so unaufgeregt erzählt, dass mein Geist diese Schlüsse selber ziehen muss – oder darf.

Doris Gercke entführt mit ihren Kriminalstorys in die Wirklichkeit von Ermittlern, Opfern und Tätern, Randständigen und Outlaws aller Couleur. Nüchtern erfasst sie die Sicherheit der Sieger und die Verwundbarkeit von Menschen, die Unauffälligkeit brauchen wie die Luft zum Atmen und deren Moral nicht die der Aufgehobenen ist. Jede dieser Erzählungen ist wie ein Film, das Ende meist noir. Es sind Facetten eines Gegenwartspanoramas ohne Optimismus, aber wahr und voller Leben, und damit klare Absagen an die Illusion, wir hätten die Lage im Griff. Das ist für mich die hohe Genre-Kunst, die ich hier zu meiner Freude in unterschiedlichsten Storys verwirklicht finde. *Else Laudan*

Doris Gercke, geboren 1937 in Greifswald, lebte schon mehrere Leben (Arbeitertochter, Sekretärin, Hausfrau, junge Mutter, Begabtenabiturientin, Jurastudentin), ehe sie sich in den 1980ern der politischen Kriminalliteratur zuwandte. Als Schöpferin einer weit über Deutschland hinaus berühmten unangepassten und handgreiflichen Ermittlerin schrieb sie Literaturgeschichte, sägte mit ihren düsteren, kritischen Romanen an der Erzählhoheit im Genre. »Für mich ist Krimi eine Kunstform. Kunst hat etwas mit Abbildung von Wirklichkeit und Wahrhaftigkeit zu tun. Je wahrhaftiger ein Krimi ist, desto besser finde ich ihn.« Sie ist vielfältig politisch engagiert und lebt in und bei Hamburg.

Doris Gercke

FRISCHES BLUT

Deutsche Geschichten

Ariadne 1235
Argument Verlag

Hafenrand

Sie wurde wach, weil sie fror. Auch war da ein Geräusch, das sie nicht gleich einordnen konnte. In der letzten Zeit begannen die Tage mit einer gewissen Orientierungslosigkeit. Das beschäftigte sie eine Weile, nachdem sie zu sich gekommen war. Das Geräusch wurde durch Wassertropfen hervorgerufen, die auf dem Sattel eines Fahrrades landeten. Das Dach war nicht dicht. Es hatte viele Wochen nicht geregnet, aber nun war Herbst, und der Regen gehörte dazu wie die Kälte, durch die sie wach geworden war.

Sie bewegte den Kopf und sah sich um, aber die Sekunden, in denen sie nicht wusste, wo sie sich befand, waren vorüber. Sie setzte sich auf, lehnte den Rücken an die Wand und stöhnte. Die kalte Mauer in ihrem Rücken würde ihr das letzte bisschen Wärme entziehen, aber sie konnte sich nicht entschließen, aufzustehen. Sie würde hier wegmüssen, noch nicht heute oder morgen, aber doch so bald wie möglich.

Der Raum, in dem sie in den letzten Wochen geschlafen hatte, gehörte zu einer Hinterhofwerkstatt. Als sie das kleine grau verputzte Gebäude zum ersten Mal gesehen hatte, war sie erstaunt gewesen. Es sah heruntergekommen aus, so als habe man nur vergessen, es abzureißen. Der Hinterhof war eng. Die Leute, die in den anliegenden Mietshäusern wohnten, waren beinahe so arm dran wie sie selbst. Es gab sogar Tage, an denen sie sich ihnen überlegen fühlte. Dann schien es, als hätte sie den besseren Teil gewählt. In ihrem Leben gab es keinen Kerl, der beim Vögeln grunzte wie ein Schwein. Sie hatte es nicht nötig, einem von diesen dickbäuchigen Unterhemdenträgern nachmittags Spiegeleier mit Speck zu braten, wenn er nach Frühstück brüllte. Sie musste keine Kisten mit Flaschen nach oben schleppen, nur um ein festes Dach über dem Kopf zu haben.

Ein festes Dach über dem Kopf – die Frau sah sich um. Der Sattel des Fahrrades glänzte vor Nässe. Um das Rad herum hatte sich eine Pfütze gebildet, die bald an ihren Schlafsack heranreichen würde. Das eiserne Waschbecken an der gegenüberliegenden Wand war den Sommer über ihr ganzer Stolz gewesen. Wegen dieses Waschbeckens hatte sie es nicht mehr nötig gehabt, ungewaschen unter die Leute zu gehen. Gewaschen – das Wort hatte sie von den anderen getrennt und ihr in den Sommermonaten ein angenehmes Leben verschafft.

»Du kannst es mir machen«, hatte er gesagt, »aber nicht, wenn du ungewaschen aufs Schiff kommst.«

Sie hatte empört getan, aber gleichzeitig gedacht, dass der Mann recht gehabt hätte, wenn er ihr im Frühjahr oder im Winter oder im letzten Sommer begegnet wäre. Die verlassene Werkstatt und das eiserne Waschbecken darin waren Geld wert gewesen. Jetzt war der Herbst da. Sie würde morgens aufwachen und im Wasser liegen. Wenn Frost kam, würde sie sich die Zehen abfrieren. Vermutlich würde die Wasserleitung kaputtgehen. Sowieso ein Wunder, dass sie bisher heil geblieben war.

Die Frau kroch aus dem Schlafsack. Sie war noch nicht alt, zwischen vierzig und fünfzig, schwer zu schätzen. Sie hatte dünne Arme. Die Hände, die den Schlafsack und die darunter liegende Matte zusammenrollten, waren klein und schmal. Es war nicht viel Kraft darin, jedenfalls nicht, wenn man sie nach ihrem Aussehen beurteilte.

Bevor die Frau zum Waschbecken hinüberging, nahm sie eine der herumstehenden leeren Kisten auf und verstaute das Bündel aus Schlafsack und Matte sorgfältig darunter. Auch die angebrochene Dose Bier, die neben ihrem Kopf auf dem Boden gestanden hatte, verschwand unter der Kiste.

Die Sachen räumte sie jeden Morgen weg. Wenn wirklich einmal jemand die verlassene Werkstatt betreten hätte – von ihr wäre keine Spur sichtbar gewesen. Aber es war niemand gekommen. Das Kaugummi, das sie von außen zwischen Tür und Pfosten geklemmt hatte, war jedes Mal noch da gewesen. Auf den Trick mit dem Kaugummi war sie besonders stolz. Es hatte schon Leute gegeben, Frauen natürlich, die von jemand überrascht wurden, der stärker war als sie.

Die Frau betrachtete ihr Gesicht in dem Stück Spiegel, das an einem Haken über dem Waschbecken hing. Die Scherbe war nicht größer als ihre Hand und an einer Seite mit einem hellblauen Stück Kunststoff eingefasst.

»Nicht schön, aber selten«, sagte sie halblaut.

Sie drehte den Wasserhahn ein wenig auf, bildete mit beiden Händen eine Schale, die sie volllaufen ließ, und tauchte ihr Gesicht in das kalte Wasser. Das Handtuch, mit dem sie sich am Abend zuvor abgetrocknet hatte, lag neben dem Waschbecken, über die Griffe einer Schubkarre gebreitet. Der Karre fehlte das Rad. Zum ersten Mal, seit sie hier schlief, war das Handtuch feucht. Nachdem sie sich die Zähne geputzt hatte, wickelte sie Zahnbürste und Zahnpasta ins Handtuch und versteckte alles in einem altmodischen Nachttisch. Der Griff an der Tür war abgebrochen, aber die Tür ließ sich mühelos öffnen, wenn man einen langen Nagel oder ein Stück festen Drahts in das leere Schlüsselloch steckte.

Als sie auf die Straße trat, hatte der Regen aufgehört. Es war auch nicht wirklich kalt, aber ihr war klar, dass sie sich etwas einfallen lassen musste, wenn sie den Winter heil überstehen wollte.

Sie verharrte einen Augenblick und sah sich um. Rechts von ihr, am unteren Ende der Straße, waren die Hochbahnbrücke und dahinter die Masten und Schornsteine der Cap San Diego zu erkennen. Die weißen Masten gegen den blauen Himmel waren jeden Morgen ein schöner Anblick gewesen. Jetzt war der Himmel grau, und auch die Masten schienen grau zu sein. Sie leuchteten nicht mehr.

Die Frau setzte sich in Bewegung. Obwohl es nicht kalt war, taten ihr die Knochen weh. Vielleicht war es die Feuchtigkeit, die ihre Gelenke schmerzen ließ. Ein LKW versperrte ihr den Blick auf die Cafés der Portugiesen am anderen Ende der Straße. Als sie an den Männern vorüberging, die den LKW entluden, gab einer von ihnen schnalzende Laute von sich. Aus einem Bäckerladen zur Rechten duftete es nach frischen Brötchen. Sie hatte Hunger. Vor den portugiesischen Cafés standen trotz des schlechten Wetters Tische und Stühle auf der Straße, aber niemand saß dort. Die dunkelgrünen Möbel glänzten vor Nässe. Sie ging an den Cafés vorüber und betrat das letzte, ihr Stammcafé.

Drinnen war es voll. Es gab immer eine Menge Leute, die hier regelmäßig ihr erstes oder zweites Frühstück einnahmen, Zeitung lasen, redeten. Als noch die Sonne geschienen hatte, waren manchmal auch gut angezogene Angestellte aus dem nahegelegenen Pressehaus darunter gewesen. Die Frau sah sich um. Es roch nach Kaffee und nach nassen Kleidern. Die Eleganten hatten es vorgezogen, in ihrer Kantine zu bleiben. Ihr Blick fiel auf eine Frau ganz hinten, kaum wahrzunehmen hinter der Menge der Stehenden und Sitzenden. Und plötzlich, so plötzlich, dass ihr Herz einen kleinen Hüpfer tat und ihr warm wurde, ohne dass die warme Luft im Café daran einen Anteil gehabt hätte, wusste sie, was sie tun würde.

Sie kannte die Frau vom Sehen. Manchmal hatte sie in den letzten Wochen morgens neben ihr in der Sonne gesessen und in Gedanken versucht herauszufinden, was die wohl tat. Aus dem Pressehaus kam sie nicht, obwohl ihre Klamotten dorthin gepasst hätten. Aber sie hatte immer Zeit gehabt, während die Angestellten ihren Kaffee schnell tranken, ihre Gesichter schnell in die Sonne hielten, ja sogar schnell redeten, so als müssten sie in ihren kurzen Pausen möglichst viel von ihrem privaten Leben unterbringen, das sie gleich darauf im Büro wieder zu vergessen hatten. Manchmal hatte die Frau jemanden getroffen und sich lange mit ihm unterhalten. Meistens aber saß sie allein, vertiefte sich in die Zeitung, die sie immer mitbrachte, obwohl es im Café Zeitungen gab, und ging dann irgendwann mit einem lockeren, leicht schlenkernden Gang wieder weg.

Und wenn es der nun nur im Sommer gefiele, ihre Zeitung im Café zu lesen? Wenn der die verrauchte Luft hier drinnen nun nicht zusagte? Wenn die heute zum letzten Mal in dieser Saison hier war?

»Quatsch«, sagte sie halblaut und begann sich langsam in die Richtung zu drängen, in der die andere saß.

Sie hatte gleich zweimal Glück. Zuerst wurde ein Platz in der Nähe der Frau frei, und dann stand die auch noch auf, um auf die Toilette zu gehen, und ließ ihre Zeitung auf dem Tisch liegen. Sauber und deutlich gestempelt war auf der Vorderseite ihre Postanschrift zu lesen; ganz in der Nähe und leicht zu merken.

Aufstehen oder Sitzenbleiben war jetzt die Frage. Ihr Ziel hatte sie erreicht. Aber weshalb sollte sie gehen. Wenn ihr Plan gut war, würde sie sehr bald sehr weit weg sein. Sie blieb sitzen, bestellte einen Milchkaffee und betrachtete ruhig und gleichmütig, so wie sie es im Sommer jeden Morgen getan hatte, die Gäste. Irgendwann stand die andere auf, murmelte einen Gruß, ohne jemanden wirklich anzusehen, und verließ das Café. Sie war ungefähr eine Stunde lang da gewesen, so lange wie sonst auch. Die Zeit würde reichen.

»Eine Nacht noch«, sagte die Frau zu sich, und den Tag davor würde sie versuchen so angenehm wie möglich zu verbringen.

Solange das Wetter schön gewesen war, hatte sie tagsüber an der Elbe im Sand gelegen, am Hafenrand auf einer der steinernen Bänke gesessen, die Touristen, noch lieber die Möwen beobachtet oder in einem der Bücher gelesen, die sie ohne hinzusehen aus der Grabbelkiste des Antiquars am Michel mitgenommen hatte. Die Abende waren manchmal sehr lang gewesen. Sie hatte versucht, ihren Alkoholkonsum einigermaßen zu kontrollieren, weil sie wusste, dass sie dazu neigte, Gesellschaft zu suchen, wenn sie betrunken war. Die Gesellschaft, die für sie in Frage kam, war wenig rücksichtsvoll gegen Frauen. Bis ein blaues Auge wieder verschwunden war, verging in ihrem Alter eine lange Zeit. Sie lief nicht gern als Gebrandmarkte herum. Am besten war noch immer der Abend an Bord des Schleppers gewesen. Es war heute nicht der verabredete Tag, aber sie sollte trotzdem versuchen, sich zu verabschieden.

Sie saß noch immer im Café, als sich auf den leeren Platz neben sie ein Mann setzte, der sie schon eine Zeitlang beobachtet hatte. Er trug einen fleckigen Overall und hielt eine Bierflasche in der Hand.

»Wir renovieren den Spielsalon gegenüber«, sagte er halblaut, »die Kollegen sind unterwegs, den Schutt abfahren. Wir könnten nach drüben gehen.«

Der Mann sah beim Sprechen vor sich hin. Seine Stimme war nicht besonders laut, aber sie verstand ihn trotz des Lärms. »Du kannst mich mal«, sagte sie und stand auf. Sie sprach leise, und ebenso leise sagte der Mann »Miststück«, während sie sich an ihm und an ein paar anderen vorbei zum Tresen drängte. Sie zahlte ihren Kaffee und ging hinaus.

Der Himmel war ein wenig heller geworden. Es regnete nicht mehr, aber die Tische und Stühle vor den portugiesischen Cafés standen noch immer aufeinandergestapelt und nass an den Wänden und vor den Schaufenstern. Sie hatte schon seit einiger Zeit keine Armbanduhr mehr, deshalb ging sie auf die gegenüberliegende Straßenseite, um von dort einen Blick auf die Uhr im Turm des Michel zu werfen. Es war halb elf. Wenn der Schlepperführer keinen Auftrag bekommen hatte, würde er jetzt schlechte Laune haben und sich langweilen. Es war nicht ihr verabredeter Tag, und auch die Uhrzeit war eher ungewöhnlich. Aber im Grunde war er immer anständig gewesen. Es wäre ihr schäbig vorgekommen, ohne Abschied zu verschwinden.

Weshalb bist du eigentlich so sicher, dass dein Plan funktioniert? Vor ihr, in Richtung Hafentor, ging ein Mann, der eine Plastiktüte trug. Seine Füße waren nackt. Sie steckten in dünnen Plastiklatschen. Die Fußsohlen sahen aus, als seien sie angefault. Während sie den Mann überholte, hielt sie die Luft an. Davon wurde ihr ein wenig schwindlig, und sie dachte, es wäre besser, sie hätte etwas im Magen. Es muss einfach funktionieren, dachte sie, und dabei hörte sie hinter sich die Plastiklatschen auf den nassen Boden klatschen.

Der Schlepper lag tatsächlich am Hafentor. Während sie die eiserne Treppe an der Quaimauer hinunterging, riss der Himmel auf. Sie hielt sich am Geländer fest und blieb einen Augenblick stehen. Die schwarzen Leiber, die grün gestrichenen Decks und die braunen und weißen Aufbauten der Schlepper glänzten in der Sonne. Aber das Wasser im Hafenbecken war schwarz, und der schmale Ponton zu ihren Füßen bewegte sich heftiger als an schönen Sommertagen. Schon als sie ihren Weg die Treppe hinunter fortsetzte, hatte sich der Riss im Himmel wieder geschlossen. Sie schwankte beim Gehen auf dem schlingernden Ponton und hielt sich am Geländer des Brückenstegs fest, der zwei Pontons miteinander verband. Wenn das Schiff hier lag, musste der Mann an Bord sein. Irgendwann würde er auftauchen, sie hatte Zeit.

Auf dem Schlepper zeigte sich niemand, aber dann hörte sie einen Hammer auf Eisen schlagen und gleich darauf Schritte, und dann steckte der Mann den Kopf aus der Kajütentür und sah zu ihr herüber.

Sie wusste, dass der Mann auf dem Schlepper vierzig Jahre alt war, aber sie fand, dass er älter aussah. Er war mindestens eins neunzig groß und hatte einen gewaltigen Brustkorb und muskulöse Arme. Seine Haare waren schwarz und kraus, auch auf den Schultern und auf der Brust. Er war nicht unfreundlich und nicht freundlich und sehr viel weniger brutal, als sie es bei anderen Männern erlebt hatte. Sie nahm an, dass er an seine Frau dachte, wenn er mit ihr schlief, und dass sich deshalb seine Gewalttätigkeit in Grenzen hielt. An der Backbordseite neben dem Steuer klebten die Fotos seiner Kinder; zwei Jungen, die ihm überhaupt nicht ähnlich sahen.

»Willst du da Wurzeln schlagen«, sagte der Mann.

Sein Kopf verschwand in der Kajütentür. Sie stieg vorsichtig auf den schmalen Pontonstreifen zwischen Brücke und Schiff. Es war nicht einfach, an Bord zu klettern. Ponton und Schlepper bewegten sich heftig gegeneinander.

Sie musste einen günstigen Augenblick abpassen. Beim Hinüberspringen kam sie ungeschickt auf und stieß mit dem rechten Knöchel so gegen die Ankerwinde, dass sie vor Schmerzen in die Knie ging. Das eiserne Deck war nass. Sie fühlte die unregelmäßige, vielfach überpinselte Oberfläche in ihren Händen, als sie sich abstützte. Einen Augenblick blieb sie auf allen vieren hocken, abwartend, dass der Schmerz nachlasse, bevor sie aufstand. Auch die Tür der Kajüte war aus Eisen, aber sie war gut geschmiert und ließ sich leicht öffnen. Der Schlepper war nicht mehr neu. Als er neu gewesen war, war er mit tausend PS einer der stärksten gewesen. Die neuen Schlepper hatten jetzt drei- oder viertausend PS. Von denen hatte der Mann manchmal gesprochen und dabei gleichzeitig Bewunderung und Verachtung in der Stimme gehabt. Seiner aber hatte immerhin vier Kojen und einen ausladenden Tisch in der Mitte der Kajüte, an dem bequem sechs Leute Platz gehabt hätten. Der Mann saß am Tisch und sah ihr entgegen. Sie sah ihn an und verstand, dass sie nicht nur gekommen war, um sich zu verabschieden. Sie wollte mit ihm schlafen und mit ihm reden. So, wie es aussah, würde er sich zumindest auf den Beischlaf einlassen.

Vielleicht hätte sie durch seine schnelle Bereitschaft gewarnt sein sollen. Aber so erfüllt von ihrem Plan und von der Vorfreude auf ein bisschen Lust, begriff sie erst zu spät, dass sie gerade zur rechten Zeit gekommen war für einen, der jemanden brauchte, um seine Wut loszuwerden. Er tat ihr zum ersten Mal wirklich weh. Trotzdem begann sie, als sie später nebeneinanderlagen, von ihren Reiseplänen zu sprechen.

»Fahren Nutten jetzt auch schon im Winter in den Süden«, sagte er. Seiner Stimme war nicht anzumerken, ob er sich über sie lustig machte.

»Nicht jede«, sagte sie.

»Soll ich dir mal was sagen«, antwortete er. Er richtete seinen Oberkörper halb auf und sah auf sie herunter. »Du bist wie jede andere auch. Du bist eine ganz gewöhnliche miese, ältliche Nutte, die nicht weiß, wo's langgeht.«

Seine Wut war noch immer nicht vergangen. Er wollte sie noch immer verletzen. Aber sie wusste, dass er unrecht hatte, deshalb trafen sie seine Worte beinahe nicht.

»Reg dich ab, Mann«, sagte sie. »Was kann ich dafür, wenn dir deine Frau weggelaufen ist.« Einen Augenblick lang fürchtete sie, er würde sie schlagen. Sie machte sich klein, während er auf sie herunterstarrte. Es kam aber nur eine Art Stöhnen aus seinem Mund. Er ließ sich schwer neben sie fallen, lag heftig atmend da und sprach nicht. Sie lag neben ihm, an die Kojenwand gedrückt, mit schmerzendem Knöchel und Schmerzen dort, wo er sie bearbeitet hatte. So hatte sie sich ihren Abschied nicht vorgestellt, aber sie blieb liegen, an die Wand gedrängt und stumm; stumm wie der Mann neben ihr, dessen regelmäßiger Atem irgendwann anzeigte, dass er eingeschlafen war. Auch sie schlief dann ein.

Als sie wach wurde, stand er mit nacktem Hintern am Waschbecken und wusch sich. Der Anblick erregte sie, und sie hüstelte leise, um anzudeuten, dass sie wach sei.

»Ich dachte, ich mach mal Kaffee«, sagte der Mann, ohne sich umzuwenden.

An seiner Stimme stellte sie fest, dass er sich beruhigt hatte. »Muss das gleich sein?«, fragte sie.

Er wandte sich zu ihr um, halbnackt und groß, drehte, mit einer Hand nach hinten langend, den Wasserhahn ab und ließ sie nicht aus den Augen.

»Muss das gleich sein«, sagte sie noch einmal, und er sagte »nee« und kam auf sie zu.

Diesmal tat er ihr nicht weh, jedenfalls nicht besonders,

und als sie miteinander fertig waren, rollte er sich aus der Koje und machte für sie beide heißen Nescafé.

Eine Weile saßen sie zusammen am Tisch. Jetzt hätten sie reden können, aber sie blieben stumm. Irgendwann sagte sie: »Das war mein Ernst, ich geh nach Mallorca. Vielleicht auch Teneriffa, mal sehen, was günstig ist.«

»Sieh zu, dass du Land gewinnst«, sagte er, »und komm bloß nicht angejammert, wenn was schiefgeht.«

»Bei mir geht nichts schief«, antwortete sie, »da mach dir mal keine Sorgen. Wenn ich dann um mein Geld bitten dürfte.«

»Aber nur fürs erste Mal«, sagte er, während er zwei Scheine aus der Gesäßtasche fischte und sie über den Tisch schob. »Beim zweiten Mal war's das reine Vergnügen. Dafür gibt's bei mir nix.«

»Geizkragen«, sagte sie und stand auf. »Dann mach's mal gut, Geizkragen.«

»Nutten wie du sollten verboten werden«, sagte er und schlug ihr leicht mit der Hand auf die Schulter, als sie aufstand und auf die Kajütentür zuging. Während sie die Tür öffnete, hörte sie sein Handy klingeln und sie hörte ihn »Ja, Chef« sagen, bevor sie die schwere Tür leise ins Schloss rutschen ließ.

Den Rest des Nachmittags und den Abend verbrachte sie damit, in einer Seitenstraße der Reeperbahn in einem billigen chinesischen Restaurant zu essen und ein paar Bier zu trinken. Das Lokal lag im Keller. Durch ein tief gelegenes Fenster beobachtete sie die Beine der Leute, die vorübergingen, und versuchte sich vorzustellen, wie der dazugehörende Rest aussah. Sie verließ den Keller, als es draußen dunkel geworden war, und suchte ihren Schlafplatz auf.

Eine Weile musste sie warten, bevor sie unbeobachtet in die Werkstatt gelangen konnte. Zwei Jungen und ein

Mädchen spielten im Hof Fußball und standen dann in der Dunkelheit zusammen und redeten. Es war zu früh zum Schlafengehen, aber sie wollte ausgeruht sein für das, was sie vorhatte. Endlich kreischte eine Frauenstimme aus einem der Hinterhoffenster, und die Kinder verschwanden.

Im Schuppen blieb sie eine Weile sitzen, bis sich ihre Augen an die Dunkelheit gewöhnt hatten. Erst als sie die Umrisse der verdreckten Fenster, der herumstehenden Kisten und Möbel und des Fahrrades genau erkennen konnte, begann sie zwischen dem Gerümpel herumzulaufen und aus verschiedenen Behältnissen ihre wenigen Habseligkeiten zusammenzusuchen. Sie wusste, dass die Tasche, in die sie das Zeug stopfte, abgerissen aussah, und ärgerte sich, dass sie es versäumt hatte, am Nachmittag eine billige neue zu kaufen. Das würde sie morgen als Erstes tun. An einer zerlumpten Tasche sollte ihr Vorhaben nicht scheitern. Sie rollte die Matte und den Schlafsack aus, stellte die Tasche daneben und legte sich schlafen. In dieser Nacht blieb es trocken, aber am Morgen war es kalt, und sie war froh, bald aus der Gegend verschwinden zu können. Ihr Gesicht in der Spiegelscherbe sah übernächtigt aus, obwohl sie sehr viel früher schlafen gegangen war als sonst. Irgendwo in ihrer Tasche musste ein Rest Make-up sein, aber für das, was sie vorhatte, brauchte sie noch kein zurechtgemachtes Gesicht. Ein Problem war die Tasche. Sie konnte sie schlecht mitschleppen, wenn sie in die fremde Wohnung ging. Aber es war keine Zeit mehr, sie in ein Schließfach zu bringen. Vielleicht fand sie eine Möglichkeit, die Tasche in der Nähe der Wohnung für kurze Zeit loszuwerden. Die Frau musterte das Innere des Schuppens mit einem letzten Blick, bevor sie nach draußen ging. In ihrem Blick war fast so etwas wie Dankbarkeit.

Obwohl es kalt war, hatten die Portugiesen ihre Tische und Stühle wieder vor die Tür gestellt. Ein paar Menschen saßen in Mänteln vor den Cafés, um zu frühstücken. Ihr Opfer war nicht darunter. Sie schlenderte über die Straße, um einen Blick in das Innere des Cafés werfen zu können, aber auch dort konnte sie die Frau nicht entdecken. Sie ging über die Straße zurück und setzte sich hinter einer Säule auf ihre Tasche. Sie setzte sich so, dass sie den Eingang zum Café im Auge behalten konnte. Ihr wurde, während sie saß und auf die andere Straßenseite starrte, bewusst, dass das Gelingen ihres Plans einzig und allein davon abhing, ob die Frau ihre regelmäßigen Cafébesuche trotz des kalten Wetters fortsetzen würde. Die Erkenntnis fuhr ihr als wahrnehmbarer Schreck in die Glieder. Sie spürte, dass in ihrem Mund Wasser zusammenlief, und begann heftig zu schlucken.

»Ist Ihnen nicht gut?«, fragte ein junges Mädchen in einem weißen Kittel, das neben ihr stehen blieb.

»Alles in Ordnung«, antwortete sie mühsam. Das Mädchen ging weiter und verschwand in der Apotheke an der Straßenecke. Dann kam auf der gegenüberliegenden Straßenseite die Frau heran, auf die sie gewartet hatte. Sie trug einen schwarzen, mit Fell gefütterten Ledermantel und hatte einen schwarzen Schal um den Hals geschlungen. Erst als sich die Frau vor dem Café niedergelassen und die Zeitung, die sie unter dem Arm trug, auf den Tisch gelegt hatte, stand sie auf. Ihre Beine waren schwerer als sonst. Es kam ihr so vor, als sei ihr Gang langsamer als noch vor einer halben Stunde. Die Treppen zwischen der Liegewiese und dem Platz vor dem Michel schienen endlos. Vor der Kirche standen Touristenbusse, dazwischen Gruppen von Menschen, die lachten und sich angeregt unterhielten. Sie ging an den Bussen und Menschen vorüber und gewann langsam ihre Sicherheit zurück. Es hatte keinen Sinn, schon vorher schlappzumachen. Dazu würde noch genug Zeit sein, wenn sie Pech hatte.

Zur Wohnung der Frau brauchte sie zehn Minuten. Das Haus aus rotem Backstein lag in einer stillen Seitenstraße hinter dem Großneumarkt. Vor dem Haus standen Linden. Der Boden war mit gelben Blättern bedeckt. Sie fand den Hauseingang und hatte Glück. Eine kleine, verwachsene Postbotin schleppte ihre Tasche zur Tür und betätigte die Klingel. Sie schlüpfte an der Postbotin vorbei ins Haus und sagte freundlich »Guten Morgen«.

Sie bekam keine Antwort, stieg schnell die Treppen hinauf und sah auf die Türschilder. Die Wohnungstüren auf den Etagen hatten kleine Gucklöcher. Im Treppenhaus roch es nach Sauerkraut. Sie hatte sich ein eleganteres Haus vorgestellt. Die Wohnung der Frau lag unter dem Dach und war die einzige auf der Etage. Darüber war sie froh, denn dass ein misstrauischer Nachbar sie durch den Spion beobachten könnte, war ihr gerade erst klar geworden. Wie man mit einer Plastikkarte eine Tür öffnete, hatte sie vor Jahren von einem Mann gelernt, mit dem sie eine Zeitlang zusammen gewesen war. Sie hatte den Trick einmal gebraucht. Damals war sie von ihrer Familie hinausgeworfen worden. In ihrer Verzweiflung hatte sie unbedingt Erinnerungsfotos haben wollen, und der Mann, dem sie gerade begegnet war, erbot sich, mit ihr zu kommen und ihr zu zeigen, wie sich die Haustür auch ohne Schlüssel öffnen ließe. Als sie im Haus standen, war ihr übel geworden. Sie hatte auf den Fußboden gekotzt, und sie waren abgehauen. Die Erinnerung an die Familie war von da an ausgelöscht gewesen. Den Mann hatte sie bald darauf aus den Augen verloren. Nur den Kartentrick hatte sie behalten. Erst als die Wohnungstür leise hinter ihr ins Schloss fiel, merkte sie, dass sie noch immer ihre Tasche mit sich herumschleppte. Sie stellte die Tasche ab und begann, die kleine Wohnung langsam und systematisch zu durchsuchen. In der Küche lag ein Paar gelbe Gummihandschuhe neben der Spüle. Sie zog die Handschuhe über. Sie fühlten sich eng und eklig an. In einem Kaffeebecher auf einem Brett über der Spüle fand sie etwas Kleingeld. Im Wohnzimmer, das nachts anscheinend als Schlafzimmer herhalten musste, denn ein extra Schlafzimmer gab es nicht, fand sie nichts. Dafür stand im Arbeitszimmer eine Kassette mit ein paar hundert Euro, zwei Sparbüchern und zwei EC-Karten. Die Nummern zu den Karten lagen in einem Fach in der Kassette. Sie steckten noch in den Umschlägen, in denen die Bank sie verschickt hatte.

Sie nahm das Bargeld, die Sparbücher, die EC-Karten und notierte die Nummern dazu. Sie nahm auch den Reisepass der Frau, der neben den Sparbüchern am Boden der Kassette lag. Als sie wieder vor der Tür stand, waren nicht mehr als fünfzehn Minuten vergangen. Im Treppenhaus hatte inzwischen jemand die Fenster zum Hof geöffnet. Der Sauerkrautgeruch hing trotzdem noch in der Luft. Niemand begegnete ihr. Unten öffnete sie die Haustür, die ihr aus den Händen rutschte, weil die Tasche sie behinderte. Sie schob einen Fuß in den Spalt zwischen Tür und Rahmen. Als sie aufsah, stand vor ihr die Frau, in deren Wohnung sie gewesen war.

In der Wohnung der Frau hatte an einem Haken im Flur ein teurer Schal gehangen. Ihr erster Gedanke beim Anblick der Frau galt diesem Schal. ›Gut, dass du ihn nicht genommen hast.‹ Sie nahm die Tasche auf und entfernte sich langsam.

Bis sie die nächste Hausecke erreicht hatte, spürte sie die Blicke der Frau in ihrem Rücken. Dann lief sie, lief trotz der

Tasche, trotz ihrer weichen Knie, obwohl sie sich eigentlich zwingen wollte, langsam zu gehen. Erst an der S-Bahn-Station sah sie sich um, außer Atem und darauf gefasst, dass jemand hinter ihr herschrie. Es verfolgte sie niemand.

Sie fuhr zum Hauptbahnhof. In einer Bank in der Nähe des Bahnhofs unternahm sie den Versuch, von den beiden Sparbüchern Geld abzuheben. »Möchten Sie, dass wir auch das nachtragen, was sich inzwischen angesammelt hat?«, fragte die Kassiererin.

Sie sagte »ja« und wunderte sich, dass ihre Stimme ruhig klang. Die Sparbücher waren jedes einzelne mehr als zwanzigtausend Euro wert. Um nicht aufzufallen, hob sie nur von einem das Geld vollständig ab. Auf dem anderen ließ sie die Hälfte stehen. Im Vorraum der Bank druckte sie die Auszüge der Girokonten aus. Am Geldautomaten zog sie von beiden Konten den Höchstbetrag. Die Konten würden bald gesperrt werden. Deshalb musste sie schnell handeln. Sie kaufte Schuhe, eine Reisetasche, lange Hosen, ein paar T-Shirts, Unterwäsche, eine Jacke und etwas Kleinkram: einen Kamm, einen Lippenstift und eine Dose Creme. Die Sparbücher, den Reisepass und die EC-Karten warf sie in einen Papierkorb am Hauptbahnhof. Von dort fuhr sie mit einem Bus direkt zum Flughafen. Als sie dem Busfahrer das Fahrgeld in die Hand gab, einen Betrag, der ihr üblicherweise für einen ganzen Tag zur Verfügung stand, war sie beinahe von Stolz erfüllt. Im Last-Minute-Reisebüro am Flughafen gab es zwei Angebote, die in Frage kamen: am selben Tag, abends, nach Teneriffa-Süd oder am nächsten Morgen nach Palma de Mallorca. Sie wählte Teneriffa und hielt sich in der Nähe des Flughafens auf, bis die Zeit zum Abflug gekommen war. Die Kontrolle am Flughafen und der Flug verliefen problemlos.

Es war dunkel, als sie Teneriffa anflogen. Die Lichter am Boden erinnerten sie an die Lichter an den nächtlichen Ufern der Elbe. Als sie aus dem Flughafengebäude trat, war die Luft warm. Ihr Herz hüpfte ein bisschen vor Freude. Der Taxifahrer brauchte eine Viertelstunde bis zum Hafen von Teneriffa-Süd. Sie gab ihm ein kleines Trinkgeld, setzte sich auf eine Steinbank und betrachtete die Schiffe und Segelboote, die dort lagen. Sie wollte für den Winter ein Zimmer mit Blick auf den Hafen. Vom Fenster aus würde sie die Schiffe betrachten. Irgendwann, da war sie sicher, würde sie auf einem der Segelboote einen Mann entdecken, den näher kennenzulernen sich lohnen würde.

»Sie suchen nicht zufällig ein Zimmer für den Winter«, fragte eine Frau neben ihr. Sie sah zur Seite. Die Frau stand unter einer Laterne, und sie gefiel ihr nicht. Irgendetwas an ihr roch nach Verzweiflung.

»Nein«, sagte sie, »vielen Dank. Ich hab meine eigenen Pläne.«

Der Richter von Unna

Seit die Jungs aus dem Haus waren, hatten sie getrennte Schlafzimmer. Weshalb sie nicht schon vorher darauf gekommen waren, wusste er nicht genau. Wahrscheinlich war es ihre Idee gewesen, und er konnte sich vorstellen, dass sie die getrennten Zimmer nicht vorgeschlagen hätte, wenn die Jungs noch im Haus gewesen wären. Auch der Kleine war vor einem Jahr in die USA gegangen.

Seit dieser Zeit wäre der Richter morgens gern etwas länger im Bett geblieben. Aus irgendeinem Grund ging das nicht; jedenfalls war er wie immer morgens um acht zum Frühstück erschienen. Aber irgendwann, er wusste es plötzlich, während er auf den schmalen Spalt zwischen den Vorhängen starrte, durch den er die Morgensonne ahnen konnte, würde er so lange liegen blieben, wie es ihm gefiel.

Er stand auf und zog die Gardinen auseinander. Sie waren dunkel, mit einem braun-bunten Muster, das sie Paisley nannte. Das Fenster seines Schlafzimmers ging nach Osten. In einiger Entfernung sah er den Kurpark und den Weg, auf dem seine Frau jeden Morgen vor dem Frühstück lief. Man konnte die Uhr danach stellen.

Wie immer verbrachte er viel Zeit im Bad. Als er fertig war und sein Schlafzimmer verließ, duftete es im Haus nach Kaffee. Er ging langsam die Treppe hinunter. Auf der Truhe in der Diele lag die Karte, die sie gestern von den Jungs aus den USA bekommen hatten. Er blieb einen Augenblick vor der Truhe stehen und starrte auf das Bild, eine Fotografie des Colleges, in dem die beiden sich ein Appartement teilten. Er stellte sich seine Söhne vor, blond, korrekt gekleidet, wohlerzogen und lernwillig. Sie würden beide Juristen werden. Ihm wurde klar, dass er sie nicht mochte. Dieses Gefühl erschreckte ihn jedes Mal, und er ging schnell weiter.

In der Veranda, Wintergarten genannt, saß seine Frau am Frühstückstisch. Sie war blond wie die Söhne, und als sie ihn kommen hörte, blickte sie auf und sah ihm entgegen. Sie war ungeschminkt, wie jeden Morgen. Ihre langen blonden Haare waren noch feucht, nicht mehr nass, wie jeden Morgen.

»Guten Morgen«, sagte sie.

Und er hörte sich sagen: »Das ist vollkommen unmöglich.«

»Was«, sagte sie, »was ist vollkommen unmöglich?«

Und er fragte: »Was hast du gesagt?«

Als sie ihm den Satz wiederholte, den er ihr auf ihren Morgengruß zur Antwort gegeben hatte, wurde ihm bewusst, dass er laut gedacht hatte. Er hatte gedacht, dass es vollkommen unmöglich wäre, bis ans Ende seines Lebens jeden Morgen die Treppe herunterzukommen und am Frühstückstisch diese Frau sitzen zu sehen, die ihm den Kopf zuwenden und »Guten Morgen« sagen würde. Und nun, als er wusste, dass das vollkommen unmöglich war, besserte sich seine Stimmung so sehr, dass er sich in der Lage fühlte, seiner Frau ein Lächeln zu schenken. Irgendetwas hatte ihn leicht gemacht.

»Du hast die Karte gelesen«, sagte sie, während er ihr gegenüber Platz nahm.

Sein Blick fiel durch das Fenster der Veranda auf den dahinter liegenden Rasen. An den Rändern des Rasens wurden die Büsche grün. Ganz hinten, dort, wo der Garten endete und hinter der Mauer der Weg entlangführte, auf dem seine Frau jeden Morgen lief, bevor sie das Tor in der Mauer öffnete, den Garten betrat, das Tor wieder schloss und auf dem Rasen ein paar gymnastische Übungen machte, ehe sie ins Haus ging, um zu duschen und sich an den Frühstückstisch zu setzen, um ihm entgegenzusehen und »Guten Morgen« zu sagen, ganz hinten im Garten leuchtete ein Forsythienstrauch.

»Sie schreiben es nicht direkt, aber mir scheint, sie hätten nichts dagegen, wenn wir ihnen ein paar Dollar mehr im Monat überweisen würden. Was glaubst du: Sollen wir?«

Er sah auf und merkte, dass er das Messer in der erhobenen Hand hielt, mit dem er gerade die Spitze des Frühstückseis abgeschlagen hatte. Das Messer war silbern und zierlicher als das Messer, das sie zum Abendessen benutzten.

»Wenn du meinst«, sagte er und dachte dabei, ob es wohl in allen diesen Villen in der Platanenallee alte, sorgfältig gearbeitete Holzkästen gab, in denen in mehreren Etagen auf blauem Samt hundert oder zweihundert Teile eines Bestecks lagen, das vererbt und regelmäßig geputzt wurde und dessen Frühstücksmesser den Frühstückstisch zierten und mit einer silbernen Vase um die Wette glänzten. In der Vase steckten ein paar kleine Forsythienzweige.

»Das klingt, als ob es dir gleichgültig wäre«, sagte seine Frau, und er versicherte, das Taschengeld seiner Söhne sei ihm nicht gleichgültig, während er sein Ei aß und den Kaffee trank, den seine Frau ihm eingeschenkt hatte. Der Eierlöffel war aus Perlmutt und hatte einen silbernen Griff, auf dem zwei ineinander verschlungene Buchstaben eingraviert waren. Er legte den Löffel beiseite und sah, dass er einen Löffel benutzt hatte, dessen Griff die Spuren seiner Zähne trug. Er hatte als Kind eine Weile die Angewohnheit gehabt, auf den Löffelenden zu kauen.

»Ich kenne dich«, sagte seine Frau.

Er sah auf. Die Sonne fiel auf den Tisch und gab dem Orangensaft in ihrem Glas eine leuchtende Farbe.

»Irgendetwas macht dir zu schaffen. Was für Fälle werden heute verhandelt? Ist etwas dabei, was dir Kopfschmerzen bereitet?«

»Nein«, sagte er und war sich darüber klar, dass dies die erste ehrliche Antwort war, die er an diesem Morgen seiner Frau gegeben hatte. Ein leichtes Lächeln erschien auf seinem Gesicht, während ihm plötzlich bewusst wurde, dass sie ihm leidtat. Was für ein Leben, dachte er. Einen passenden Mann suchen, zwei passende Kinder aufziehen, einem passenden Haushalt vorstehen, die passenden Freunde treffen, die passenden Ehen für die Kinder arrangieren, zu jeder Gelegenheit die passenden Kleider tragen und den einzig passenden Friseur finden. Er fühlte so ein echtes Mitleid mit ihr, dass er aufstand und ihr übers Haar strich, während er ihr einen Kuss auf die Wange gab. Ihr Haar war inzwischen getrocknet. Es roch nach Shampoo, und er benutzte, bevor er den Trenchcoat anzog, um ins Amtsgericht zu gehen, die Gästetoilette, um sich die Hände zu waschen.

Er nahm niemals den direkten Weg ins Gericht. Die Platanenallee war die schönste Straße von Unna. Sein Haus lag am unteren Ende, in der Nähe des Kurparks. Von dort aus hätte er das Amtsgericht schnell erreichen können. Er nahm die Abkürzung nie. Er genoss den Fußweg durch die Platanenallee, bog erst beim Kreishaus rechts ab und ging dann über die Friedrich-Ebert-Straße zurück. Die leichte Senkung der Platanenallee, die dann wieder anstieg, die weiß-grauen Stämme an beiden Seiten, das Spiel des Lichts zwischen Blättern und Zweigen hatten ihn schon als Kind fasziniert. Und als er das erste Mal in Südfrankreich gewesen und im Languedoc eine Platanenallee in der

Mittagshitze entlanggefahren war, hatte er angehalten, um das Glücksgefühl auszukosten, das der Anblick der Allee in ihm auslöste. Seit damals liebte er seine Straße noch mehr.

An diesem Morgen war die Luft für einen Tag im April ungewöhnlich warm. Als er zum Himmel aufsah, stellte er fest, dass es ein Gewitter geben würde. Wenn er es vermeiden wollte, durchnässt im Gericht anzukommen, würde er auf den Spaziergang verzichten müssen. Er ging schnell, nahm die Abkürzung und erreichte das Gericht, als der Himmel schwarz war und das Gewitter losbrach. Einen Augenblick blieb er in der Tür des Amtshauses stehen und sah den Hagelschauern zu, die auf die Erde herabstürzten und sie mit einer Schicht von Eisstückchen bedeckten, so dass sie weiß und winterlich aussah. Der Garten der Schule auf der gegenüberliegenden Straßenseite, dessen Anblick in ihm in den letzten Tagen so etwas wie Frühlingsgefühle geweckt hatte, wirkte tief verschneit.

Er sah auf die Uhr. Die erste Verhandlung begann in einer halben Stunde. Das Gewitter hatte seinen gewohnten Zeitplan durcheinandergebracht, aber das beunruhigte ihn nicht; im Gegenteil, er empfand eine ungewohnte Leichtigkeit, während er die Treppe hinaufstieg und durch die Sicherheitsschleuse ging. Das »Guten Morgen, Herr Doktor« des Pförtners, in dem eine leise Verwunderung mitklang, stimmte ihn fröhlich.

In seinem Büro hängte er den Trenchcoat an den Haken auf der Rückseite der Tür und trat ans Fenster. Der Himmel war nicht mehr schwarz, sondern grau. Die weiße Decke am Boden begann bereits wieder zu tauen. Er stand da, sah auf die grün schimmernden Büsche, und eine ungewohnte, körperlich spürbare Freude auf die vor ihm liegenden Verhandlungen erfasste ihn.

Heute ist ein besonderer Tag, dachte er. Könnte doch sein, dass die Welt am Abend ganz anders aussieht als am Morgen.

Unten überquerte eine Frau die Straße und ging auf den Eingang des Amtsgerichts zu. Sie hatte ihr schwarzes Haar zu Zöpfen gebunden und trug einen schwarzen Lederanzug. Fasziniert beobachtete er ihre Bewegungen. Sie drückten Leichtigkeit und Selbstbewusstsein aus. Es tat ihm leid, dass sie aus seinem Blickfeld verschwand, bevor er ihr Gesicht gesehen hatte. Einen Augenblick lang stellte er sich vor, dass sie schwarze Augenbrauen und große blaue Augen hatte. Wie kitschig, dachte er, aber der Gedanke, dass er kitschig sein konnte, störte ihn nicht. Auch dieser Gedanke stimmte ihn fröhlich.

Drüben auf der anderen Straßenseite hielten nacheinander ein paar Autos, aus denen Erwachsene ausstiegen, die zum Bürgersteig gewandte Autotür öffneten und Knirpse mit bunten Rucksäcken herausließen. Die Erwachsenen blieben neben den Autos stehen und beobachteten die Kleinen, bis sie im Garten der gelben Villa neben der Schule verschwunden waren. Ihm fiel ein, dass er vor fünfzehn oder zwanzig Jahren auch seine Söhne auf diese Weise in den Kindergarten gebracht hatte. Bei dem Gedanken an seine Söhne verschwand seine gute Laune. Er wandte sich vom Fenster ab und ging zum Schreibtisch. Auf dem Aktenstapel lag das Blatt mit dem Ablaufplan für die Verhandlung. Er war gut vorbereitet. Den Plan kannte er auswendig.

Der Gerichtssaal war ein langgestreckter, weiß gestrichener Raum mit fünf Fenstern, die zur Straße lagen. Die getäfelte Wand hinter dem Richtertisch am Kopfende des Saals war schwarz gebeizt. Von seinem erhöhten Platz vor der schwarzen Wand warf der Richter einen Blick in den

Saal. Die Öffentlichkeit bestand aus Hausfrauen und ein paar sehr jungen Mädchen, Schülerinnen vermutlich, die Blöcke und Kugelschreiber in den Händen hielten, um sich Notizen für den Unterricht in Rechtskunde zu machen. Schon als er, gefolgt von den beiden Beisitzern, den Saal durch die Tür in der rückwärtigen Wand betreten hatte, war ihm klar geworden, dass die ungewohnte Sensibilität der letzten Stunde in diesem Raum der gewohnten Routine weichen würde. Er empfand ein leises Bedauern, aber er hatte keine Zeit mehr, über dieses Bedauern nachzudenken, denn er begann die erste Verhandlung pünktlich. Er war für seine straffe Verhandlungsführung bekannt.

Sehr schnell stellte sich heraus, dass die Sache vertagt werden musste. Der wichtigste Zeuge, ein Türke, verstand kein Deutsch. Ein Dolmetscher für Türkisch war nicht geladen worden. Es ergab sich beinahe eine Stunde Pause zwischen der ersten und der nächsten Verhandlung. Für gewöhnlich ging er in unvorhergesehenen Pausen mit der Protokollführerin in die Kantine. Auch diesmal fragte sie ihn, während sie schon den Weg in den Keller einschlug, ob sie ihm Kaffee oder Schokolade bestellen solle. Erst in diesem Augenblick wurde ihm bewusst, dass er keine Lust hatte, in der Kantine zu sitzen, aber ihm fiel kein Grund dafür ein, weshalb er nicht mitgehen sollte.

Sie gingen hintereinander die Treppe hinunter. Durch die gläserne Tür, die den Vorraum am Fuß der Treppe von der Kantine trennte, sah er am Garderobenständer eine schwarze Lederjacke hängen. Beim Anblick der Jacke empfand er so etwas wie einen leichten Schlag. Es war, als hätte sein Herz einen kleinen Hüpfer getan, und mit diesem Hüpfer wäre plötzlich die Routine, die ihn beim Betreten des Gerichtssaals bedrängt hatte, wieder verschwunden.

Die Frau, deren beschwingten Gang er vom Fenster

seines Arbeitszimmers aus bewundert hatte, saß allein an einem Tisch in der Nische auf der linken Seite. Sie trug eine schwarze Bluse. Vor der hellgelben Wand der Kantine sah sie dunkel und widerspenstig aus. Der Richter lenkte seine Schritte unwillkürlich in ihre Richtung, und erst im letzten Moment, nur angerufen durch die Stimme der Protokollführerin, nahm er an seinem üblichen Tisch Platz. Er setzte sich so, dass er die Frau im Auge behalten konnte. Und während er sich mit der Protokollführerin und den beiden Beisitzern darüber unterhielt, welche Autowerkstatt in Unna die beste sei, dass die Bahnhofstraße keinen eigenen Charakter mehr habe, sondern aussehe wie jede andere Fußgängerzone auch, ob der Hagel am Morgen die Veilchen im Kurpark zerschlagen haben könnte und ob man im Alter ins St. Bonifatius-Altenheim gehen oder lieber in der eigenen Wohnung bleiben solle, behielt er die Frau im Auge und machte sich klar, dass er niemals alt werden würde, solange er sie an seiner Seite wüsste. Einmal, als sie zu ihm herübersah, ganz kurz nur, aber ihre Blicke trafen sich, schlug sein Herz so stark, dass er meinte, die anderen am Tisch müssten es hören. Er versuchte, sich auf ihr Gespräch zu konzentrieren, aber es war vergeblich. Es interessierte ihn nicht, dass Unna Lichtkunst-Zentrale des Landes war. Was war überhaupt eine Lichtkunst-Zentrale? Das Alte Salinenpumpwerk Friedrichsborn samt Wärterhäuschen an der Friedrich-Ebert-Straße hatte ein berühmter Hamburger Künstler ausgeleuchtet? Das Ausleuchten sei für die Stadt viel zu teuer? Um ihn herum wurde geredet und geredet. Er beteiligte sich nicht. Als sie aufstanden, um in den Verhandlungssaal zurückzugehen, wäre er verzweifelt, wenn er nicht inzwischen sicher gewesen wäre, dass er die Frau sehr bald wiedersehen würde.

Nur mit großer Ungeduld – er gab sich Mühe, niemanden etwas spüren zu lassen, aber er ahnte, dass es ihm nicht besonders gut gelang – brachte er die nächste Verhandlung hinter sich. Angeklagt war eine Frau in mittleren Jahren, die in der Briefsortierstelle der Post gearbeitet hatte. In unregelmäßigen Abständen waren dort Beschwerden über fehlende Briefsendungen eingegangen. Man hatte die Frau heimlich überwachen lassen und sie dabei ertappt, wie sie aus einem Brief einen Barscheck entwendet hatte.

»Wie lange arbeiten Sie schon bei der Post?«, fragte er und dachte: Was geht mich das an? Was geht mich diese Frau an, die da hockt in ihrer roten Cordhose, die ihr zu eng ist; die mit der Rechten in ihren dauergewellten, strohigen Haaren herumfummelt; deren Augen so aussehen, als hätte sie die ganze Nacht geheult.

»Fünf Jahre und drei Monate«, antwortete die Frau.

Sie begann zu hicksen. Jedes Mal, wenn sie einen Schluckauf hatte, hüpfte ihr wie gepanzert wirkender Busen ein Stückchen in die Höhe. Er konnte ihr unmöglich sagen, sie solle eine Weile die Luft anhalten. Er wollte, dass die Verhandlung so schnell wie möglich vorüberginge.

»Vielleicht schildern Sie uns erst einmal Ihre Lebensumstände. Wir wollen Ihnen ja nichts Böses. Wir wollen uns nur ein besseres Bild von Ihnen machen können«, sagte er.

Diesen Satz sagte er immer zu Beginn einer Verhandlung. Er hatte ihn vor vielen Jahren von einem älteren Kollegen gehört. Damals war ihm der Satz menschlich vorgekommen.

Inzwischen wusste er längst, dass damit nichts weiter verbunden war als die Aufforderung an die armseligen Angeklagten, sich um Kopf und Kragen zu reden. Das taten sie fast alle.

Und auch die Frau in der zu engen Cordhose, mit einer Bluse, deren Farbe nicht zur Hose passte, und mit Haaren, die aussahen wie Stroh vom vorletzten Jahr, verhielt sich nicht anders. Sie hatte drei noch nicht erwachsene Kinder zu versorgen. Der geschiedene Ehemann zahlte nur unregelmäßig Unterhalt. Den Kredit für das Haus, in dem sie mit den Kindern wohnte, musste sie von ihrem kleinen Gehalt abzahlen. Sie hatte eine Putzstelle neben der Arbeit bei der Post. Trotzdem war klar, dass sie mit ihrem Gehalt nicht auskommen konnte.

Die Frau beruhigte sich, während sie zuerst stockend, dann fließender über ihr Leben sprach. Sie gab sich Mühe, einen offenen und ehrlichen Eindruck zu machen. Es hing eine Menge für sie davon ab, freigesprochen zu werden. Aber je länger sie redete, desto einleuchtender schien die ihr zur Last gelegte Tat. Man hatte sie dabei beobachtet, dass sie einen Scheck stahl. Es sprach nichts dagegen, dass sie schon bei anderer Gelegenheit zur Diebin geworden war. Er hörte den Staatsanwalt »fünf Monate Gefängnis« fordern. Bevor er sich mit den Beisitzern zurückzog, um das Urteil zu beraten, frage er die Angeklagte, ob sie noch etwas zu sagen wünsche. Er wusste im Voraus, was sie sagen würde, und sie sagte: »Ich bin es nicht gewesen«, genau so, wie er es erwartet hatte, mit diesem ein wenig zu forschen Ton, der immer gleich war und ihn jedes Mal an eine kindliche Ausrede erinnerte, so als habe ein Kind eine kostbare Vase zerbrochen und verteidigte sich, neben den Scherben stehend: Ich bin es nicht gewesen.

Die Beratung war einfach. Auch die Beisitzer waren von der Schuld der Angeklagten überzeugt. Es ging ihnen nur darum, im Strafmaß die besondere Lage der Frau zu berücksichtigen. Der Richter konnte ihnen schnell klarmachen, dass auch eine niedrigere als die vom Staatsanwalt geforderte Strafe ihr nichts nützen würde. Die Frau konnte nur ein Freispruch davor bewahren, ihren Arbeitsplatz zu verlieren. Aber einen Freispruch durften sie ihr nicht geben. Sie einigten sich auf vier Monate Gefängnis mit Bewährung.

Er sah, dass die Frau blass wurde, während er das Urteil verkündete und davon sprach, dass die Postkunden besonders geschützt werden müssten und sie es deshalb nicht bei einer Geldstrafe hätten bewenden lassen können. Urteilsverkündungen hatten ihn schon immer gelangweilt. Die Verhandlungen waren manchmal interessant, die Beratungen mit den Beisitzern machten ihm Spaß. Die Strafe zu finden kam ihm sinnvoll vor. Die Urteilsverkündung dagegen war Routine, und Routine war etwas, das er mehr und mehr hassen gelernt hatte, dem er entkommen wollte, für immer entkommen.

Er verließ den Verhandlungssaal, wies aber die Protokollführerin noch an, alle Fenster zu öffnen. Er wollte einen Vorsprung. Er wollte allein mit der Fremden reden. Aber am Garderobenständer vor der Kantine hing keine schwarze Lederjacke. Der Platz, auf dem sie gesessen hatte, war leer. Die hellen Wände wirkten kahl. Das Stäbchenparkett auf dem Fußboden sah aus, als sei es aus plattgedrückten und getrockneten Würmern zusammengesetzt worden. Die gelben und lachsfarbenen Begonien auf den blanken Holztischen wirkten so spießig, dass er hätte schreien mögen.

»Wenn bei Capri die rote Sonne im Meer versinkt«, sang die Bedienung, während sie mit einem blauen Putzlappen auf den Tischen herumwischte.

Der Richter überwand die Lähmung, die ihn einen Augenblick befallen hatte. Er wollte die Kantine verlassen, aber die Protokollführerin und die Beisitzer kamen und nötigten ihn, Platz zu nehmen. Er hätte jetzt gern Wein getrunken oder besser noch Schnaps, aber das war natürlich völlig unmöglich. Am Tisch redete man über irgendetwas, das ihn nicht interessierte, offenbar sollte der Alte Markt umgestaltet werden. Er, der in der Stadt geboren und aufgewachsen war, hätte in dem Zustand, in dem er sich befand, nicht einmal sagen können, wo der Alte Markt war.

Ich bin krank, dachte er. Etwas ist über mich gekommen und hat mich krank gemacht. Der Gedanke beruhigte ihn so weit, dass er die Hände von der Tischkante nahm, an der er sich die ganze Zeit über festgehalten hatte, um den Impuls, aufzustehen, wegzulaufen und nach der Fremden zu suchen, zu unterdrücken.

»Ist alles in Ordnung?«, fragte ihn die Protokollführerin beim Verlassen der Kantine. Sie stiegen gerade die Treppe hoch und hatten den Vorraum erreicht. Da sah er die Fremde. Sie kam durch die Sicherheitsschleuse auf ihn zu. Einen Augenblick standen sie sich gegenüber, zwei Meter voneinander entfernt, und sahen sich an. Dann wandte die Frau sich nach links, ging durch die Glastür, ging den Gang entlang und setzte sich auf die Bank, die vor dem Verhandlungssaal stand.

»Ja«, sagte der Richter, »es ist alles in Ordnung.«

Eine große Ruhe war über ihn gekommen, als er der Fremden gegenübergestanden hatte. Fast schämte er sich vor sich selbst für sein fehlendes Vertrauen. Wie hatte er daran zweifeln können, dass sie sich wiedersehen würden.

Einer der Beisitzer hielt ihm die Tür auf, und während er den Gang entlangschritt, sah er auf die Frau auf der Bank und ihm wurde klar, weshalb sie dort saß. Sie würde den Saal betreten und auf der Anklagebank Platz nehmen, und er würde über sie zu Gericht sitzen.

Er sah in den Spiegel, bevor er die Tür in der Rückwand öffnete und den Saal zur Verhandlung betrat. Es fiel ihm schwer, ein Lächeln zu unterdrücken, nachdem er am

Richtertisch Platz genommen hatte. Er fühlte sich glücklich, aber es schien ihm, als sei es jetzt nicht angebracht, sein Glück so deutlich zu zeigen. Außerdem war er sicher, dass sie wusste, dass es ihm gut ging. Es ging ihnen beiden gut, solange sie zusammen waren. Wenn sie sich nicht mehr trennten, würde es ihnen bis ans Ende ihrer Tage gut gehen. Was für eine Idee, dachte der Richter, während er dem Staatsanwalt zuhörte, der die Anklageschrift verlas. Wenn sie sich nicht mehr trennten …

Während er der Rede des Staatsanwalts nur mit halbem Ohr zuhörte, dachte er an einen Film, den er zusammen mit seinem ältesten Sohn vor ein paar Jahren gesehen hatte. Darin war es um einen Richter gegangen, der eine Frau zu einer Gefängnisstrafe verurteilte, weil er sie auf diese Weise festsetzen und besuchen konnte, wann immer er wollte. Sein Sohn war voller Verständnis für diesen Richter gewesen, während ihm die Geschichte nur unwahrscheinlich erschienen war.

Während der Staatsanwalt die Anklage beendete und die Paragrafen nannte, gegen die die Angeklagte seiner Meinung nach verstoßen hatte, sah der Richter die Frau an. Sie hatte ihren Kopf erhoben und erwiderte seinen Blick.

»… Verbrechen nach §§ 146ff StGB«, sagte der Staatsanwalt.

Die Mindeststrafe für Geldfälschung beträgt ein Jahr, dachte der Richter, aber er dachte es abwesend, weil er, während sie sich ansahen, verstanden hatte, dass es ihm unmöglich sein würde, die Frau zu einer Gefängnisstrafe zu verurteilen. Selbst ein Richter hatte sich an Besuchszeiten zu halten. Man würde ihm nicht erlauben, die Nächte im Gefängnis zu verbringen. Er wusste, dass dem Staatsanwalt, der noch jung war und besonders ehrgeizig, an einer empfindlichen Strafe gelegen war. Aber zugleich wusste er auch, dass er mit seiner Erfahrung als Richter in der Lage sein würde, die drohende Gefängnisstrafe zu verhindern, wenn er sich sofort und aufmerksam auf die Verhandlung konzentrierte.

»Vielleicht schildern Sie uns erst einmal Ihre Lebensumstände«, sagte er, sich der Angeklagten freundlich zuwendend. »Wir wollen Ihnen ja nichts Böses. Wir wollen uns nur ein besseres Bild von Ihnen machen können.«

Er wartete gespannt auf ihre Antwort, gespannt, weil er wissen wollte, wie ihre Stimme klang. Als sie aber sprach, ihre Stimme war klar, ein Mezzosopran, vielleicht auch eine Altstimme, kam es ihm plötzlich so vor, als könnte es keinen Einfluss auf seinen Zustand haben, mit welcher Stimme sie sprach. Denn bei allem, was die junge Frau sagte, hörte er einen Unterton, der nur ihm galt und von dem er sicher war, dass niemand anders ihn hören konnte.

Die Geschichte, die sie erzählte, war so einfach und den Geschichten, an die der Richter gewöhnt war, so ähnlich, dass er bald sicher war, sie hatte sie erfunden. Sie lebte in Unna. Eine Zeit lang hatte sie in einem Supermarkt am Ring gearbeitet. Dann war sie entlassen worden und hatte keine andere Arbeit mehr gefunden. Sie lebte von Sozialhilfe. Ihre Miete betrug zweihundertsiebzig Euro. Sie hatte ein paar tausend Euro Schulden.

»Woher kommen denn diese Schulden?«, fragte der Richter.

Es war ihm gleich, woher die Schulden kamen, denn er wusste schon, dass er sie begleichen würde. Aber er brauchte Informationen, um die Beisitzer, die mit ihm gemeinsam das Urteil finden sollten, zu überzeugen. Die Beisitzer waren kleine Leute: ein Angestellter im Gewerkschaftsapparat und ein Klempnergeselle, die er mit sozialen Argumenten vielleicht beeindrucken konnte. In der

Beratung über das Urteil der Briefsortiererin hat das keine Rolle gespielt, dachte er, aber er wusste, es hätte eine Rolle spielen können, wenn er selbst engagierter gewesen wäre.

»Ich habe einen Kredit aufgenommen, als ich noch Arbeit hatte«, sagte die Angeklagte. »Einen Kredit für eine Reise.«

»Und dann wurden Sie arbeitslos«, sagte der Richter mitfühlend. Er dachte: Sie hat eine Weltreise gemacht. Sie wird mir erzählen, wo sie gewesen ist. Wenn es irgendeine Ecke der Welt gibt, wo es ihr besonders gut gefallen hat, werde ich mit ihr dorthin fahren.

Eine Weltreise war nicht besonders geeignet, zwei braven Beisitzern die Notwendigkeit einer Kreditaufnahme vor Augen zu führen. Er musste sich konzentrieren, um die Angeklagte bei der Urteilsberatung in einem günstigen Licht erscheinen lassen zu können. Er ließ sie schildern, wie sie es angestellt hatte, die Fünfzig-Euro-Scheine zu fälschen, und bemühte sich nach Kräften, ihr Vorgehen als dilettantisch und unüberlegt erscheinen zu lassen. Je weniger kriminelle Energie sie an den Tag gelegt hatte, desto eher konnte er in der Beratung auf einem minderschweren Fall bestehen. Denn sie hatte fünf Mal einen Fünfzig-Euro-Schein gefälscht, hatte vier Mal mit den Scheinen Kleinigkeiten eingekauft und war erst beim fünften Mal entdeckt worden. In den Augen des Staatsanwalts, in der Vorstellung des Gesetzgebers, waren das fünf Einzeltaten, für die als Mindeststrafe je ein Jahr Gefängnis verhängt werden musste. Es kam darauf an, diese fünf Jahre zu einer Gesamtstrafe zusammenzuziehen, die es möglich machte, sie zur Bewährung auszusetzen.

Eigentlich, dachte der Richter, während er noch immer seiner Angeklagten Zeit ließ, darüber zu reden, wie sie vorgegangen war, eigentlich sollte sie ein ganz kleines bisschen reumütiger auftreten. Aber er dachte das mit Stolz. Jammernde Angeklagte waren ihm schon immer ein Gräuel gewesen. Das Gesetz brach man mit Überlegung oder gar nicht. Wenn man es aber mit Überlegung brach, dann hatte man ein mögliches Scheitern einkalkuliert, und es gab keinen Grund zum Jammern, wenn man offensichtlich gescheitert war.

Ihm fiel auf, dass seine Angeklagte mit ihrem Verteidiger kaum sprach. Sie braucht einen Pflichtverteidiger, wegen der möglichen Gefängnisstrafe, dachte er. Aber der interessiert sie gar nicht.

»Ich glaube, wir können die Beweisaufnahme schließen«, sagte der Richter. Er blickte fragend auf den Verteidiger, sah hinüber zum Staatsanwalt und sah das Einverständnis der beiden.

»Möchten Sie noch etwas sagen?«

Er fragte die Angeklagte, die den Kopf schüttelte, ihn ansah und mit klarer Stimme »Nein« sagte. Sie lächelte dabei, ganz wenig nur, aber so, dass er es deutlich wahrnahm, und er dachte, dass sie nicht nur schön war, sondern auch mutig und manchmal offensichtlich auch leichtsinnig. Der Staatsanwalt hatte in seinem Antrag einen minderschweren Fall ausgeschlossen und drei Jahre Gefängnis gefordert. Er würde große Überzeugungskraft mobilisieren müssen, um die Beisitzer ihr Lächeln vergessen zu lassen.

Die Beratung über das Urteil dauerte nur unwesentlich länger als üblich. Natürlich waren die Beisitzer am Anfang geneigt, der Forderung des Staatsanwalts zu entsprechen. Kleinbürger, besonders wenn sie sich für untadelig hielten, straften gern hoch. Aber sie waren auch autoritätsgläubig, und der Richter war für sie eine Autorität. Sie einigten sich auf eine Strafe von zwei Jahren Gefängnis mit Bewährung. Der Richter hatte Mühe, seine Erleichterung vor ihnen zu verbergen, aber im Grunde waren sie nicht mehr besonders aufmerksam, denn die Verhandlung über die Geldfälscherin war die letzte an diesem Tag gewesen. Sie hatten Hunger und in der Kantine gab es Hühnerfrikassee zum Mittagessen, das bei den Beschäftigten im Amtsgericht besonders beliebt war.

Die Anwesenden erhoben sich, als das Gericht den Verhandlungssaal wieder betrat.

»Im Namen des Volkes«, sagte der Richter und sprach das Urteil. Es sah dabei seine Angeklagte an und er sah, dass sie ernst und ruhig dastand, ohne zu lächeln, mit einem Ausdruck der Erwartung im Gesicht, der dem, was er gerade sagte, nicht angemessen war. Alles, dachte er, alles, was du von mir erwartest, wird Wirklichkeit werden. Das verspreche ich dir.

»Die Verhandlung ist geschlossen«, sagte er halblaut, und das klang wie ein Versprechen.

Während die Zuhörer den Saal verließen, trat der Staatsanwalt an den Richtertisch. Der Richter bemerkte ihn erst, als er direkt vor ihm stand. Er sah der Frau nach, die aus dem Saal ging, ohne sich von ihrem Verteidiger zu verabschieden, ja ohne von ihm Notiz zu nehmen. Erst in der Tür wandte sie sich noch einmal um. Sie blickte zum Richtertisch hinüber. Ihre Augen trafen sich für ein paar Sekunden, bevor sie den Saal endgültig verließ.

»Wie bitte? Entschuldigen Sie, ich hab gerade nicht zugehört«, sagte der Richter.

Der Staatsanwalt hatte ihn gefragt, ob sie zusammen essen gehen würden. Man könnte bei der Gelegenheit gleich einen Abend zu viert verabreden. Seine Frau habe ihn daran erinnert, dass sie mit der Ausrichtung des nächsten Bridgeabends an der Reihe seien.

»Ja, natürlich essen wir zusammen«, sagte der Richter.

Er griff nach den Akten und nahm die Tür in der rückwärtigen Wand. Es war ihm gleich, neben wem er am Tisch sitzen würde. Er musste nur darauf achten, dass er die Fremde, die ihm schon gar nicht mehr fremd schien, von seinem Platz aus sehen konnte. Auf dem Gang traf er mit dem Staatsanwalt zusammen. Gemeinsam gingen sie in die Kantine hinunter. Die Fremde war nicht da. Auf dem Platz, an dem sie am Morgen gesessen hatte, saß eine blasse junge Frau mit dünnen hellblonden Haaren, die ihn an seine Frau erinnerte.

Zum ersten Mal, seit er am Morgen das Haus verlassen hatte, dachte der Richter an seine Frau. Es war kein flüchtiger Gedanke. Er dachte, während er die Blonde hin und wieder mit einem Blick streifte, sich durch gelegentlich geäußerte Sätze an der Unterhaltung am Tisch beteiligte und eine Suppe aß, von der er später nicht hätte sagen können, wonach sie geschmeckt hatte, dass es das Einfachste wäre, seine Frau wäre tot. Das dachte er ruhig und ohne zu erschrecken. Es war einfach so, dass er nicht wusste, wie sein Leben weitergehen sollte, wenn sie noch da wäre. Darüber, dass die Fremde nach der Verhandlung nicht mehr in die Kantine gekommen war, beunruhigte er sich nicht. Was sie betraf, so schien es ihm, als sei alles zu ihrer beider Zufriedenheit geregelt, auch wenn er, darauf angesprochen, nicht hätte sagen können, wie.

Gegen fünfzehn Uhr verließen der Richter und der Staatsanwalt die Kantine. Sie hatten sich für den kommenden Sonntag zum Bridge verabredet, eine Tatsache, die die Frau des Staatsanwalts dann an dem verabredeten Tag veranlasste, zum zweiten Mal in Tränen auszubrechen. Zum ersten Mal hatte sie geweint, als sie durch ihren Mann davon erfuhr, dass die Frau des Richters ermordet worden war. Man hatte den Staatsanwalt informiert, der, wie der Richter, nach dem Essen noch einmal sein Büro aufgesucht hatte. Der Staatsanwalt war kurz nach der Polizei am Tatort eingetroffen. Die Putzfrau, die immer am Dienstagnachmittag kam, hatte die Tote gefunden und die Polizei alarmiert. Es fiel dem Staatsanwalt zu, der sich in gewisser Weise mit dem Richter befreundet glaubte, zurück ins Amtsgericht zu fahren und diesen über den Tod seiner Frau zu informieren. Das fiel ihm nicht leicht. Er war froh, als er die Sache hinter sich gebracht hatte, und dem Richter dankbar, der die Nachricht gefasst entgegengenommen und nur darum gebeten hatte, allein gelassen zu werden.

Die Ermordung der Frau des Richters beherrschte ein paar Tage lang die Innenseiten des Hellweger Anzeigers, der Westfälischen Rundschau und die Berichterstattung von Antenne Unna. Vor der alten Villa in der Platanenallee sammelten sich tagelang Schaulustige, so dass der Richter die Veranda eine Weile nicht zum Frühstück benutzen konnte. Man rätselte an den Stammtischen, beim Einkaufen und im Golfclub Unna-Fröndenberg, in dem der Richter und seine Frau Mitglieder gewesen waren, wer die Frau erschossen haben könnte. Beide Unnaer Vereine Deutscher Schäferhunde lancierten unabhängig voneinander Artikel in den Zeitungen, aus denen zu entnehmen war, dass der Mord mit einem auf Mann dressierten Schäferhund im Haus nicht hätte geschehen können. Die Diskussion über einen oder mehrere mögliche Täter verebbte allerdings relativ schnell. Der Grund war einfach: Die geregelten Familienverhältnisse des Richters, sein gesellschaftlich akzeptiertes berufliches und privates Umfeld und der untadelige Ruf, den er und seine Frau immer genossen hatten, gaben einfach zu keinerlei Spekulationen Anlass.

Die Unnaer Kriminalpolizei, die selbstverständlich auch

in diesem Fall die privaten Verhältnisse der Familie aus ihren Untersuchungen nicht ausschloss, kam zu keinem greifbaren Ergebnis. Allgemein nahm man deshalb nach einer Weile an, dass es sich bei dem Täter um einen durchreisenden Fremden, vielleicht um einen bewaffneten Einbrecher gehandelt haben musste, der von der Frau des Richters überrascht worden war; ein tragischer Zufall sozusagen.

Eine kurze Belebung erhielt die Diskussion um den Tathergang und die Motive der Tat noch einmal, als die Frau des Richters beerdigt wurde. Die Söhne, die viele Trauergäste wegen der Ähnlichkeit mit der Mutter an die Tote erinnerten und deshalb durch ihr Erscheinen eine Tränenflut auslösten, waren aus den USA angereist. Der Richter stand blass und ernst zwischen ihnen am Grab seiner Frau. Später wirkte er inmitten der Kollegen, die gekommen waren, um ihm ihr Beileid auszusprechen, ein wenig verloren; fast so, als gehörte er nicht mehr zu ihnen. Selbstverständlich hatte auch die Kriminalpolizei unauffällig an der Beerdigung teilgenommen und die Trauergäste fotografiert. Die Auswertung der Fotos ergab nicht den geringsten Hinweis auf einen möglichen Täter. Nach einiger Zeit wurde deshalb die Ermittlungsakte geschlossen. Man vernichtete die zusammengetragenen Informationen nicht, so dass die Wiederaufnahme im Fall einer neuen Spur oder bei der Festnahme eines Täters, dessen Tat Ähnlichkeiten mit dem Fall der Frau des Richters haben sollte, jederzeit möglich sein würde. Aber die aktuellen Nachforschungen wurden eingestellt.

Der Richter erfuhr davon durch eine schriftliche Benachrichtigung der Staatsanwaltschaft. Er hatte, tief getroffen durch den Schock über die Ermordung seiner Frau, seine vorzeitige Pensionierung beantragt und konnte davon ausgehen, dass sie genehmigt werden würde. Am Morgen, als ihn die Mitteilung der Staatsanwaltschaft erreichte, saß er in der Veranda zusammen mit dem Chef der alteingesessenen Maklerfirma, den er schon aus seiner Zeit als Schüler am Pestalozzi-Gymnasium kannte und mit dem er im Golfclub manchmal zusammen gespielt hatte. Er wusste, dass jeder Makler in der Stadt die gepflegte Villa gern in sein Angebot aufgenommen hätte, aber es war ihm wichtig, den Verkauf des Hauses in seriösen Händen zu wissen.

Er öffnete den Brief, während der Makler noch einmal mit spitzem Bleistift eine neue Berechnung anstellte, und legte ihn zufrieden beiseite. Das war etwa fünf Monate nach dem Tod seiner Frau. Er hatte nichts mehr von der Fremden gesehen oder gehört, seit sie nach dem Ende der Verhandlung den Raum verlassen hatte. Manchmal, wenn er abends im Bett lag und darüber nachdachte, wie sein zukünftiges Leben verlaufen würde, von dem er doch eigentlich nichts wusste, außer dass er es mit ihr gemeinsam verbringen wollte bis ans Ende seiner Tage, wunderte er sich über die Gewissheit, mit der er an das Wiedersehen dachte. Aber diese Verwunderung empfand er nur manchmal und nur nachts, zu einer Zeit also, in der die Welt allen Wachliegenden unsicher erscheint.

Wohlers Allee

Mein Name ist Olga Morales. Sie sehen nicht so aus, als ob Sie in diese Gegend gehörten.

Und in diese Kneipe schon gar nicht. Olga Morales – der Name sagt Ihnen nichts? Setzen Sie sich doch zu mir. Ich erzähle Ihnen eine Geschichte. Da können Sie die Gegend besser kennenlernen, als wenn Sie draußen herumlaufen. Nur eine kleine Geschichte, aber ich werde Sie nicht langweilen. Setzen Sie sich. Schön, dass Sie mir heute Nacht Gesellschaft leisten wollen.

Skandal in der Wohlers Allee, sagt Ihnen das etwas? Nichts? Na ja, die Sache ist ja auch schon eine Weile her.

Ich trink übrigens Rotwein. Der Mann hinter dem Tresen weiß Bescheid. Für mich hat er einen besonderen Rotwein, einen chilenischen. Sehen Sie sich die Leute hier doch an. Von denen trinkt niemand Wein. Astra und Holsten, mehr geht hier nicht.

Ich erzähl Ihnen die Geschichte. Zwei oder drei Gläser Rotwein, das wird sie Ihnen doch wert sein. Ich wette, Sie haben sich gewundert, eine Frau wie mich in dieser Kneipe sitzen zu sehen. Ich hab immer gefunden, dass DER TUNNEL etwas Besonderes hat. Auch Julia war oft hier. Danke für den Wein.

Olga Morales, Chilenin. Ich muss ein wenig ausholen, aber keine Angst, wir kommen hier an. Erinnern Sie sich? 1973 ließen die Amerikaner den gewählten chilenischen Präsidenten umbringen. Salvador Allende, ja. Ich hab damals seiner Regierung angehört. Als Pinochet, das Schwein, ich nenne ihn nie anders, immer nur Pinochet, das Schwein, ich weiß, was ich sage, als Pinochet, das Schwein, die Regierungsgeschäfte übernahm, war es lebensgefährlich, der Allende-Regierung angehört zu haben. Allende hatte mich mit der Entwicklung des Wohnungsbaus beauftragt. Mit den Elendsvierteln sollte endlich Schluss sein. Unsere Arbeit war wichtig, mein Bild hin und wieder in der Zeitung gewesen. Ich musste mich verstecken. So ging es vielen, die die ersten Säuberungen überlebt hatten. Es gab Möglichkeiten, wir hatten viele Sympathien im Volk. Aber für mich war die Lage besonders schwierig. Ich hatte das Kind, drei Monate alt, ein Mädchen, Soledad.

Ich trinke noch einen Rotwein, wenn Sie nichts dagegen haben.

Denken Sie nicht, dass ich jede Nacht hier im TUNNEL bin. Aber ich mag diese Kneipe. Über uns die S-Bahn, vor der Tür die große Kreuzung Stresemannstraße/Max-Brauer-Allee. Auch so eine Gegend, wo niemand freiwillig hinzieht. Haben Sie sich mal die Fenster angesehen? Lohnt sich nicht zu putzen, sagen die Leute, zu viel Verkehr. Hier im TUNNEL sitzt man mittendrin im Krach und ist trotzdem allein. Sie meinen die Säufer? Von denen spricht mich keiner an. Die sind mit sich selbst beschäftigt. Außerdem wissen sie, wer ich bin. Für manche von denen hab ich früher …

Man versteckt sich schlecht mit einem Säugling. So ein Kind schreit in den unmöglichsten Momenten und gefährdet die Menschen, bei denen man untergekommen ist. Ich wollte niemanden gefährden. Ich hab keinen anderen Ausweg gewusst. Ich bin abends, es war noch Licht in dem

Gebäude, zur deutschen Botschaft in Santiago gegangen. Ich hatte das Kind dabei. Wir wussten nicht mehr, wohin wir gehen sollten. Während meiner Zeit im Wohnungsbauministerium hatte ich ein paarmal mit Botschaftsangehörigen zu tun gehabt; freundliche Menschen, die übliche nichtssagende Diplomatenfreundlichkeit. Darauf sind solche Leute trainiert. Als man mir die Tür öffnete an diesem Abend, stand der Botschafter persönlich vor mir. Wir haben nicht besonders gut ausgesehen, mein Kind und ich. Genau genommen war ich am Ende. Ich hab dem Botschafter gesagt, wer ich bin und was ich will. Ein netter Kerl, vielleicht fünfunddreißig, die Sorte »Diplomat aus gutem Hause mit einem Händchen für Repräsentation«. Hatte sicher Gedichte auf dem Nachttisch liegen. Nicht dumm, das muss man bei Diplomaten erwähnen, weil es so selten ist. Er begriff sofort, womit er es zu tun hatte. War natürlich auch nicht schwierig. In der Stadt wurde noch immer geschossen. Die Truppen des Schweins waren mit Lastwagen unterwegs, um aufzuladen, wen sie umbringen wollten. Sie ahnen, was kommt?

Jawohl, er hat uns weggeschickt. Diplomatische Verwicklungen hat er gefürchtet. In Wirklichkeit stand er auf der Seite der Putschisten.

Ich hab die Nacht und noch andere Nächte draußen verbracht. Das klingt einfach, aber es war sehr gefährlich. Die Militärs waren unterwegs. Tagsüber habe ich mich auf dem Friedhof in einem Mausoleum versteckt. Draußen war Smog und Nebel, der Winter verging, aber noch war alles grau und kalt. Wir haben erbärmlich gefroren. Und die Schüsse, immer die rasenden Lastwagen und die Schüsse. Nachts haben wir, mein kleines Mädchen und ich, das Mausoleum verlassen, um etwas zu essen aufzutreiben. Ich hab doch gespürt, dass das Bündel in meinem Arm immer leichter wurde. Ich hatte keine Milch mehr für sie, ich brauchte dringend etwas zu essen. Die Menschen, die ich aufsuchte, hatten furchtbare Angst. Immer wieder hörte ich, dass jemand auf offener Straße erschossen worden war. Man ließ die Körper einfach liegen und nachts, während der Sperrstunde, wurden sie eingesammelt und verscharrt. Manchmal bekam ich einen Kanten Brot, irgendetwas, das sich schnell durch die Tür reichen ließ. Es war nicht genug. Ich trug mein Kind fest an mich gewickelt, und es wurde still. Soledad war bald zu schwach, um nach Essen zu weinen. Als wir nach Tagen, ich weiß nicht mehr, wie viele es waren, das Friedenskomitee erreichten, hat man mir das Bündel abgenommen. Ich hatte mir immer noch eingebildet, mein Kind schlafe. Soledad war gestorben. Sie war in meinen Armen verhungert. Über das Friedenskomitee bekam ich Kontakt zu einer Flüchtlingsinitiative. Das waren Deutsche, Linke, die verfolgten Chilenen die Ausreise ermöglichten. So bin ich nach Hamburg gekommen.

Ich war nicht die Einzige, die hier Zuflucht fand. Aber ich war damals die Einzige, die so schnell wie möglich Deutsch lernen und wieder arbeiten wollte. Die meisten meiner Landsleute standen unter Schock. Sie brauchten Hilfe. Ich war in Chile Juristin gewesen. Das galt, natürlich, hier in Hamburg nichts. Aber es fiel mir leicht, mich in Gesetzestexte einzuarbeiten. Ich konnte bald in meiner Wohnung Menschen beraten. Die Wohnung war übrigens hier in der Nähe, in der Stresemannstraße. Ich weiß also, wovon ich rede. Es musste erst ein Kind totgefahren werden, bevor die Behörden den Autos und LKWs verboten, dort schneller als mit dreißig Stundenkilometern zu fahren. Seither ist niemand mehr unter einen LKW gekommen, aber der Lärm und der Dreck sind geblieben.

Ich bin irgendwann dort ausgezogen. Nicht weit weg, nur

um die Ecke, Wohlers Allee. Da war es ruhiger. Es gab Bäume und morgens zwitscherten die Vögel. Da hab ich mein Büro aufgemacht:

Olga Morales, Ermittlungen, soziale Beratungen.

Es kamen bald nicht nur Chilenen. Es kamen auch deutsche Frauen, denen der Mann weggelaufen war und die deshalb keinen Unterhalt für ihre Kinder bekamen. Es kamen Ehemänner, die ihre Frauen beschatten ließen, weil sie fürchteten, betrogen zu werden. Es kamen Väter, die das Leben ihrer erwachsenen Kinder überprüfen ließen, um festzustellen, ob sie des Erbes wert wären, das sie ihnen vermachen wollten. Die ganze Palette der Probleme, die Leute haben, deren Gott das Eigentum ist. Die Sparbücher oder Bankkonten oder Grundstücke oder Häuser anbeten und dafür lügen und betrügen und sogar vor Mord nicht zurückschrecken.

Ich muss noch etwas trinken.

Ich hab bald gut verdient an denen. Ich mochte meine Kunden nicht, aber für eine ordentliche Arbeit war das auch nicht nötig. Ich galt als streng und verschlossen und sehr effizient. Ich hatte einen guten Ruf. Zwei Angestellte arbeiteten für mich. Die haben mich gemocht. Weiß der Himmel warum. Wahrscheinlich, weil sie an mir so etwas wie einen Halt gefunden hatten. Der eine war ein ewiger Student, hochbegabt und unfähig, Prüfungen durchzustehen, der andere ein Arzt, der seine Approbation verloren hatte. Ich hab ihn nicht gefragt, weswegen. Er gefiel mir, als er sich bei mir vorstellte. Ich gefiel ihm auch, aber ich halte nichts von Verhältnissen, in denen Ungleichheit angelegt ist. Deshalb hatten wir nie etwas miteinander.

Sehen Sie den, der da eben gekommen ist? Sie nennen ihn hier Bongo. Früher hatte er einen Laden für afrikanische Kleider und Kunstgewerbe, nur ein paar Häuser weiter. Ich hab ihm mal bei seinen Stromrechnungen geholfen. Als ich aus dem Gefängnis kam, gab es den Laden nicht mehr.

Aus dem Gefängnis, ja. Ich nehme doch an, dass Sie sich schon so etwas gedacht haben. Irgendein Clou muss doch dabei sein, bei dieser Geschichte. Deshalb sitzen Sie doch noch hier. Ich erzähle Ihnen, wie ich da hineingekommen bin, nein, danke. Ich möchte jetzt nichts trinken.

Dass mein Geschäft gut lief, das haben Sie noch im Kopf? Ja, und dann kam eines Tages Julia. Eine junge Frau Anfang dreißig, südländischer Typ, ziemlich flippig angezogen und total durcheinander. Ich hab sofort gespürt, dass sie Probleme hatte, und normalerweise hätte ich sie nicht angestellt. Aber ich mochte sie und ich hab mir zugetraut, sie wieder in Ordnung zu bringen. Ich hatte schon Erfahrung mit den beiden Männern, die für mich arbeiteten. Ich wusste, dass ich mit Menschen umgehen konnte. Und ich hab sie, natürlich, auch nicht unbesehen genommen.

Ihre Geschichte ist schnell erzählt. Sie war bei Pflegeeltern aufgewachsen, in einer Schrebergartenkolonie in Eidelstedt. Die Pflegeeltern schilderte sie als alt, fett und in jeder Hinsicht unbeweglich. Julia war schon vor Jahren von zu Hause weggegangen. Sie hatte irgendeinen Bürojob gelernt, oft die Arbeitsstellen gewechselt, nie wirklich Fuß gefasst. Wer ihre richtigen Eltern waren, wusste sie nicht. Die Pflegeeltern hatten regelmäßig Geld bekommen. Dafür hatten sie sich verpflichtet, die Herkunft des Mädchens nicht auszuplaudern. Ich hab diese Leute kennengelernt. Stellen Sie sich geldgierige Spießbürger vor, dann liegen Sie nicht falsch.

Julia hat mir von Anfang an vertraut. Wir mochten uns. Sie hat wohl in mir so etwas wie eine zweite Mutter gesehen.

»Findest du nicht, dass wir uns ähnlich sehen?«, hat sie manchmal gesagt.

Es stimmte: Wir sahen uns ähnlich. Dunkle Haare, braune Haut; ein bisschen indianisch, nicht »deutsch«, wenn Sie verstehen, was ich meine. Ich stellte fest, dass Julia die Musik von Víctor Jara mochte, die ich ihr vorspielte, obwohl sie vorher noch nie von ihm gehört hatte. Ich erzählte ihr, wie er gestorben war. In den ersten Tagen nach dem Militärputsch gab es dieses Stadion, in dem die Menschen zusammengetrieben wurden, deren Haltung den Militärs nicht passte. Dort hat man Jaras Hände mit Gewehrkolben zerschlagen, bevor man ihn erschossen hat. Wir haben beide geweint. Etwas verband uns, und wir waren glücklich darüber, ohne dass wir uns bewusst machten, was das eigentlich war. Ich dachte nicht mehr so viel an das Kind, das in meinen Armen verhungert war. Ich dachte darüber nach, wie ich Julia helfen konnte, wieder auf die Füße zu kommen. Und Julia war froh, eine Person zu haben, die an sie glaubte, die sie ernst nahm.

Deshalb war es leicht, ihr beizubringen, dass Disziplin wichtig ist. Zuverlässigkeit, Gründlichkeit, Interesse an der Arbeit, alles hat sie von mir gelernt. Und mit den beiden Männern hat sie sich von Anfang an gut verstanden. Manchmal, bei größeren Aufträgen, haben die drei zusammengearbeitet. Da waren sie einfach wunderbar.

Mit so einem größeren Auftrag begann dann auch das Unglück. Der Unternehmer, für den wir eine Zeitlang seine Kinder beobachtet hatten, war sehr zufrieden mit unserer Arbeit. Privat verkehrte er in einem Club, so ein Herrenclub, nichts Offizielles, nur ein paar gut betuchte Herren, die schon dasselbe Gymnasium besucht hatten, in diesem

Fall das Christianeum, und alle hatten den Marschallstab im Tornister gehabt. Nun waren sie alt, erfolgreich und ein bisschen wehleidig geworden. Das Leben ging zu Ende. Es passierte nichts Aufregendes mehr. Hin und wieder eine kleine Reise nach Baden-Baden oder auf die Seychellen, für Freundinnen schon ein wenig zu bequem, ein paar von ihnen hatten Ehefrauen, die bei offiziellen Anlässen mit genug Schmuck behängt werden konnten, um anzuzeigen, dass das Haus wohl bestellt war. Ich vermute, Sie kennen solche Herren. Man trifft sich einmal im Monat, isst und trinkt gut, redet von alten Zeiten und spekuliert ein wenig über zukünftige Entwicklungen. In diesem Kreis fiel dann mein Name: Olga Morales.

Ich möchte jetzt doch noch einen Rotwein, bevor ich Ihnen den Rest der Geschichte erzähle. Am Ende werden Sie verstehen, weshalb.

Es war so: Der Herrenclub hatte Zuwachs bekommen. Und nicht nur der Club, sondern die ganze Stadt war über den Zuzug entzückt; jedenfalls wenn man den Berichten in den Hamburger Zeitungen Glauben schenken durfte.

Am Ende der Wohlers Allee gibt es einen kleinen Park. Ich ging dort manchmal in der Mittagspause spazieren, manchmal auch, wenn ich über einen besonders komplizierten Fall nachdenken musste. An diesem Tag war ich müde. Julia und ich waren in der Nacht zuvor ausgegangen. Als wir uns kennenlernten, war sie nicht besonders wählerisch gewesen in ihren Unternehmungen. Manchmal trank sie auch mehr, als ihr guttat. Hier im TUNNEL übrigens. Sie werden zugeben: kein besonders geeigneter Ort für eine attraktive junge Frau. Alle fünf Minuten die donnernde S-Bahn über ihrem Kopf, vor der Tür der Straßenlärm, Benzingestank draußen, Zigaretten und Bier drinnen. Das Mädchen hatte nicht genug Selbstbewusstsein, um zu merken, dass sie hier nicht hingehörte.

Als ich das verstanden hatte, bin ich aktiv geworden. Ich hab Ihnen ja gesagt, ich mochte diese schöne Verrückte. Manchmal bildete ich mir schon ein, sie könnte meine eigene Tochter sein. Meine Soledad. Jedenfalls versuchte ich, auch in ihrer Freizeit Einfluss auf sie zu gewinnen. Und ich war selbst erstaunt, als ich merkte, dass ihr meine Vorschläge willkommen waren. Am Abend zuvor hatten wir an einer Diskussion unter Exilchilenen teilgenommen. Es ging darum, ob man es wagen konnte, in die Heimat zurückzukehren. Anschließend waren wir in die Spätvorstellung gegangen, um uns den Film »Sur« anzusehen, und hatten danach noch lange in der Tower-Bar am Hafen gesessen. Wahrscheinlich angeregt durch den Film und durch die Diskussion über Chile war Julia auf die Idee gekommen, mir vorzuschlagen, unser Büro sollte nach ihren richtigen Eltern suchen. Die Frage hatte sie bisher nicht interessiert, genauso wie ihre Pflegeeltern sie nicht mehr interessierten, aber mir war schon lange klar, dass ein Teil ihrer inneren Unruhe damit zusammenhing, dass sie nicht wusste, woher sie kam und wer ihre Eltern waren.

Ich muss sagen, dass ich in dieser Nacht versuchte, sie von dem Gedanken abzubringen. Ich hatte tatsächlich die Hoffnung, Julia mit der Zeit so sehr an mich zu binden, dass sie die Frage ihrer Herkunft vergessen würde. Das weiß ich heute. Damals habe ich mir das nicht eingestanden.

Es war vier Uhr morgens, als ich nach Hause kam, und entsprechend müde war ich am nächsten Tag. Ich versuchte, die Müdigkeit durch einen Dauerlauf im Park zu überwinden, und sank am Ende außer Atem auf eine Parkbank. Jemand hatte seine Zeitung dort liegen gelassen. Ich nahm sie zur Hand, als ich wieder regelmäßig atmete, mein Blick fiel auf ein Foto und ich erschrak. Ich wusste sofort, wen ich vor mir hatte, und der zum Foto gehörende Artikel bestätigte, was ich wusste.

Gerhard von Richter, ehemaliger Botschafter in Chile, anschließend in Mexiko, Kanada, Island und Thailand, war am Ende seiner glänzenden Karriere in den Ruhestand versetzt worden und endgültig in seine Vaterstadt Hamburg zurückgekehrt. Der Senat hatte ihm zu Ehren einen Empfang gegeben und versprach sich in Zukunft viel von seinem Rat in Außenhandelsfragen. Von Richter würde das Haus seiner Eltern in Klein Flottbek beziehen, das nach deren Tod eine Weile leer gestanden hatte und nun zur Aufnahme des neuen Hausherrn wieder hergerichtet worden war.

Ich hab das Bild so lange angestarrt, bis ich merkte, dass mir die Tränen über das Gesicht liefen. Ich ließ die Zeitung liegen und ging ins Büro. Vier Wochen später, ich erinnere mich daran, dass wir einen wunderbaren Sommertag hatten und deswegen die Fenster im Büro geöffnet waren, um den Duft der Blumen aus den Vorgärten und das Gezwitscher der Vögel einzulassen, stand Gerhard von Richter in unserem Wartezimmer.

Die Wochen seit der Entdeckung seiner Rückkehr waren für mich nicht einfach gewesen. Nicht nur, weil ich mit meiner Trauer und meiner Wut zu kämpfen hatte, sondern auch deshalb, weil es mir nicht gelungen war, Julia von der Suche nach ihren wirklichen Eltern abzubringen. Sie war nicht viel weitergekommen, aber ich wusste, was sie mehr und mehr beschäftigte. Sie hatte dem Doktor und dem Studenten ihre Geschichte erzählt und die beiden schon beinahe dafür gewonnen, heimlich im Schrebergartenhaus ihrer Pflegeeltern nach Beweisen zu suchen, die ihre Herkunft belegen sollten. Und ich hatte offiziell keinen Grund, sie an ihren Plänen zu hindern. Hätte ich sagen sollen: Ich möchte, dass du meine Tochter bist, dass du bei mir bleibst? Mir war klar, dass sie mich, aufgeregt und neugierig auf Entdeckungen, wie sie war, nicht ernst nehmen würde. Ich konnte verhindern, dass die drei sich während ihrer Arbeitszeit mit Julias Geschichte befassten. Es gehörte zu meinen Grundsätzen, dass den Angestellten Ermittlungen zu privaten Zwecken nicht erlaubt waren. Aber ich hatte keinen Einfluss auf das, was sie in ihrer Freizeit taten. Ich wurde misstrauisch und ungerecht, aber meine drei Angestellten mochten mich. Sie tolerierten mein Verhalten. Das wird schon wieder, mögen sie sich gedacht haben. Die Chefin hat kein leichtes Leben gehabt. Da darf sie schon mal unfreundlich sein. Wir wissen ja, dass sie auch anders sein kann.

Es herrschte eine merkwürdige Stimmung bei uns im Büro, und da hinein platzte der Botschafter. Während der wenigen Minuten, in denen er mit Julia, dem Doktor und dem Studenten zu tun hatte, gewann er die drei für sich. Solche Leute verfügen über ein abgestuftes Reservoir von Höflichkeiten und wissen immer, wann sie sich wie zu verhalten haben. Das meine ich ganz ernst. Auch damals, als ich mit meinem kleinen Mädchen vor seiner Tür gestanden hatte, brauchte er nur in seine Requisitenkiste zu greifen, um für diese Situation den richtigen Ton zu finden. Inzwischen weiß man ja, welche menschenfeindliche Haltung die deutsche Botschaft in Chile in Abstimmung mit der deutschen Regierung während des Putsches eingenommen hat. Da ging es nicht um »diplomatische Verwicklungen«. Man stand einfach nur an der Seite von Pinochet, dem Schwein. Ein deutscher Minister besuchte damals das Stadion in

Santiago. Vor der Weltöffentlichkeit erklärte er, dort habe die Sonne geschienen.

Ich bin müde. Nein, ich möchte nichts mehr trinken. Der Rest meiner Geschichte ist schnell erzählt.

Ich bat den Herrn in mein Arbeitszimmer und erfuhr von ihm, dass einer meiner früheren Klienten, mit dem er im Herrenclub zusammengetroffen war, ihm unser Büro genannt hatte. Von Richter hatte während seiner Zeit als Botschafter in Chile ein Verhältnis mit einer Chilenin gehabt und mit ihr ein Kind gezeugt. Die Mutter des Kindes war gestorben und er hatte sich in gewisser Weise für dessen Existenz verantwortlich gefühlt. In Absprache mit seinen Eltern hatte er das Kind nach Deutschland gegeben. Die Eltern hatten das bei ihnen arbeitende Hausmeisterpaar davon überzeugt, dass sie sich nicht schlechter stehen würden, wenn sie ihre Arbeit aufgäben und sich um das Kind kümmerten. Diese Leute hatten tatsächlich aufgehört, bei den von Richters zu arbeiten, hatten das Kind in Pflege genommen und waren dafür von ihnen einundzwanzig Jahre lang mit einem monatlichen Gehalt versorgt worden. Die Eltern des Botschafters waren inzwischen gestorben. Er erinnerte sich nicht mehr an den Namen des Hausmeisterpaares. Auch Unterlagen über die Geldzahlungen gab es nicht mehr. Er hatte das Kind nie zu Gesicht bekommen, fühlte sich aber, nun im Alter frei von Verpflichtungen, bemüßigt, nach seinem Verbleib forschen zu lassen.

»Können Sie sich vorstellen, dass es mir Freude machen würde, dieses Mädchen, diese junge Frau, zu mir zu nehmen?«

Ich konnte es mir vorstellen. Sehr gut sogar.

»Selbstverständlich nur dann, wenn es sich um ein, wie soll ich sagen, einigermaßen herzeigbares Exemplar handelt. Aber ich weiß ja, dass Ihr Büro mit aller erforderlichen Diskretion arbeiten würde, nicht wahr?«

Ich ließ ihn einen Ermittlungsauftrag unterschreiben und sagte ihm, wir würden ihn anrufen, sobald wir etwas herausgefunden hätten. Meinen Mitarbeitern sagte ich nichts von dieser Geschichte. Noch am selben Abend suchte ich Julias Pflegeeltern auf. Mir war der Verdacht gekommen, dass sie das Hausmeisterpaar sein könnten, das die Pflege des Säuglings übernommen hatte. Bevor dieser Verdacht nicht ausgeräumt war, wollte ich nicht mit anderen über den Fall sprechen.

Was ich antraf, spottete jeder Beschreibung: eine verwahrloste Bruchbude in einem halb aufgelassenen Schrebergartengelände und einen Mann und eine Frau, die zusammen mindestens fünf Zentner wogen und inmitten von leeren und halbvollen Bierflaschen damit beschäftigt waren, aus Buchstaben der Bild-Zeitung einen Erpresserbrief zusammenzukleben. Auch zu den beiden war die freudige Nachricht von der Heimkehr des Botschafters gedrungen, und sie gedachten auf ihre Weise davon zu profitieren. Sie stritten nicht einmal ab, was sie vorhatten. Ein verkommenes Paar. Aber ich wusste nun, was ich wissen musste.

Ich wusste nicht, dass auch Julia zu ihren Pflegeeltern gehen und von ihnen erfahren würde, wer ihre Eltern waren. Wir sprachen beide nicht über unser Wissen. Später hat sie mir gesagt, sie hätte darauf gewartet, dass ich den Anfang machte. Sie wäre niemals zu diesem Botschafter gegangen. Sie hätte nur wissen wollen, woher sie gekommen war. Ich, Olga Morales, aber sei Chilenin wie ihre Mutter, und sie wäre sicher bei mir geblieben.

Haben Sie bemerkt, dass die Züge nur noch alle zwanzig Minuten über unsere Köpfe dröhnen? Auch auf den Straßen ist der Verkehr ruhiger geworden. Das geht jetzt so bis morgens um fünf. Dann fängt der Lärm wieder an. Die werden hier gleich schließen.

Ich hab den Botschafter eine Woche später abends in mein Büro bestellt. Ich hatte eine Waffe, mit Waffenschein übrigens, und vor Gericht habe ich ausgesagt, dass ich nicht vorhatte, auf den Botschafter zu schießen. Man hat mir nicht geglaubt. Der Staatsanwalt hat sich große Mühe gegeben, einen Vorsatz zu konstruieren, und wenn ich später darüber nachdachte, ich hatte ja genügend Zeit dazu, dann habe ich ihm recht gegeben. Ich wollte, dass er Julia mir überlässt. Ich war krank vor Angst, er könnte sie mir wegnehmen. Ich wusste von Anfang an, dass ich das nicht zulassen würde. Julia war noch im Büro, aber ich hatte sie nicht bemerkt. Sie hat uns zugehört. Ich hab dem Botschafter gesagt, dass er ein Mörder ist. Irgendjemand musste ihm doch endlich sagen, dass er die Schuld hatte am Tod meiner Soledad. Natürlich hat er versucht, sich herauszureden, aalglatt, wie diese Leute sind. Dann hab ich ihm von Julia erzählt. Ich hab ihm gesagt, er soll sie in Ruhe lassen, er soll sie mir überlassen.

»Als Entschädigung?«, hat er gefragt und dabei gelacht. »Gute Frau, so etwas vergessen Sie besser«, hat er gesagt.

»Ich bin nicht Ihre ›gute Frau‹«, habe ich ihm geantwortet und bin an den Schreibtisch gegangen, um die Waffe zu holen. Ich wollte ihn umbringen.

Ich habe auf ihn geschossen. Aber wir waren ja nicht allein. Julia ist mir in den Arm gefallen, so dass er nur verletzt wurde. Sie hat dann die Polizei und den Krankenwagen gerufen. In der Zeit, in der wir gewartet haben, hat sie mir gesagt, sie verstünde jetzt alles; auch, weshalb ich mich so sehr um sie gekümmert hätte. Sie könne aber Soledad nicht für mich ersetzen. Diese Aussage hat sie auch bei der Polizei gemacht. Ich hab sie nicht wiedergesehen. Ich weiß nur, dass sie tatsächlich nicht zu dem Botschafter gegangen ist. Meine beiden Männer haben nach ihr gesucht. Sie haben sie nicht gefunden.

Sehen Sie? Man macht Schluss hier. Noch ist es still draußen. Danke, dass Sie mir zugehört haben. Gute Nacht.

Der Rest von Etwas

Es ist falsch gewesen, die Veranstaltung zu besuchen, dachte die Frau. Nein, nicht falsch, nur vollkommen sinnlos.

Sie war, um dem ungewohnten Alleinsein zu entgehen, in die nahe gelegene Kreisstadt gefahren, um eine der dort hin und wieder stattfindenden Dichterlesungen anzuhören. Sie fuhr langsam und versuchte die Schönheit der hellen Juninacht zu erfassen. Solcher Nächte wegen, auch solcher Nächte wegen, waren sie vor Jahren aus der Stadt aufs Land gezogen. Sie war sicher, dass dies eine der schönsten Sommernächte war, die sie bisher erlebt hatte. Aber die Schönheit bedeutete nichts mehr. Genauso wie der Mann, mit dem sie zusammenlebte, nichts mehr für sie bedeutete.

Sie fuhr langsamer, während sie darüber nachzudenken begann, seit wann sich ihre Gefühle geändert hatten. Als ihr klar wurde, dass sie die Veränderung schon lange gespürt, aber nicht hatte wahrhaben wollen, verzog sie verächtlich den Mund. Sie hatte sich etwas vorgemacht und es war Zeit, damit aufzuhören.

Vom Verlag, für den sie gezeichnet hatte, war ihre Kündigung gekommen. Ihre Zeichnungen waren angeblich nicht mehr modern.

Der Mann, mit dem sie zusammenlebte, hatte vor ein paar Monaten seinen Job verloren. Das Haus, das ihnen gemeinsam gehörte, war noch nicht bezahlt. Sie würden sich etwas einfallen lassen müssen, wenn sie das Dach über dem Kopf behalten wollten.

Weshalb gehst du nicht deinen eigenen Weg, dachte sie, aber der Gedanke war kraftlos. Sie hatte ihre Kraft verbraucht, um die Illusion der großen Liebe aufrechtzuerhalten. Jetzt war nichts mehr da für einen neuen Anfang, und das war ihr klar.

Sie überlegte, ob sie das Radio einschalten sollte, verwarf den Gedanken und öffnete stattdessen ein Fenster. Die Nachtluft war warm und die Landschaft um sie herum, der Mond über dem Waldrand, die niedrigen Rosenhecken neben dem Straßengraben, die reglosen Kornfelder hinter den Hecken gaben ihr das Gefühl, sie sei allein auf der Welt. Sie dachte daran, dass sie allein sein würde, wenn sie nach Hause kam. Der Mann war weggefahren, um sich in den großen Städten nach Arbeit umzusehen.

Er ist zu alt, dachte sie, er wird nichts finden. Wir werden uns bald etwas einfallen lassen müssen.

Unwillkürlich gab sie mehr Gas. Sie wollte nach Hause. Sie wollte sich an das geöffnete Fenster des Ateliers setzen und die Nacht betrachten, so wie sie es früher gemeinsam gemacht hatten. Fast schien es ihr, als würde der Blick über die nächtlichen Felder ihr Trost geben.

Bis zu ihrem Haus waren es nur noch wenige Kilometer. Weil sie den Weg genau kannte, sah sie die dunklen Umrisse des Blechhaufens, der halb im Graben neben der Straße lag, sofort. Sie fuhr langsamer. Offenbar war da vorn ein Auto verunglückt. Jemand hatte die Kurve nicht gekannt und war zu schnell gefahren. Der Gedanke, Hilfe leisten zu müssen, war ihr zuwider. Aber sie war nicht abgestumpft genug, um einfach vorbeizufahren. Sie hielt dicht hinter dem Blechhaufen und stieg aus.

Das Ding vor ihr war ein Cabrio gewesen. Die beiden Männer, die darin gefahren waren, hatten sich um den Bügel des Wagens gewickelt. Sie waren tot. Es war nicht mehr nötig, ihnen zu helfen. Die Frau ging noch einen Schritt näher heran, während sie überlegte, dass die Männer zu schnell gefahren sein mussten. Sie versuchte zu erkennen, woher das Auto kam, konnte aber kein Nummernschild entdecken. Dann sah sie den Blechkoffer. Er war zwischen dem Beifahrersitz und der Wagentür eingeklemmt. Der Metalldeckel war so eingedrückt, dass die Ecken hochstanden. In dem Koffer war Geld.

Die Frau trat in den trockenen Graben und versuchte die Wagentür mit Gewalt aufzureißen. Sie fiel dabei gegen die Böschung, denn die Tür ließ sich leicht öffnen. Leicht fiel auch der zerbeulte Metallkoffer vor ihre Füße. Der Deckel löste sich nicht. Sie nahm den Koffer auf, warf einen kurzen Blick auf die Toten und ging zurück zu ihrem Auto. Sie legte den Koffer auf den Rücksitz und fuhr los.

Sie fuhr wieder langsam, wie vorher, die nächtliche Landschaft war schön und still wie vorher, aber mit ihr geschah etwas Entscheidendes, und sie wusste es.

Zu Hause schaltete sie die Scheinwerfer und die Beleuchtung über der Eingangstür aus, bevor sie den Koffer ins Haus trug. Sie legte ihn in der dunklen Küche auf den Tisch, zog die Vorhänge zu und schaltete erst dann eine kleine Lampe über dem Herd an. In dem Koffer waren achthunderttausend Euro in unterschiedlich großen Scheinen und zwei kleine Tüten mit weißem Pulver, das sie für Rauschgift hielt und sofort wegwarf. Dann setzte sie sich neben den Küchentisch und dachte nach.

Das Geld stammte aus illegalen Geschäften. Niemand war dabei gewesen, als sie es gefunden hatte. Das Geld gehörte ihr. Sie konnte damit tun, was sie wollte.

Aber zu ihrem Erstaunen dachte sie kaum an das Geld und was sie damit tun würde. Sie dachte an den Mann, der zu alt war, um noch einen Job zu finden, an die Jahre, die sie miteinander gelebt hatten, daran, dass die Liebe langsam erloschen war und dass sie zu müde war, um allein wegzugehen.

Wir werden ohne Sorgen nebeneinander leben können, dachte sie.

Sie stand auf, stapelte das Geld zurück in den Koffer, verzichtete darauf, den zerbeulten Deckel darüberzudecken, und trug den Koffer nach oben ins Atelier. Sie machte kein Licht, legte den Koffer auf den Zeichentisch, öffnete das Fenster und setzte sich auf den Sessel davor. Der Mond war verschwunden, aber die Nacht war hell, eine dieser norddeutschen Sommernächte, die nie richtig dunkel werden, und die Frau sah ruhig aus dem Fenster und fühlte so etwas wie eine ferne Erinnerung an die Kraft in sich entstehen, die sie früher einmal gehabt hatte.

Dann hörte sie Motorengeräusch. Das Geräusch kam schnell näher, es gehörte zu einem niedrig fliegenden Hubschrauber, der so dicht über das Dach des Hauses flog, dass sein Lärm unerträglich laut wurde und sie aufstand und das Fenster schloss.

Der Hubschrauber entfernte sich. Sie ließ den Koffer auf dem Tisch liegen und legte sich auf das Sofa im Atelier. Sie war nicht sicher, ob sie schlafen konnte, aber sie wollte es versuchen.

Dann kam der Hubschrauber zurück. Er flog den gleichen Kurs wie beim ersten Mal, und während er über dem Haus war, fühlte sie, wie das Sofa unter ihr bebte. Bevor er zum dritten Mal über das Dach flog, stand sie auf und stellte sich hinter den Vorhang. Während das Dröhnen über ihr zunahm, sah sie im Graben neben der Straße einen Mann, der sich eng an den Boden drückte und reglos dalag. Sie hätte ihn nicht entdeckt, wenn er nicht den Kopf gewendet hätte, um sein Gesicht vor dem anfliegenden Hubschrauber zu verbergen.

Der Hubschrauber entfernte sich und kam nicht zurück. Der Mann blieb noch eine Weile liegen, stand dann auf und sah die Straße entlang und zum Haus hinüber, bevor er leise und schnell die Straße überquerte und auf ihr Auto zulief. Der Mann war klein und drahtig und trug keine Schuhe. Obwohl er zielsicher auf das Auto zugelaufen war, fand sie, dass er einen verstörten Eindruck machte. Jetzt beugte er sich hinunter, um einen Blick auf das Nummernschild zu werfen, richtete sich auf und lief am Auto vorbei auf den Hof. Sie konnte ihn nun nicht mehr sehen.

Die Frau blieb hinter dem Vorhang stehen und überlegte. Die Männer in dem verunglückten Wagen waren zu dritt gewesen. Der da unten war davongekommen, hatte sich die Nummer ihres Wagens gemerkt und war ihr gefolgt. Der Hubschrauber konnte nur mit der Polizei zu tun gehabt haben. Vielleicht waren die Männer so schnell gefahren, weil sie verfolgt wurden. Von dem Hubschrauber ging keine Gefahr aus. Offenbar hatte er die Suche aufgegeben. Die Gefahr war der Mann auf dem Hof. Er wollte das Geld, und sie wollte es behalten. Da sie damit rechnen musste, dass er bewaffnet war, blieb ihr nur die Möglichkeit, ihn zu töten, bevor er eine Gelegenheit haben würde, seine Waffe zu gebrauchen.

Barfuß und ohne ein Geräusch zu machen, trat die Frau an den Zeichentisch, tastete mit den Händen über die Platte und nahm die Papierschere auf. Während sie das Atelier verließ und sich vorsichtig der Treppe näherte, hörte sie den Mann am Schloss der Küchentür kratzen. Die Tür ging auf den Hof hinaus. Offenbar versuchte er, von dort ins Haus einzudringen. Sie wusste nicht, wie geübt der Mann darin war, verschlossene Türen aufzumachen. Aber die Küchentür hatte nur ein altes, einfaches Schloss, das auch einem ungeübten Einbrecher kaum Schwierigkeiten machen würde. Sie musste sich beeilen.

Schnell und geräuschlos ging sie die Treppe hinunter.

Noch immer hörte sie das kratzende Geräusch. Sie erreichte die Küchentür, presste sich an die Wand und wartete.

Jetzt hatte er das Schloss geöffnet. Er zögerte einen Augenblick, nachdem er die Klinke heruntergedrückt hatte. Offenbar wollte er prüfen, ob im Haus alles ruhig blieb. Die Frau fühlte ihr Herz langsam und gleichmäßig schlagen, während sie beobachtete, wie die Türklinke sich bewegte. Sie fasste die Schere fester und sah ruhig zu, wie die Tür langsam geöffnet wurde. Sie sah die Hand, die eine Schusswaffe hielt, den Arm, den vorgebeugten Kopf, den Oberkörper – und stach zu, als der Mann in gebückter Haltung an ihr vorüberschleichen wollte. Sie stach ihm in den Rücken, zwischen die Schulterblätter, behielt die Schere in der Hand, als er fiel, und sie stach noch zweimal zu, als er am Boden lag.

Im Fallen hatte er einen Stuhl umgerissen. Das Geräusch des auf den Steinboden stürzenden Stuhls war das Einzige, was sie vernahm. Es kam ihr sehr laut vor.

Sie erhob sich, als ihr bewusst wurde, dass sich ihre Knie auf dem Rücken des reglosen Mannes befanden. Durch die offen stehende Küchentür war das Geräusch des Hubschraubers zu hören, das aber nicht näher kam.

Es war nicht einfach, den Mann zu beseitigen, obwohl er wenig Gewicht hatte. Sie hätte den Toten am liebsten zu den beiden anderen neben das Auto gebracht, aber es war klar, dass seine Verletzungen nicht von einem Unfall stammen konnten, und eine Untersuchung wollte sie vermeiden. Einen Augenblick überlegte sie, ob sie die Polizei rufen und behaupten sollte, sie habe einen Einbrecher in Notwehr getötet. Aber sie traute sich nicht zu, deren Fragen unbefangen zu beantworten, und fürchtete, die Polizei auf die Spur des Geldes zu bringen. Deshalb beschloss sie, die Leiche des Mannes in einem entlegenen Teil des Gartens zu vergraben.

Nicht gerade unter dem Birnbaum, dachte sie und lächelte ein wenig, während sie den Körper auf einer Schubkarre durch den Garten fuhr. Sie hatte überhaupt keine Schuldgefühle, nur Angst, dass der Hubschrauber zurückkommen und die Insassen sie in der Morgendämmerung graben sehen könnten. Sie hörte auch noch zweimal in der Ferne das Hubschraubergeräusch, aber es kam nicht näher, und sie konnte ihre Arbeit ungestört beenden.

Sie duschte lange, zog hinterher den größeren der beiden Bademäntel an, die neben der Dusche hingen, ging hinüber in ihr Atelier, öffnete das Fenster und sah, in den weiten Bademantel gehüllt, zu, wie die Sonne aufging. Sie war überhaupt nicht müde.

Gegen neun klingelte das Telefon. Der Mann rief jeden Morgen um diese Zeit an. Danach verließ er das Hotel, um irgendwelche Firmen aufzusuchen und nach Arbeit zu fragen. Sie hatten die Liste der Firmen gemeinsam zusammengestellt, und sie wusste, dass er schon mehr als die Hälfte ergebnislos aufgesucht hatte. Seine Stimme klang müde, obwohl er gerade erst aufgestanden war.

Komm nach Hause, sagte sie. Wir werden uns etwas anderes überlegen.

Er war überrascht und auch erleichtert.

Soll ich etwas Schönes zu essen mitbringen, fragte er.

Nein, sagte sie, lass nur. Es ist noch ein Rest da. Das wird reichen.

Eine Lobby

Wir haben die Angelegenheit rekonstruiert, hinterher. Natürlich erst, als dazu Zeit war. Immerhin hatte die Konferenz mit 1200 Teilnehmern stattgefunden, und auch wenn man davon ausgeht, dass viele mit ihrer Teilnahme kaum mehr verbanden als das übliche lockere Wochenende, so hatte es doch eine Menge Wortmeldungen gegeben. Die Rekonstruktion ist deshalb erst möglich gewesen, nachdem wir die Resolution verabschiedet hatten und die Teilnehmer wieder zu Hause waren. Der Text ist uns, gerade auch unter dem Eindruck der vorangegangenen Ereignisse, gut gelungen. Dass wir uns an dieser Stelle über den Sinn von Resolutionen nicht mehr äußern müssen, ist wohl selbstverständlich.

Die Rekonstruktion der Ereignisse war nicht einfach. Wen sollte man fragen? Wenn nicht der glückliche Umstand, dass es immer möglich ist, Überläufer zu gewinnen, gewesen wäre, hätten wir kaum eine Möglichkeit gehabt, der Sache auf den Grund zu gehen. Von den Zeugen erfuhren wir dann weniger, als wir erwartet hatten. Wir waren aber der Meinung, dass sie trotzdem zu einer lückenlosen Dokumentation der Konferenz dazugehören. Deshalb haben wir ihre Hinweise in den Fußnoten untergebracht.

Nach allem, was wir herausgefunden haben, hat das Ganze an der Grenze zwischen Thailand und Kambodscha begonnen. Das Mädchen war zehn, aber sie war schon vor zwei Jahren verkauft worden. Sie hat angegeben, ihr Preis sei damals fünf Euro gewesen, aber wer will wissen, ob diese Angabe stimmt. Solchen Mädchen kann man nicht unbedingt glauben. Dieses war obendrein noch ungewöhnlich intelligent. Es war zwei Jahre durch die Bordelle getourt, ohne dass die Polizei es erwischt hätte. Natürlich ist Kinderprostitution auch dort inzwischen verboten. Ganz ohne Ergebnisse sind die internationalen Kinderkonferenzen der letzten Jahre nicht geblieben. Der Schwede, bei dem Nan zuletzt gelandet war, wir nannten sie Nan, die Namen sind in solchen Fällen wirklich gleichgültig, war Journalist. Er war doppelt so groß, dreimal so dick und viermal so alt wie Nan. Und er hatte ein Notebook. Sie hat damit herumgespielt, während er schlief. Er hat sie wohl mindestens eine Woche bei sich im Hotel gehalten, bis ihm die Sache zu langweilig wurde. Aber das kleine Biest hat diese Woche gut genutzt. Wer ihr Lesen und Schreiben beigebracht hat, ist unklar. Sie hat behauptet, es sei der Schwede gewesen, aber letzten Endes ist das gleichgültig. Fest steht, dass sie lange vorher von unserer Konferenz wusste und ihren Aufruf an die Kinder weltweit verbreitet hat.

Die Situation von Kindern ist in manchen Teilen der Welt noch immer nicht zufriedenstellend. Wenn es anders wäre, hätten ja auch Konferenzen, wie die Regierungen sie regelmäßig veranstalten, kaum einen Sinn. Dieser Aufruf war deshalb unnötig. Wir kennen die Lage, und was Thailand betrifft, zwanzig- bis dreißigtausend kleine Mädchen, mein Gott, die Weltbevölkerung bewegt sich auf die sechste Milliarde zu. Und wie gesagt: Den Regierungen sind die Probleme bekannt.

Nans Aufruf hat dann eine Menge Ärger gestiftet. Übrigens können wir uns nicht vorstellen, dass sie selbst mit dieser Reaktion gerechnet hat. Insoweit schien sie uns durchaus glaubwürdig zu sein. Im Grunde ist es ja auch kaum denkbar, dass auf den Müllhalden in Brasilien eines von den sieben Millionen Kindern, die dort herumstrolchen, ein funktionierendes Notebook findet und es obendrein noch bedienen kann. So ist es wahrscheinlich nicht gewesen.

Nan hat behauptet, die erste Reaktion auf ihren Aufruf sei aus einem Internetcafé in São Paulo gekommen. Sie habe am Anfang überhaupt nicht verstanden, was dieser Jorge gewollt habe. Was sollte er schon wollen! Das Mädchen hatte bis dahin nie über seinen Tellerrand hinausgesehen. Die Bordelle in Thailand und Kambodscha mögen Bildungsanstalten für alles Mögliche sein, aber dass man dort etwas über brasilianische Verhältnisse erfährt, ist wohl doch eher unwahrscheinlich. Dieser Jorge war älter, dreizehn Jahre, und er war auf der Flucht. Die, zugegeben, etwas unkonventionelle Art der Geschäftsleute in São Paulo und Rio, mit dem Problem Straßenkinder fertigzuwerden, hatte ihn in Schwierigkeiten gebracht. Man erschießt sie häufig, wenn sie sich in den Bankenvierteln zur Ruhe begeben. Von unserer Konferenz wusste Jorge nichts. Das hat er durch den Aufruf von Nan erfahren. Sie hat gesagt, für ihn und seine Leute sei der Aufruf nicht gedacht. Aber er hat sie überzeugt. Selbstverständlich, das sei nur am Rande erwähnt, hat es auf unserer Konferenz eine besondere Arbeitsgruppe Brasilien gegeben, denn natürlich übersehen wir die dort vorhandene Problematik nicht.

Der Sprung von Brasilien nach Afrika muss über die Sprache gelaufen sein. Lusitanien – nehme ich an. Dass die Sklavenmärkte für Kinder ein wachsendes, noch zu behebendes Problem sind, würden wir jederzeit bestätigen. Man kann davor die Augen nicht verschließen. Es ist leider auch nicht das einzige Problem, das uns Afrika bereitet. Aids,

Straßenkinder, Kindersoldaten, und dann natürlich der Hunger, immer wieder, den kann man ja schon fast vorhersagen. Deshalb hatten wir auch Afrika auf dieser Konferenz als einen unserer Schwerpunkte benannt. Da wussten wir noch nicht, dass wir Mühe haben würden, diesen Schwerpunkt auf elegante Weise ein wenig zurückzunehmen. Einer unserer Schirmherren, ein bekannter, international bekannter Fußballspieler aus Westafrika, stellte sich nämlich als Eigner eines Schiffes heraus, das mit vierhundert Kindern unterwegs war, die als Arbeitssklaven verkauft werden sollten. Wie es den Kindern gelungen ist, den Kapitän und auch die Mannschaft des Schiffes dazu zu bringen, den Kurs zu ändern, konnten wir nicht feststellen. Jedenfalls waren die plötzlich im Anmarsch.

Allerdings, und das war in gewisser Weise ein Vorteil für uns, alle Kinder waren unbewaffnet. Kinder können nicht strategisch denken. Mit ein wenig Überlegung hätte es ihnen leichtfallen können, alle Gruppen zu bewaffnen. Stattdessen haben die Anführer, Nan und Jorge und noch ein paar andere, jede Gruppe hatte ihren Anführer, die Kinderhuren, die Strolche von den Müllhalden, die Ackersklaven, die Kindersoldaten, die Halbtoten aus dem Irak und die aus Vietnam, na ja, es gab acht oder neun verschiedene Gruppen, beschlossen, dass sie keine Waffen brauchten.

Uns war das natürlich nur recht. Das Problem der leicht zu bedienenden Handfeuerwaffen haben wir noch nicht gelöst, und ein Aufmarsch bewaffneter Kinder hätte die Rüstungsindustrie weltweit in Erregung versetzen können. Unsere Strategie ist in diesem Fall eher behutsam. Es ist zwar richtig, dass es der Industrie inzwischen immer besser gelingt, die Waffen leichter und leicht handhabbar zu machen. Aber daraus zu schließen, sie seien für Kinder gedacht, wäre wohl doch voreilig. Außerdem wird nach unseren Erfahrungen nirgends so sensibel auf Kritik reagiert wie in Kreisen der Rüstungsindustrie. Ein kräftiges Wort, und die Frage der Arbeitsplätze steht im Raum. Da sitzen wir als Kinderschützer zwischen Baum und Borke; was, das nur am Rande, auch die finanzielle Unterstützung unserer Weltkonferenzen direkt betrifft. Kein Staat ist heute mehr in der Lage, so große Konferenzen allein auszurichten. Wir brauchen diese Treffen aber, um auf das Elend der Kinder in der Welt hinweisen zu können. Kinder brauchen eine Lobby, darüber sind sich alle einig, sogar die Rüstungsindustrie. Können wir da auf deren finanzielle Unterstützung verzichten?

Zurück zu den Kindern: Es ist uns bis heute nicht gelungen, alle Tricks nachzuvollziehen, mit denen sie in Europa eingedrungen sind. Ein paar ihrer Wege hat Europol inzwischen ausfindig gemacht und geschlossen. So werden sich die großen Sportvereine daran gewöhnen müssen, ihren Nachwuchs wieder innerhalb europäischer Grenzen zu rekrutieren. Die Kontrollen der Schiffe sind in den Offshorebereich vorverlegt worden. Frontex hat die Grenzüberwachungsanlagen an den europäischen Küsten weiter perfektioniert. Im Grunde halten wir es für ausgeschlossen, dass wir noch einmal vor einer ähnlichen Situation stehen könnten. Und das ist auch gut so, denn diese Situation war für alle Beteiligten unangenehm.

Es begann damit, das konnten wir später aus den empörten Anrufen einer Reihe von Mitbürgern rekonstruieren, dass sich die Kinder, als sie die Stadt erreicht hatten, einen Schlafplatz in gepflegten Treppenhäusern suchten. Mit dem, was sie planten, hat das natürlich noch niemand in Verbindung gebracht. Und außerdem: Es gibt immer mehr Leute bei uns, die einfach überreagieren. Straßenkinder werden weltweit mehr, davon kann sich Europa heute nicht mehr ausnehmen. Natürlich reagiert die Polizei darauf. Aber wem es gelungen ist, brasilianischen Todeskommandos zu entkommen oder mit dickwanstigen Freiern fertigzuwerden, für den sind unsere Überwachungsorgane natürlich ein Kinderspiel. Den Park, der unser Tagungsgebäude umgab, haben die Kinder gemieden; jedenfalls so lange, bis sie vollzählig versammelt waren.

Sie kamen am dritten Tag der Konferenz. In den Arbeitsgruppen standen Themen auf dem Programm, die sie direkt betrafen: Wie kann die Industrie die Zusammensetzung bestimmter Klebstoffe verändern, so dass sie nicht mehr zu dem außerordentlich gesundheitsschädlichen »Schnüffeln« benutzt werden können; wie kann es uns gelingen, das Alter von Soldaten weltweit auf achtzehn Jahre festzusetzen, eine Forderung, die seit fünfzig Jahren besteht; welche Schadensersatzforderungen der Computerindustrie sind zu erwarten, wenn der Pornografie mit Kindern im Internet tatsächlich ein Riegel vorgeschoben würde; soll man heute noch, fünfzig Jahre nach dem Ende des Vietnamkrieges, die genetischen Veränderungen dem Agent Orange der USA zuschreiben, und wenn ja, ist Vietnam berechtigt, von dort Entschädigungsgelder zu verlangen?

Dazu übrigens eine Bemerkung am Rande: Die Kinder hatten eine kleine Gruppe betroffener Vietnamesen dabei. Natürlich wissen wir, dass in Vietnam seit dem Ende des Krieges mehr als 500 000 durch genetische Veränderungen behinderte Kinder geboren wurden. Aber so einem Drachenauge gegenüberzustehen …

Ich kann nicht die gesamte Bandbreite der Themen aufzählen, die an diesem Tag auf der Tagesordnung standen. Aber sie waren alle, ich betone, alle, im Interesse derer, die dann plötzlich den Park bevölkerten. Es hatte am Tag zuvor von der Stadtverwaltung einen ersten Hinweis gegeben, den aber, das muss selbstkritisch eingeräumt werden, niemand von der Konferenzleitung wirklich ernst genommen hat. Offensichtlich waren die vielen Kinder, die nach und nach in die Stadt eingesickert waren, inzwischen aufgefallen. So wie sie aussahen, war das natürlich auch nicht verwunderlich. Die für Ordnung in der Stadt Verantwortlichen waren sich wegen unserer gleichzeitig stattfindenden Weltkonferenz zum Schutz der Kinder am Anfang nicht sicher, wie sie mit ihnen umzugehen hätten.

Dazu muss man wissen, dass es in der Vorbereitungsphase der Konferenz einen scharfen Wettbewerb der Städte untereinander um die Ausrichtung der Konferenz gegeben hatte. Es war sogar aus einer bestimmten ländlichen Region der Vorschlag gekommen, das Ganze dort stattfinden zu lassen. Solche Veranstaltungen bieten Politikern immer eine interessante Möglichkeit, sich zu profilieren. Selbstverständlich mussten wir die Landlösung von vornherein ablehnen. Um es klar zu sagen: So viele Bordelle aus dem Boden zu stampfen, von exquisiten Restaurants, Hotels und Einkaufsmöglichkeiten ganz zu schweigen, die eine solche Konferenz erfordert, hätte eine Verschwendung von finanziellen Ressourcen bedeutet, die unverantwortbar gewesen wäre. Das attraktive Gebäude und das Gelände des Internationalen Seegerichtshofs an der Elbe haben, zusammen mit der vorhandenen Infrastruktur, sehr schnell den Ausschlag gegeben. Gleichzeitig haben wir natürlich angenommen, dass die Ordnungskräfte einer Großstadt ohne weiteres in der

Lage sein würden, auch mit Krisensituationen fertigzuwerden. Und wir sind froh, dass sich diese Annahme als richtig herausgestellt hat. So wurde der Nachteil, den ein Hafen bei der Sicherung vor illegalen Einwanderern grundsätzlich hat, durch die besondere Ausbildung der Ordnungskräfte in diesem Bereich fast vollkommen aufgehoben. Und dieses »fast« gilt auch nur für wenige Stunden.

Es scheint, darüber wissen wir nichts Genaues, weil die Befriedung einsetzte, während wir noch das Gespräch mit Jorge und Nan führten, unter den Kindern eine Verabredung gegeben zu haben, den Park vor dem Konferenzgebäude zu besetzen, sobald die vierhundert bedauernswerten kleinen Sklaven aus Afrika ihr Schiff verlassen hätten. Den Weg durch die Stadt, hin zum Treffpunkt, haben sie nicht allein finden können. Wir vermuten, und diese Vermutung wird dadurch gestützt, dass die Transparente, die man uns entgegenhielt, in Deutsch und in Englisch abgefasst waren, dass eine einheimische Helfergruppe sie unterstützt hat. Dem Hinweis, dass eine Gruppe von Kindern, die als Drei- bis Siebenjährige als Material für pornografische Filme gedient haben und die sich inzwischen selbst organisieren, dahinterstecken könnte, wird zur Zeit noch nachgegangen.

Die Forderungen, die uns dann von den Kindern entgegengehalten wurden, waren im Grunde harmlos. Man merkte ihnen an, dass für internationale Zusammenhänge, für Zwänge, denen die globalisierte Wirtschaft eben auch trotz ihrer Globalisierung ausgesetzt ist, Kindern zwischen sechs und vierzehn, meinetwegen auch noch fünfzehn Jahren das Verständnis fehlt. Im Übrigen ist auch anzunehmen, dass die wenigsten von ihnen lesen und schreiben konnten; was, nebenbei bemerkt, ebenfalls auf eine einheimische Unterstützergruppe hinweist. Bei den Forderungen handelte es sich eher um solche, die geeignet sein sollten, unmittelbare Not zu beenden. Darauf haben diese Nan und auch Jorge bestanden: »unmittelbare Not« und »beenden«, nicht lindern, worüber ja unter Umständen sogar noch zu verhandeln gewesen wäre. Es ging ihnen um so einfache Dinge wie genug zu essen, damit die kleinen Mädchen sich nicht mehr für ihre Familien verkaufen müssten; die Abschaffung der Mordpolizei in Brasilien, effektiven Schutz vor vermintem Gelände in ehemaligen Kriegsgebieten, ausreichende Ernährung für die Kindersklaven – im Grunde war, neben Krieg und Kriegsfolgen, der Hunger Hintergrund all ihrer Forderungen. Insofern stimmten ihre Wünsche natürlich auch mit unserem Tagungsprogramm überein und haben in der Abschlussresolution ihren Niederschlag gefunden. Das hätten sie allerdings auch ohne diese vollkommen sinnlose und gefährliche Zusammenrottung getan.

Wir gehen von etwa tausend Kindern aus, die sich anmaßten, auf ihre Art auf das zunehmende Elend hinzuweisen. Das Wort »anmaßen« ist in diesem Zusammenhang bewusst gewählt. Die Tatsache, dass die Verschlechterung der Lage der Kinder in allen Regionen der Welt zunimmt, ist uns seit langem bekannt. Wir befassen uns damit auf unzähligen Konferenzen, in Aufrufen, bei Wohltätigkeitsveranstaltungen und in Regierungserklärungen. Es wird getan, was möglich ist, und manchmal sogar mehr. Praktisches Eingreifen der Betroffenen ist, wie überall in der repräsentativen Demokratie, kontraproduktiv. Die Gesichter der zum dritten Tag eingeladenen und auch tatsächlich erschienenen Vertreter des Hauptsponsors beim Anblick der vielen kleinen Beinstümpfe sprachen Bände …

Außerdem war in diesem Fall natürlich auch mit der Weitergabe von Seuchen zu rechnen und dagegen Vorsorge zu treffen. Da war dann, nach einem kurzen Augenblick der Unsicherheit, auf die Ordnungskräfte wieder Verlass. Während wir uns mit den Anführern abgaben, selbstverständlich auch, weil wir uns für deren authentische Berichte über die aktuellen Verhältnisse in ihren Ländern interessierten, wurde im Park vor dem Gebäude eine Speisung veranstaltet, durch die die Kinder ruhiggestellt werden konnten. Der komplizierte, lange und anstrengende Anmarschweg, den sie hinter sich hatten, rechtfertigte ihr großes Schlafbedürfnis nach oder schon während des Essens durchaus. Die wenigen zugelassenen Pressevertreter, die gebraucht wurden, weil der in der Stadt entstandenen Unruhe entgegengewirkt werden sollte, hatten Gelegenheit, sehr anrührende Fotos zu machen. Bei der anschließenden Abräumaktion waren sie nicht zugelassen, aber das war auch gar nicht mehr nötig. Die Aktion, die wir von den Fenstern aus beobachten konnten, verlief ruhig und planvoll. Die Frage, wohin die Kinder gebracht wurden, fiel in den Aufgabenbereich der Stadtverwaltung. Es heißt, dass die kleinen Sklaven auf das Schiff zurückgekehrt sind. Im Übrigen konnten wir davon ausgehen, dass all diese Kinder es auf jeden Fall besser haben würden als die Opfer der Polizeischwadrone in Rio oder São Paulo, von denen wir wissen, dass ihre kleinen Körper nach deren Aktionen Schweinen zum Fraß vorgeworfen werden.

In diesem Sinn haben wir dann auch unsere Resolution am Ende der Konferenz abgefasst, die weltweit ein positives Echo gefunden hat.

Die Huren von Hagen

Das Leben in Hagen könnte schön sein. Und gerade an diesem Morgen sieht es so aus, als wäre es schön. Die Sonne, auf die die Bürger von Hagen seit Wochen warten, leuchtet, als wollte sie ihr verspätetes Erscheinen wiedergutmachen. Es ist Sommer, von allen begrüßt.

Beim Stadtbäcker sitzen schon die Bahnhofsnutten, geschminkt nur die Augen und der Mund, denn heute soll das Gesicht natürlich braun werden. Man trinkt Kaffee, raucht in der Morgensonne ein paar Zigaretten, selbst die schmecken anders, wenn die Sonne scheint, und redet. Worüber die Damen reden, soll ihr Geheimnis bleiben.

Die Abgestürzten, die, für die Hartz IV nur bis zur Mitte des Monats reicht, hängen um die Stehtische bei Kamps. Die Sonne wärmt ihnen den Rücken, lässt sie ahnen, dass Nächte kommen, in denen man draußen schlafen kann, und ermuntert durch die Beigabe von ein wenig Schnaps im Kaffee zeigt sich auch ihnen die Stadt von ihrer besten Seite.

Die Frauen, die an diesem sonnigen Morgen das Leihhaus am Bahnhof aufsuchen, wie eine höfliche Geste steht das Wort ›Leihhaus‹ in vielen Sprachen an den Fenstern, gehen beschwingter als sonst; in der Tasche der Ring, die Uhr, der Radio-Apparat, die goldenen Manschettenknöpfe werden bestimmt dazu beitragen, dass Mutter und Kindern ein paar sorglose Tage bevorstehen. Wenn es warm ist, essen die Blagen weniger, und gegenüber bei Aldi gibt es Nudeln und Fleischwurst in Großpackungen.

Ein schöner Tag könnte es sogar für die Fernstudenten

werden. Ein wenig ängstlich, aber dann, von der strahlenden Sonne auf dem Bahnhofsvorplatz empfangen, verlieren sie ihre Ängste, und sie nehmen den Bus 517 in Richtung Fern-Universität beinahe so locker, als hätten sie ihre Zwischenprüfungen schon bestanden.

Sie bleiben unbeachtet, oder doch wohlwollend beachtet, von den Beamten der Bundespolizeiinspektion, die nur hin und wieder einen Blick auf den Bahnhofsplatz werfen und sich an so einem prächtigen Tag bestimmt keine Gedanken darüber machen, dass das Grundgesetz eine Bundespolizei nicht vorgesehen hat.

Übrigens machen sich die Beamten auch an regnerischen Tagen keine Gedanken über ihre illegale Existenz; aber das nur nebenbei.

Heute sind sie, wie ihre Kollegen von der Polizeidienststelle Berliner Platz, die gleich nebenan arbeiten und auf die sie ein klein wenig herabsehen, in der allerbesten sonnigen Stimmung. Weshalb sie gar nicht daran denken, dem Mann besondere Aufmerksamkeit zu schenken, der, ein goldenes Armband am Handgelenk, seinen sonnenstudiogebräunten Körper mit lockerem Schritt über den Bahnhofsvorplatz spazieren führt. Was ihn auszeichnet, sozusagen aus der Masse der an diesem Sommermorgen herumschlendernden Männer hervorhebt, ist sein Schritt; eine Art Eroberungsschritt, der nicht zu der allgemeinen Friedlichkeit passt. So könnte, denkt man, wenn man ihn sieht, Napoleon gegangen sein. Und tatsächlich hat dieser Mann vor, sein Name ist Baby-Bulle Hoffmann, Hagen, jedenfalls einen bestimmten Teil von Hagen, zu erobern.

Baby nennt ihn die Frau, die er am Arm hält: eine sehr elegante, sehr zerbrechliche, sehr entschlossene Irina aus der Ukraine, die Bulle Hoffmann den Verstand ersetzt. Den hat er nicht, aber manchmal braucht er ihn für seine

Geschäfte, wenn mit einfacher Gewalt nicht weiterzukommen ist. Beide zusammen sollten eigentlich auf jeder internationalen Fahndungsliste stehen, aber die Beamten der Bundespolizeiinspektion sind schließlich auch nur Männer, und außerdem, an so einem warmen Tag …

… der es übrigens auch mit sich bringt, dass das Sexkino, das »perfekte Erotik« anbietet, wobei niemand weiß, was das ist, schon morgens um halb zehn die ersten Kunden hat. Wir werden nicht weiter darauf eingehen, dass es von den beiden Polizeidienststellen am Bahnhof bis zur perfekten Erotik nur ein paar hundert Meter sind und die Sonne auf dem Weg dorthin ihre anregende Funktion auf jeden Fall erfüllt.

Ein schöner Tag also, und das Leben in Hagen könnte tatsächlich schön sein, ohne Würde und ohne Stolz, wie ein Hagener Reporter zu sagen pflegt, aber ruhig und sonnig, wenn nicht … und hier beginnt die Geschichte.

Die Geschäfte, die Irina einfädelt, haben Hand und Fuß. Sie sind von Anfang bis Ende geplant und dabei wird, soweit das möglich ist, kein Detail übersehen. Sie und Baby sind mit dem Zug gekommen, einem ICE, in dem Irina eines der kleinen eleganten Abteile gemietet hat. Sie haben während der Fahrt von Hamburg nach Hagen die Vorhänge zugezogen und sind ungestört noch einmal ihren Plan durchgegangen. Irinas Plan ist einfach, aber sie will sich darauf verlassen können, dass Baby ihn verstanden hat. Die Aufgabe, die er übernehmen wird, ist wichtig. Die Fußballweltmeisterschaft 2006 spielt darin eine entscheidende Rolle. Deshalb scheint es Irina sicherer, die notwendigen Verhandlungen mit der Stadtverwaltung in Hagen von einem Mann führen zu lassen. Baby ist kein eleganter Verhandler, aber er ist begeisterter Fußballfan; das, so hofft

Irina, wird bei den Herren der Stadtverwaltung seine Wirkung nicht verfehlen. Den Gesprächstermin hat sie telefonisch organisiert. Aber bevor Baby im Rathaus auftaucht, wollen sich die beiden das Objekt ihrer Begierde erst einmal ansehen.

Dieses Objekt, das Targan-Hotel, liegt nur ein paar hundert Meter vom Bahnhof entfernt. Als sie an den Polizeidienststellen vorbeigehen, notiert Irina im Kopf, was die Nähe zur Polizei kosten könnte. Das Einfachste wird sein, sie schickt zwei Mädchen dorthin. Sie weiß auch schon, welche dafür in Frage kommen.

Sie finden das Hotel, bleiben auf der gegenüberliegenden Seite der Straße stehen und betrachten aufmerksam ihre zukünftige Geschäftsgrundlage. Dabei interessieren sie weder die hässliche braune Farbe der Vorderfront noch die billigen gelbbraunen Kacheln an den Brüstungen der Balkone.

»Zwölf Boxen«, sagt Baby träumerisch.

»Sei nicht naiv, Baby«, antwortet Irina. »Sieh doch nach links. Zwölf plus vier vorn. Und hinten bestimmt noch mal so viele.«

Sie überqueren die Straße, gehen durch die Toreinfahrt zwischen der Andreas-Kneipe und den hohen Glasfenstern des Hotelparterres und betrachten zufrieden die Rückseite des Hotels. Irina wirft einen Blick auf Baby. Er denkt angestrengt nach. Sie weiß, was er fragen wird, aber sie stört ihn nicht in seinen Überlegungen.

»Haben wir denn«, sagt er schließlich, »haben wir denn eigentlich überhaupt so viele?«

Er ist ein Idiot, denkt Irina, aber ein Starker.

Nie würde sie auf die Idee kommen, das Geschäft, das sie beide versorgt, allein betreiben zu wollen. Sie weiß um die Bedeutung so elementarer Dinge wie Gewalt und Brutalität in ihrem Gewerbe. Ihr Blick geht zurück durch die Toreinfahrt auf die Straße. Sie beobachtet eine Afrikanerin, die den Eckladen ansteuert. Sie ist nicht allein. Eine Frau mit einem ungeheuer großen Busen geht neben ihr. Die beiden scheinen sich zu kennen. Sie verschwinden zusammen im Laden. Irina drückt beruhigend Babys Arm.

»Wir haben mehr als genug«, sagt sie.

Baby und Irina verlassen den Hof und bauen sich noch einmal auf dem gegenüberliegenden Bürgersteig auf. Irina hat sich dicht neben dem Eckladen postiert, an dessen Fensterscheiben ›Afrika-Shop‹ steht. Sie hat beschlossen, dort stehen zu bleiben, bis die Afrikanerin und die andere den Laden wieder verlassen. Der große Busen hat sie misstrauisch gemacht. Erst jetzt stellen sie fest, dass die Fenster des Hotels geöffnet sind, weil sich in den Zimmern Handwerker zu schaffen machen. Jemand singt und hinter den dünnen Vorhängen, die die großen Scheiben und die Eingangstür im Parterre verdecken, sind die Umrisse von Farbeimern zu erkennen.

»Siehst du«, sagt Irina, »das hat schon mal prima geklappt.«

Es ist ihre Idee gewesen, die Leute für einen Euro die Stunde über die ArGe zu organisieren. Schließlich trägt auch der Staat eine gewisse Verantwortung dafür, dass leerstehende Gebäude nicht verkommen.

Sie sieht auf ihre Armbanduhr, eine goldene Rolex, fast zu groß für ihr zierliches Handgelenk. Aber eben auch ein Zeichen von Macht. In ihrem Gewerbe sind solche Details wichtig.

»Ich hab Durst«, sagt sie und zieht Baby in den Afrika-Shop. »Ich brauch 'ne Flasche Wasser.«

Ein betäubender Geruch von etwas, das sie nicht kennen, verschlägt ihnen drinnen den Atem. Es ist dunkel, aber Irina gelingt es trotzdem, die Hand vor Mund und Nase haltend, die beiden Frauen, derentwegen sie den Laden betreten hat, genauer zu mustern.

Zwei Huren, denkt sie, na ja, warum auch nicht.

Schnell zieht sie Baby wieder nach draußen.

»Puh«, sagt sie, »da kann ich nichts kaufen. Außerdem wird es Zeit für dich. Wir gehen zurück zum Bahnhof. Du nimmst dir ein Taxi. Du erinnerst dich: Der Mann, mit dem du verabredet bist, heißt Gerngroß. Er ahnt, worum es geht, aber er will es nicht wissen. Wenn er zögert, red mit ihm über Fußball. Und lass ein paar Sätze über den Umsatz fallen, nicht über den wirklichen, nur so, wie wir es besprochen haben. Die Hagener sind pleite und werden sich alle zehn Finger nach dir lecken.«

Um die für eine Ukrainerin ungewöhnlichen Kenntnisse der Feinheiten der deutschen Sprache zu erklären: Irinas Großmutter war Deutsche, was ihr die Einwanderung nach Deutschland sehr erleichtert hat. Deutsches Blut holen wir heim, in wem immer es fließt.

»Nicht nur nach mir«, antwortet Baby.

Und dann lachen beide; Irina, weil sie froh ist, dass Baby wenigstens hin und wieder einen kleinen Geistesblitz hat, und Baby in Erwartung von mindestens vierundzwanzig gefüllten Boxen mit Stuten aus Moldawien, Polen, Weißrussland, Tschechien und der Ukraine, von denen einige sicher noch zugeritten werden müssen, bevor sie das Geld einbringen, das man von ihnen erwarten kann, wenn die Welt zu Gast bei Freunden ist.

Während also an einem Ende der Stadt, in der Nähe des Bahnhofs, die Welt in Ordnung ist und über das wenige, das noch in Ordnung gebracht werden muss, in der Mitte der Stadt, im Rathaus, verhandelt wird, spielt sich am anderen Ende, genau genommen in der Düppenbeckerstraße, ein kleines Drama ab. Kiki, eine der Huren, die dort der Aufgabe nachgehen, den Männern in Hagen Vergnügen zu bereiten, ist wütend. Ihr Sohn, zwölf Jahre alt, hat sich auch an diesem Morgen geweigert, in die Schule zu gehen. Weil der Kleine ein aufgewecktes Kerlchen ist, das die Lehrer wegen mangelnder Leistungen oder vergessener Hausaufgaben nicht fürchten muss, hat Kiki lange vor einem Rätsel gestanden. Heute früh kam dann endlich heraus, dass seit Wochen ein paar größere Jungen es auf den Kleinen abgesehen haben. Sein Handy war gar nicht verloren gegangen. Sie hatten es ihm abgenommen. Sie hatten ihn auch ein paarmal gezwungen, sein Taschengeld abzuliefern. Jetzt wollten sie mehr Geld, und sie hatten ihm erklärt, er solle sich das Geld von seiner Mutter holen.

»Während du in der Schule bist, nimmt sie die Kerle aus. Erkundige dich nach ihrem Umsatz. Zehn Prozent, Kleiner, sind für uns.«

Kiki hat heute früh ihren Sohn selbst in die Schule gebracht. Die grinsenden Gesichter der größeren Bengels hat sie noch vor Augen. Jetzt ist sie ein wenig spät dran, ihren Platz am Fenster in einem der rosa Häuser in der Düppenbeckerstraße einzunehmen. Es ist ihr egal. Sie ist wütend. Und am Morgen ist sowieso nicht besonders viel los. Außer ein paar Schulschwänzern und hin und wieder einem herausgeputzten Jungtürken oder Jungafghanen oder Jungafrikaner, die ihr Geld mit Sachen verdienen, von denen niemand eine Ahnung hat, kommt vormittags kaum ein Kunde.

Und selbst die lassen sich heute nicht blicken.

Dafür tauchen plötzlich Molly und die Afrikanerin in der Straße auf.

Das ist ungewöhnlich, denn ihre Schicht beginnt in dieser Woche erst am Nachmittag. Kiki ist froh, die beiden zu sehen. Sie braucht Publikum, um mit ihrer Wut fertigzuwerden. Als die beiden aber vor ihrem Fenster stehen, kommt sie nicht dazu, auch nur einen einzigen Satz von sich zu geben.

»Kannst einpacken«, sagt Molly, »die Abzocker sind wieder da.«

Und dann erzählen sie, was sie gehört und beobachtet haben: Dieser Zuhälter, den sie nicht kennen und den sie auch nicht kennenlernen möchten, wird zusammen mit seiner russischen Puffmutter das Targan-Hotel wieder in Schwung bringen. Das Hotel steht schon lange leer, genau genommen seit sich Mede, Zuhälter, befreundet mit den entsprechenden Herren in der Stadtverwaltung und über die Grenzen Hagens hinaus bekannt, erschossen hat.

»Und wir sind dann ins Arsch«, sagt die Afrikanerin, die die Feinheiten der deutschen Sprache noch nicht ganz beherrscht.

»Wo die Abzocker auftauchen, ist Schluss mit lustig«, sagt Molly, aber sie hätte es gar nicht sagen müssen.

Kiki, die an diesem Morgen von Abzockern schon die Nase voll hat, wird blass vor Wut.

»Wir können hingehen und fragen, ob wir ...«, beginnt die Afrikanerin, kommt aber nicht dazu, ihre Überlegungen zu Ende zu führen.

»Das kannst du machen«, sagt Kiki. »Ist wahrscheinlich praktisch für dich, dein stinkender Laden ist ja gleich gegenüber. Wenn ich mir vorstelle, ich sollte da einkaufen ...«

»Lass sie in Ruhe!«, sagt Molly. »Sag lieber, was du tun würdest. Was wir tun sollen, meine ich.«

Kiki spürt ihre Wut nicht nur im Magen, sie spürt sie bis in die Zehenspitzen und bis in die Fingerspitzen. Es tut ihr leid, dass sie die Afrikanerin so angefahren hat, aber sie kann sich jetzt nicht entschuldigen.

»Wir bringen sie um«, antwortet Kiki.

Der Satz rutscht ihr heraus, ohne dass sie über ihn nachgedacht hat. Aber als er gesagt ist, spürt sie plötzlich eine ungewohnte Erleichterung. Ihr Magen ist nun ganz ruhig, und sie hat das Gefühl, als legten sich die Härchen auf Armen und Beinen entspannt wieder an die Haut. Einen Augenblick lang sagt niemand etwas. Die Afrikanerin, die gerade zu einer Verteidigungsrede für heimische Lebensmittel ansetzen wollte, starrt Kiki mit runden Augen an. Mollys wirklich ungewöhnlich großer Busen bewegt sich ein wenig heftiger als sonst, obwohl sie sich nicht von der Stelle rührt. Es ist wie bei diesem Kinderspiel, bei dem alle Beteiligten sich nicht mehr bewegen dürfen, wenn ein bestimmtest Wort ausgesprochen wird, sich so lange nicht bewegen dürfen, bis das erlösende Wort gesagt ist.

Das erlösende Wort sagt die Afrikanerin: »Aber wie?«

Das erste Treffen des Baby-Bullen mit dem verantwortlichen Beamten der Stadtverwaltung Gerngroß ist überaus positiv verlaufen. Unter anderem hat sich dabei herausgestellt, dass Gerngroß vor ein paar Wochen geheiratet hat und noch ungewöhnlich verliebt in seine Frau ist, weshalb er in seiner augenblicklichen Situation kein Interesse an gewissen zusätzlichen Angeboten des Investors hat.

Das Wort Investor fiel im Verlauf des ersten Gesprächs, und es gefiel Baby so gut, dass er von da an darauf bestand, es konsequent für sich in Anspruch zu nehmen.

Allerdings lag Gerngroß daran, den Investor nicht gleich zu Beginn ihrer geschäftlichen Beziehungen dadurch zurückzustoßen, dass er dessen großzügiges Angebot nicht annahm. Er schlug deshalb vor, zum nächsten Gespräch und zu allen noch folgenden seinen Vertreter mitzubringen, von dem er wusste, dass der Junggeselle war und schon deshalb gewissen Vergnügungen nicht abgeneigt.

Die Treffen zwischen den Verantwortlichen in Hagen und dem auswärtigen Investor sind von da an zur vollen Zufriedenheit aller Beteiligten verlaufen. Die Organisation ausreichend qualifizierter Ein-Euro-Jobber erwies sich unter diesen Bedingungen als relativ problemlos. Die Renovierungsarbeiten am Targan-Hotel gingen schneller voran, als Irina geglaubt hatte. Die rechtzeitige Beschaffung des Materials für die Boxen hingegen bereitete ihr anfänglich ein paar Schwierigkeiten. Seit die Taskforce der europäischen Polizeichefs Europol gebeten hatte, einen Aktionsplan zur Bekämpfung des Menschenhandels, der selbstverständlich Frauenhandel ist, und der Schleuserkriminalität aufzustellen, waren vorübergehend bestimmte Schwierigkeiten bei den Dienststellen aufgetaucht, die die Ausstellung der Besuchervisen übernommen hatten. Es zeichnete sich aber bald ab, dass diese Schwierigkeiten im Zusammenhang mit den Vorbereitungen zur Fußballweltmeisterschaft deutlich verringert werden konnten.

Wahrscheinlich, so denkt jedenfalls Irina, haben da ein paar Leute eine Menge Geld investiert, aber das soll nicht mein Problem sein.

Irina ist, aus welchen Gründen auch immer, nun in der glücklichen Lage, aus einer großen Zahl von Besucherinnen eine attraktive Besetzung für das Targan-Hotel zusammenzustellen. Selbstverständlich verzichtet Baby, dessen Ansehen in der Zweierbeziehung mit Irina gewachsen ist, seit er so erfolgreich mit der Stadtverwaltung von Hagen kooperiert, nicht darauf, beim Begutachtungsverfahren ein letztes, entscheidendes Wort mitzureden.

»Ein Investor mit Kontakt zur Basis«, sagt er, »ist für das Geschäft so nötig wie das Amen in der Kirche. Ich weiß, was Männer mögen.«

Irina staunt, aber sie lässt ihn gewähren. Dass zuletzt

immer noch sie die Entscheidung trifft, welche Frauen an den Segnungen der Fußballweltmeisterschaft teilhaben sollen, muss Baby ja nicht unbedingt merken. Aber sie erkennt an, dass er gute Arbeit leistet und interessante Informationen von seinen Ausflügen nach Hagen mitbringt. So war der Vorbesitzer des Bordells im Targan-Hotel mit dem damaligen Hagener Oberbürgermeister gut befreundet gewesen und die Herren, die nun mit Baby verhandeln, fühlen sich durch diese vergangene Freundschaft in gewisser Weise gedeckt, ja äußern sogar bei Gelegenheit den Wunsch, es mit Baby ebenfalls zu einem Freundschaftsverhältnis kommen zu lassen.

Baby berichtet so angeregt von den Hagener Treffen, dass Irina neugierig wird. Sie schlägt deshalb vor, zum nächsten Treffen mitzukommen.

»Die Boxen sollen inzwischen so gut wie fertig sein«, sagt sie. »Es wird Zeit, dass wir ein Auge darauf werfen.«

Baby ist ihr Vorschlag aus verschiedenen Gründen recht. Zum einen liebt er es, bei den Hagener Provinzlern mit der attraktiven Irina aufzutauchen, deren umwerfende Erscheinung ihm, vielleicht, etwas von dem Prestige zurückgewinnen kann, das durch seine auf die Dauer doch wohl etwas einfache, um nicht zu sagen drastische Wortwahl bei den Verhandlungsgesprächen gelitten hat.

Jawohl, für solche Dinge ist Baby durchaus sensibel!

Zum anderen hat er überhaupt keine Lust, sich um innenarchitektonische Kinkerlitzchen zu kümmern, um die es bei der kritischen Besichtigung des Stands der Renovierung sicher gehen wird. Zum Dritten haben ihm die Verantwortlichen der Stadtverwaltung signalisiert, dass das Foyer und der Gastraum im Parterre des Hotels so weit hergerichtet seien, dass man sich bei nächster Gelegenheit dort treffen könne. Irina, die weiß, wie wichtig der erste

Eindruck ist, wenn der Kunde das Haus betritt, und die dem groben Geschmack von Baby in dieser Hinsicht nicht vertraut, will auch deshalb unbedingt dabei sein.

So kommt es also, dass an einem warmen Abend im Juni Babys leuchtend roter Ferrari einmal demonstrativ um die Hagener Innenstadt – Bergischer Ring, Märkischer Ring, Graf-von-Galen-Ring – herumfährt, um schließlich an den Fenstern des Leihhauses vorbei, die noch immer weltoffen in vier Sprachen zu einem Besuch einladen, langsam vor das Targan-Hotel zu rollen. Auf dem Nebensitz hockt Irina, eine zerbrechliche, sommerlich-braunhäutige Schönheit im eleganten weißen Seidenkostüm. Die Herren hinter den Vorhängen im Foyer des Hotels sehen dem Ferrari und der darin sitzenden bezaubernden Dame erregt und bewundernd entgegen.

Aus dem gegenüberliegenden Afrika-Shop werden die beiden dagegen mit sehr kritischen Augen gemustert. Die bedrohliche Entwicklung im Targan-Hotel ist seit Wochen das Top-Thema bei den Huren in der Düppenbeckerstraße. Am Anfang hat es ein paar Hoffnungen gegeben, zur Mitarbeit eingeladen zu werden. Die Hoffnungen haben sich bald zerschlagen. Über Kolleginnen aus Hamburg hat Kiki Hinweise auf die Aktivitäten von Irina erhalten. Es wird viel geredet dort, auch darüber, dass Baby-Bulle die Absicht haben könnte, das ganze Geschäft in Hagen zu übernehmen, das nach dem Tod von Mede noch immer verwaist ist.

Kiki, Molly und die anderen aus der Düppenbeckerstraße erinnern sich nicht gern an Mede. Wohl ist er nach außen als großzügiger Lebemann aufgetreten, aber man kann so ein Geschäft, wie er es betrieben hat, auf die Dauer nicht mit Freundlichkeit führen. Seine eiserne Faust hat manch eine von ihnen zu spüren bekommen, wenn auch an

Stellen, die im täglichen Betrieb nicht auffielen. Seit er tot ist – sie sind alle bei seiner Beerdigung gewesen und haben ein trauriges Gesicht gemacht –, genießen sie eine gewisse Freiheit. Die Hagener Würstchen, die versuchten, ihnen Mede zu ersetzen, sind nicht wirklich zum Zug gekommen. Natürlich hat die eine oder andere von ihnen noch einen Zuhälter, aber die Jungs leben nun eher von freiwilligen Abgaben, und Kiki zum Beispiel arbeitet seit ein paar Monaten sogar auf eigene Rechnung.

Deshalb ist sie es auch, die die größte Energie darauf verwendet, für die bedrohliche Entwicklung eine Lösung zu finden. Und sie würde noch sehr viel intensiver darüber nachgedacht haben und schneller auf eine Idee gekommen sein, wenn sie nicht zur gleichen Zeit den Ärger mit dem Jungen gehabt hätte. Seine Feinde, fein gekleidete Bürgersöhnchen, die sich einen Spaß daraus machen, den Kleinen zu demütigen, wo sie nur können, haben ihn beim letzten Zusammentreffen so sehr bedrängt, dass er sich geweigert hat, am nächsten Morgen das Haus zu verlassen. Sie hat keinen anderen Ausweg gesehen, als ihm zu erlauben, im Bett zu bleiben.

Der Hinweis auf die Existenz von ›Jucops‹, die in Hagen helfen, wenn Kinder in die Hände von Kleinbanditen geraten sind, kommt von der Afrikanerin. Sie hat einen Sohn, der wegen seiner Hautfarbe belästigt wurde und dessen Lehrerin die Polizei eingeschaltet hat. Kiki, die keine Vorurteile hat, für die Polizisten Männer wie alle anderen sind – sie weiß es aus Erfahrung –, hat die Hotline angerufen und wartet darauf, dass jemand vorbeikommt.

Es ist ein schöner, sommerlicher Morgen, als sie im Fenster liegt und die Straße hinuntersieht. Die dunkelrosa Wände der Häuser in der Düppenbeckerstraße leuchten in der Sonne. Sie haben die gleiche Farbe wie die Blüten des gewaltigen Zierkirschenbaums, der seine Äste an der Rückseite der Häuser in den blauen Himmel reckt.

Ein schöner Anblick, denkt der junge Polizist in Zivil, als er in die Straße einbiegt. Schade, dass die Frauen in den Fenstern keine bessere Arbeit gefunden haben.

Sein Gespräch mit Kiki über die Probleme des Jungen Hanno ist gründlich. Er findet am Ende sogar noch Zeit, ein paar persönliche Worte mit ihr zu wechseln. Aus welchem Grund in diesem Zusammenhang das Wort Sprengstoff gefallen ist, lässt sich nicht mehr feststellen. Fest steht nur, dass Kiki, nachdem der Jucop sie verlassen hat, über eine ganz bestimmte Sache nachzudenken beginnt. Ihre Arbeit behindert sie dabei nicht. Im Gegenteil, am Nachmittag kommt sogar einer ihrer Kunden, von dem sie weiß, dass er mit der Sprengung des Dolomit-Gesteins zu tun hat, auf dem Teile von Hagen stehen und das für viele Häuser schon seit Jahrhunderten die Grundmauern abgibt.

Wie Kiki diesen Kunden, nennen wir ihn Franz, der Name ist falsch, aber niemand soll in diese Geschichte hineingezogen werden, der nur aus Versehen mitgemacht hat, dazu bringt, ihr zu verraten, wie sie an Sprengstoff herankommen kann und wie eine Funkschaltung fachmännisch angelegt wird, bleibt ihr Geheimnis. Tatsache ist, dass an dem späten Nachmittag, als der Ferrari vor dem Targan-Hotel geparkt wird, alles bestens vorbereitet ist.

Während Baby-Bulle und Irina sich mit den Herren der Stadtverwaltung über die Höhe künftiger Steuerabgaben ein bisschen streiten und danach zu einem Versöhnungstrinken zusammensitzen – es werden auch Kanapees gereicht, was Irina veranlasst hat und Baby stolz zur Kenntnis nimmt –, wird unter dem Ferrari ein Sprengstoffpaket mit einem Zünder deponiert, der aus Sichtweite gezündet werden kann.

Welche der Frauen diese Aufgabe übernommen hat, ist nie geklärt worden. Wie denn überhaupt um das außerordentlich heftige Ableben von Baby und Irina mehr Gerüchte als handfeste Informationen kursieren. So heißt es auch, wie in solchen Fällen üblich, rivalisierende Zuhälterbanden hätten sich ein Gefecht geliefert. Fest steht jedenfalls, dass es für Baby und Irina keine prächtige Beerdigung gegeben hat, wie sie nach Medes Ableben begangen wurde. Es war einfach nicht möglich, noch genügend Teile zu finden, mit denen man ihre Särge hätte füllen können.

Inzwischen ist wieder Ruhe eingekehrt in Hagen. Auf dem Bahnhofsvorplatz scheint die Sonne, und sie bescheint Gerechte und Ungerechte in gleicher Weise. Die Bahnhofsnutten sind im Gesicht ein wenig brauner geworden, weil sie immer noch am Morgen beim Stadtbäcker hocken. Worüber sie reden, weiß der Himmel. Die Verlierer um die Stehtische bei Kamps sind weniger geworden. Einige ziehen es vor, sich morgens etwas länger in den Grünanlagen aufzuhalten. Frauen strömen ins internationale Leihhaus und Fernstudenten zu den Prüfungen. Im Sex-Kino wird immer noch perfekte Erotik angeboten – und noch immer weiß niemand, was das sein soll. Alles beim Alten also. Nur die Huren in der Düppenbeckerstraße gehen ihrer Arbeit mit ein bisschen mehr Stolz und Würde nach. Sie haben sich gewehrt, und zwar wirksam.

Die sanften Hügel der Türkei

Ich hatte sie kommen sehen, aber ich sah nicht das Boot, mit dem sie gekommen sein mussten. Mein Hotel liegt der Anlegestelle direkt gegenüber. Ich stand hinter dem Tresen, die Türen des Schankraums waren weit geöffnet. Das ist um diese Jahreszeit, in der es auch nachts nur wenig abkühlt, die einzige Möglichkeit, die abgestandene Luft durch frische Luft zu ersetzen. Ich sah sie Arm in Arm über den Beton daherkommen. Sie gingen leicht schwankend, so wie man geht, wenn man das Boot nach einer längeren Fahrt verlässt; aber wie gesagt, ich sah kein Boot.

Und ich dachte bei ihrem Anblick: Lass sie vorübergehen, bitte. Ich wusste nicht, weshalb ich das dachte.

Von weitem sahen sie ordentlich gekleidet aus, was hier auf der Insel bei Fremden nicht immer der Fall ist. Und auch als sie näher kamen, war an ihnen nichts auszusetzen. Ich schätzte sie beide auf Ende dreißig. Er trug Leinenhosen, die nicht mehr ganz frisch waren, und ihm hing ein Seesack über der Schulter.

Lass sie vorübergehen, bitte, und sie blieben vor der geöffneten Tür des Schankraums stehen und sahen einen Augenblick zu mir herein. So sehe ich sie jetzt noch stehen; in dem Türausschnitt, den blauen Himmel im Rücken. Davor die dunklen Umrisse ihrer Körper, die Köpfe leicht vorgeneigt, fast als nähmen sie Witterung auf, was natürlich Unsinn war. Dann traten sie ein.

Ich tat so, als sei ich damit beschäftigt, die Zapfanlage zu putzen, und sie kamen näher und setzten sich in der Nähe des Tresens an einen Tisch. Die Stühle schrappten über den

Steinfußboden, bevor sie sich setzten. Mir fiel auf, dass ich ihre Schritte nicht gehört hatte. Deshalb sah ich zu ihnen hin und stellte fest, dass sie Segeltuchschuhe trugen. Ich ging dann zu ihnen, um sie nach ihren Wünschen zu fragen.

Sie bestellten eine Flasche Rosé, aber ich wusste sofort, dass das nicht alles war, was sie von mir wollten. Man musste sie nur ansehen, dann konnte man es wissen.

Die Frau war zierlich und schmal, und ihr gebräuntes Gesicht sah müde aus. Es war aber nicht das müde Gesicht. Es waren ihre riesigen grauen Augen, die gleichzeitig hart und verzweifelt zu mir aufsahen, die meine schlimmsten Ahnungen bestätigten.

Ich hab's gewusst, dachte ich, hätte aber in diesem Augenblick nicht einmal sagen können, was genau ich gewusst haben wollte. Denn es kam nichts weiter von ihnen, obwohl ich noch einen kleinen Augenblick wartend neben ihrem Tisch stehen blieb.

Ich ging also, holte den Wein, und als ich zurückkam, war Christos gekommen. Er erscheint jeden Morgen, um hier zu frühstücken, das heißt, seinen Espresso und seinen Ouzo zu trinken, ein paar Worte über die Abendnachrichten zu verlieren (»Sie sind zurzeit sehr erfinderisch darin, uns das Fell über die Ohren zu ziehen«) und dann zurück in seine Bude am Strand zu gehen. Er ist Fischer, und auch als man ihm das Fischen verboten hat (er bekam dafür eine Entschädigung, die auf der Bank liegt und weniger wird, bis sie sich eines Tages in Luft aufgelöst hat), ist er am Strand geblieben. Ich würde gern sagen können, dass ich nicht weiß, was er da tut, aber das stimmt natürlich nicht.

Ich brachte den beiden die Gläser und den Wein und ging dann zu Christos, um sein Frühstück vor ihm abzustellen. Ich merkte, dass er die beiden beobachtet hatte, und nun wandte er mir einen fragenden Blick zu. Ich hob leicht die Schultern.

Keine Ahnung, sagte ich leise.

Christos saß an dem Platz, an dem er immer sitzt; den Rücken zum Tresen, das Gesicht zur geöffneten Tür. Mir kommt es so vor, als ob er das Meer auch dann nicht aus den Augen lassen will, wenn er frühstücken geht.

Scheiße, das, sagte er leise.

Ich hab ihm zugestimmt, ohne genau zu wissen, weshalb.

Wir hatten ein großes Fest geplant. Er hatte ein großes Fest geplant. Der Baubeginn der neuen Ferienanlage sollte gefeiert werden. Die Banker, der Architekt (ich hatte ganz sicher nicht mit ihm geflirtet), ein paar Investoren, Käufer und ihre Frauen. Das Fest wurde dann verschoben, weil seine Faust in meinem Gesicht Spuren hinterlassen hatte. Es tat ihm leid. Ich bekam ein Armband. Ein paar von diesen Armbändern hätte ich beinahe mitgenommen. Das Fest fand dann zwei Wochen später statt, spätabends in einem Restaurant am Meer. Es war sehr warm in dieser Nacht und es wehte ein heftiger Wind. Man musste laut sprechen, wenn man einander verstehen wollte, um die Musik der Rembetiko-Spieler und das Rasen des Windes in den Tamarisken zu übertönen. Ich trug ein schwarzes Kleid und sagte ihm, ich hätte vergessen, das Armband anzulegen. Die Gäste kamen, und er gab sich damit zufrieden.

Ich beobachte ihn, während er sich mit seinen Bewunderern umgibt. Er überragt sie alle. Groß, die langen, schwarzen Haare im Nacken zusammengebunden, schwarz gekleidet, unter dem locker hängenden Hemd zeichnet sich sein Bauch ab, wenn der Wind den Stoff dagegendrückt. Wie kommt es, dass er trotzdem nicht fett wirkt wie einige seiner Gäste. Er sieht aus, als könnte er jeden von ihnen zusammenschlagen, wenn er will. Und sie sehen aus, als ob sie das wüssten. Für ihre Frauen hat er kein Interesse. Manchmal sieht er zu mir herüber und lacht. Und ich lache zurück. Irgendetwas mit meinem Ohr ist nicht in Ordnung. Ich verstehe nicht genau, was die Frau sagen will, die vor mir steht. Sie ist gut zurechtgemacht, und bei Tageslicht wird sie aussehen wie alle Frauen der Männer aussehen, mit denen er Geschäfte macht: kosmetisch bearbeitet, hart, mit diesem Zug um den Mund, der entweder böse ist oder resigniert oder gemein oder weinerlich. Jede hat ihren eigenen Zug um den Mund. Ich könnte danach die Geschichte ihrer Ehe erzählen. Die Frau vor mir will mir ein Kompliment machen wegen meines Kleides, und es sei besonders raffiniert, dass ich dazu keinen Schmuck trage. Ich lache und sehe an ihr vorbei auf den schmalen Zeltdurchgang im Rücken der Rembetiko-Spieler, denn dort steht mein Geliebter, den ich noch nie gesehen habe, aber ich habe ihn erkannt.

Als der Mittagstrubel vorüber war, saß sie noch immer da. Er war verschwunden, keine Ahnung, wann er gegangen war. Es war zu viel los gewesen, um ihnen besondere Aufmerksamkeit zu schenken. Auch Christos war gegangen.

Ich sah zu ihr hinüber. Sie tat, als sähe sie mich nicht, aber ich hatte das Gefühl, es mache ihr etwas aus, so allein da zu sitzen. Deshalb ging ich zu ihr und stellte mich neben ihren Tisch. Vielleicht wollte sie einen Wunsch äußern. Da stand ich einen Augenblick, ohne etwas zu sagen. Sie sah zu mir hoch und sagte: »Würden Sie, bitte, etwas lauter sprechen, bitte?«

Ich hatte nichts gesagt.

Sie wollte dann ein Glas Wasser. Ich brachte es ihr und ging zurück hinter meinen Tresen. Es gab keinen Grund, neben ihr stehen zu bleiben.

In der Mittagshitze sind die Holzläden vor den Fenstern geschlossen. Das Licht dringt nur durch die Ritzen nach innen, und da man der Sonne nicht mehr unmittelbar ausgesetzt ist, kann man sich einbilden, dass es drinnen kühler sei als draußen. In Wirklichkeit ist es nur dunkler. Weil die Tür offen bleibt, hatte ich den Platz zwischen der Kaimauer und dem Hotel im Blick. Er war leer, wie immer um diese Zeit.

Es wird eine Stunde vergangen sein, vielleicht auch zwei, es war ja die Tageszeit, in der sich nichts bewegt, so dass es schwer ist, die Zeit zu messen. Ich war im Begriff, noch einmal zu ihr hinüberzugehen, als der Mann, mit dem sie gekommen war, wieder erschien. Ich ahnte, als ich ihn sah, was er inzwischen gemacht und auch, dass er kein Glück gehabt hatte. Er sah müde aus, aber als er sich ihrem Tisch näherte, straffte er sich und lächelte ihr entgegen. Sie saßen dann nebeneinander und flüsterten, während ich damit beschäftigt war zu beten. Jawohl, ich betete darum, dass sie verschwunden sein möchten, bevor der Nachmittag vorüber wäre und die ersten Abendgäste auftauchten. Als er aufstand und dabei zu mir herübersah, wusste ich, dass mein Gebet nicht erhört worden war.

Der Mann hinter dem Tresen schien mir vertrauenswürdig, auch wenn ich gleich das Gefühl gehabt hatte, er wusste, wer wir waren. Es war ja wohl auch so, dass Genia keine Unbekannte auf der Insel ist. Mich kannte er nicht, da war ich sicher. Aber vielleicht hatte er gehört … Jedenfalls, als das Lokal leer war, ein Alter saß irgendwo herum, aber sonst war niemand da, bin ich gegangen. Ich wusste, dass sie hier eine Weile sicher sein würde, und ich ahnte, es würde schwer werden. Aber ich sah nicht voraus, wie schwer. Ich lief ein paar Stunden herum und erhielt überall nur Absagen. Zuerst die Bank: Das Geld war noch nicht gekommen und man nahm an, es würde noch ein paar Tage dauern, bis es da sei. Es war nutzlos, ihnen zu erklären, dass ich nicht so lange warten könnte. Im Gegenteil; an dem Glitzern in den Augen des Filialleiters, als ich dringlicher wurde, merkte ich, dass es ihm nichts ausmachen würde, die Sache bewusst zu verzögern. Ohne Geld aber gelang es mir nicht, ein Zimmer aufzutreiben. Es war, als hätten sich die Vermieter abgesprochen:

Vorauszahlung!

Kein Geld? Kein Zimmer. Auch im nächsten und übernächsten Ort wies man mich ab. Ich glaube, ich bin noch nie in einer so furchtbaren Hitze so hoffnungslos herumgelaufen. Irgendwann ging ich zurück. Als ich das Hotel erreicht hatte, blieb ich einen Augenblick in der Tür stehen. Da saß sie, die Liebe meines Lebens. Bei ihrem Anblick wurde ich ganz ruhig. Wir hatten zwei Tage in meiner Wohnung verbracht. Am Morgen nach der Nacht in der Taverne war sie gekommen. Auf dem Fest hatten wir nur wenige Worte miteinander gewechselt, denn die Freunde, die mich dorthin mitgenommen hatten, ließen mich kaum allein. Sie machten mich mit ihrem Mann bekannt. Da war mir schon klar, dass ich den Job, den er mir anbot, nicht annehmen konnte. Ich war im Begriff, ihm seine Frau wegzunehmen, deshalb tat er mir leid. Ich unterhielt mich eine Weile mit ihm. Ich spürte, dass er rücksichtslos und brutal sein konnte, aber zu mir war er freundlich, ein aufmerksamer Gastgeber. Die Party um uns herum war sehr laut. Es wurde gekreischt und gelacht und gesungen und getanzt und über allem der heiße Sturm in den Tamarisken und unten die Wellen, die an den Strand klatschten. Einmal stand ich für eine Minute neben ihr, und da war es um uns herum, nur um uns herum, still. Da habe ich ihr meine

Adresse gesagt. Ich wusste, ich würde sie beschützen, was immer auch geschah. Ich war noch wach, als sie kam. Ich hatte nicht geschlafen. Man schläft nicht, wenn die Erde bebt.

Er kam auf mich zu, langsam, so als wollte er mir Zeit geben, mich zu entscheiden. Sie war sitzen geblieben und sah zu uns herüber. Sie sah ernst aus und streng und die Strenge schien mir nicht zu ihrer Situation zu passen. Schließlich sind sie Bittsteller, dachte ich, als er vor mir stand.

Wir brauchen ein Zimmer, sagte er, und wir haben kein Geld. Aber es kommt, und wenn das Geld da ist, zahle ich und wir gehen. Sie sind unsere letzte Hoffnung.

Hinter seinem Rücken kam Christos zur Tür herein. Er sah mich an und schüttelte den Kopf. Ich sah noch einmal zu ihr hinüber. Sie hielt jetzt den Kopf gesenkt. Vielleicht hatte sie Christos beobachtet. Sie sah sehr hilflos aus, und ich sah ihn an und sagte: Sie sind ein Idiot, Mann, ich hoffe, Sie wissen, was Sie tun. Dabei wusste ich in diesem Augenblick nicht, wer von uns beiden der größere Idiot war.

Die Schlüssel zu den Zimmern liegen in der Schublade unter der Theke, und ich zog die Schublade auf und gab ihm den Schlüssel zur Drei. Es ist unser bestes Zimmer, auch wenn es, wie die anderen, nur das Bett und ein bisschen Kleinkram enthält. Aber beide Flügeltüren öffnen sich zum Meer hin, und die Tamarisken am Strand sind beeindruckend, besonders bei Sturm und im Mondschein. Ich hab mit dem Kopf zur Treppe hinüber gezeigt. Er hat danke gesagt und ist zu ihr zurückgegangen. Sie sind dann zusammen die Treppe hoch, ohne sich noch einmal umzusehen.

Danach ist Christos an die Theke gekommen und hat eine Weile stumm herumgestanden. Wenn du dein Boot noch hättest, hab ich gesagt, und er hat geantwortet: Wenn ich mein Boot noch hätte … Wir haben uns angesehen und dann wurde er wütend und fing an, mich einen sentimentalen Trottel zu nennen und mir vorzuhalten, ich wüsste nicht, worauf ich mich eingelassen hätte und ob ich meine Existenz aufs Spiel setzen wollte und noch ein paar andere Wahrheiten, die mir alle bekannt waren. Er hörte erst auf, als ein paar seiner ehemaligen Kollegen kamen. Die kommen jeden Abend, um ein paar Runden Tavli zu spielen.

Ich hoffe, du hast ihnen gesagt, dass sie sich tagsüber lieber nicht zeigen sollen, und es ist die Frage, ob ihnen das noch etwas nützt, sagte er halblaut, bevor er zum Tisch der Spieler hinüberging.

Später, als alles vorüber war, hat er mir erzählt, dass er sich inzwischen auf der Insel umgehört hatte. Überall wurde darüber getuschelt, dass sie ihren Mann verlassen hatte. Und alle warteten darauf, was er tun würde. Die Raserei, in die Stavros ausbrechen konnte, wenn etwas nicht nach seinem Kopf ging, war bekannt, und dass er in seine Frau vernarrt war auch.

Drei Tage lang blieb es ruhig. Vielleicht hatten sie Christos' Worte gehört, denn sie zeigten sich tagsüber nicht. Ich stellte ihnen am Morgen ein Tablett mit Frühstück vor die Tür. Er kam am Abend, wenn alle Gäste gegangen waren, brachte das Tablett und nahm einen Topf Suppe mit, der dann morgens leer vor ihrer Tür stand. Es war nicht möglich, die Sache vor Christos geheim zu halten, aber er sagte nichts mehr. Am vierten Tag kam ihr Freund morgens nach unten. Er sagte, er würde jetzt zur Bank gehen und unterwegs etwas Obst einkaufen. Sie wollte auf das Frühstück verzichten. Wenn er zurückkäme, würde er die Rechnung begleichen, und sie würden gehen.

In der Tür traf er mit Christos zusammen, der ihn nicht weiter beachtete. Er setzte sich an seinen Platz und ich brachte ihm sein Frühstück.

Ist es endlich so weit, sagte er.

Scheint so, sagte ich.

Wir wechselten noch ein paar Worte und ich ging zurück hinter meinen Tresen. Wir waren beide unruhig, aber darüber sprachen wir nicht.

Es verging noch etwa eine Stunde, bis Stavros kam. Das Restaurant war nicht mehr leer. Christos war im Begriff zu gehen, aber er blieb stehen, als er die schwankende Gestalt in der Tür wahrnahm. Weil er so groß ist und weil er schwankte, füllte er für ein paar Sekunden beinahe die ganze Türöffnung aus. Er hatte das Licht im Rücken, deshalb konnte ich sein Gesicht nur als dunklen Fleck sehen. Aber dann kam er näher, und ich sah, dass seine Augen blutunterlaufen waren. Er musste seit Tagen nicht geschlafen haben, nur getrunken, und er hielt sich nur mit Mühe aufrecht. Er kam hinter den Tresen, ohne mich zu beachten, stützte sich dabei mit der Rechten an den Regalen, so dass ein paar Gläser zu Boden gingen, nahm eine Flasche Wein und hielt sie mir hin. Ich öffnete die Flasche, und er schwankte mit dem Wein in der Hand an einen Tisch neben der Tür. Dort ließ er sich auf einen Stuhl fallen, stierte einen Augenblick in die Runde, spuckte auf den Boden und begann zu trinken. Ich sah Christos an und er kam zu mir herüber.

Ich gab ihm die Schlüssel von Eins und Zwei.

Schließ ab, sagte ich leise, auch die Drei, und Christos verschwand nach oben. Er kam im gleichen Augenblick zurück, als ihr Freund in der Tür des Hotels erschien, gab mir die drei Schlüssel und blieb an der Theke stehen.

Ihr Freund kam lächelnd auf uns zu. Aus den Augenwinkeln sah ich, dass ein paar Gäste das Lokal verließen. Zwei Touristen-Pärchen blieben sitzen.

Was bin ich Ihnen schuldig?, sagte er.

Er hatte wirklich keine Ahnung. Er lächelte, als ihn die Flasche traf, und er stürzte zu Boden, vor die Füße von Christos.

Ich werde sie finden, lallte Stavros und schwankte die Treppe hinauf. Weder Christos noch ich rührten uns von der Stelle. Wir hörten ihn oben an der Tür rütteln, es polterte, als ob er stürzte. Anscheinend hatte er versucht, eine Tür einzutreten, und war dabei gefallen. Dann erschien er oben an der Treppe und stieg vorsichtig und schwankend hinunter, so wie Betrunkene in einem lichten Moment übervorsichtig werden und lächerlich.

Du kannst die Schlüssel haben, Stavros, sagte ich in einem Anfall von Wahnsinn; jedenfalls sah Christos mich an, als sei ich wahnsinnig geworden.

Schlüssel, versuchte Stavros zu lallen, ich krieg sie, alle beide, und er stieß mit dem Fuß nach dem am Boden liegenden Mann und schwankte zur Tür hinaus.

Wir haben ihrem Freund den größeren Teil des Geldes abgenommen und dafür gesorgt, dass er ins Krankenhaus kam. Das hat lange gedauert, aber vielleicht hat er's überlebt. Die Medizin-Versorgung in unserem Dorf ist ja längst weggespart. In der Nacht hat Christos die Frau geholt und sie zum Boot mitgenommen. Es wäre sowieso nicht für beide Platz gewesen. Die Meerenge zur Türkei ist bei uns nur gut tausend Meter breit. Für die Touristen ist das attraktiv. Sie stehen am Strand und bewundern die sanften Hügel am anderen Ufer. Von dem, was da wirklich passiert, haben sie keine Ahnung oder es interessiert sie nicht. Nachts wird das Wasser von Hubschraubern mit Wärmelichtbild-Kameras kontrolliert. Zu der Zeit, als diese

Geschichte passierte, waren deutsche Piloten im Einsatz, die besonders aufmerksam sind. Christos hat nie näher darüber gesprochen, aber ich bin sicher, dass der Wärmeschild an seinem Boot nur für eine Person ausreicht. Es war bestimmt das erste Mal, dass Christos jemanden von unserer Insel in die Türkei gebracht hat. Normalerweise holt er Kurden oder Afghanen.

Mit dem Geld sollte es der Frau möglich gewesen sein, in der Türkei weiterzukommen. Ob sich die beiden je wiedergesehen haben? Ist vielleicht eine Frage der Liebe. Christos und ich reden manchmal von ihnen, aber nicht oft. Liebe ist nicht unser Metier.

Frisches Blut

Die Gaststube war leer. Es roch nach grüner Seife und abgestandenem Bier. In der Küche stellte die Putzfrau den Blecheimer auf den steinernen Fußboden. Es gab ein hässliches Geräusch.

Man kann sich seine Gäste nicht aussuchen, dachte der Wirt.

Er sah durch die bräunlichen Gardinen auf die Straße und beobachtete die fünf Männer beim Aussteigen. Sie waren in einem verbeulten VW-Bus gekommen und parkten direkt vor dem Fenster. Der Wirt trat einen Schritt zur Seite, so dass er in der Mitte der Theke stand. Er sah auf die Tür.

Die Tür ging auf, und nacheinander kamen die Männer in die leere Gaststube: Der Boss, Nummer Eins, Nummer Zwei, der Klumpfuß und der Letzte. Sie gingen auf den runden Tisch neben der Theke zu und setzten sich, ohne ein Wort zu sagen. Der, der als Erster gekommen war, wandte sich zum Wirt.

Fünf Bier, sagte er.

Er war der Boss, trug einen Mittelscheitel und hochgezwirbelte Schnurrbartenden. Seine Stimme hatte einen österreichischen Akzent. Der Mann war noch nicht dreißig und sah verlebt aus. Der Wirt dachte, dass er keine Lust hatte, die Leute bei sich wohnen zu lassen. Während er das Bier zapfte, kramten die Männer in ihren Taschen. Sie legten jeder ein Häufchen Kleingeld vor sich hin und begannen zu zählen. Der Wirt versuchte, nicht auf den runden Tisch zu sehen. Dann hängte er sich ein Handtuch über den Arm und trug die Gläser hinüber. Er schob das Tablett am Boss vorbei auf den Tisch, ging zurück zum Tresen und sah aus dem Fenster.

Wir brauchen drei Zimmer, sagte der Boss in seinem Rücken.

Wie lange?

Das Hotel war leer, aber es wäre dem Wirt recht gewesen, wenn sie weitergefahren wären.

Eine Woche etwa.

Geht in Ordnung, sagte der Wirt. Nummer Zwei bis Vier, Schlüssel stecken.

Er musste sich zusammennehmen, um nicht hinzuzufügen: Man kann sich seine Gäste nicht aussuchen.

Die Männer hatten inzwischen das Geld gezählt.

Scheiße, sagte der Boss.

Der Wirt sah, dass er dem Mann, der neben ihm saß und als Letzter zur Tür hereingekommen war, wütend unter dem Tisch gegen die Beine trat.

Frisches Blut, hast du gesagt, frisches Blut würde uns rausreißen, sagte der Mann, den der Wirt bei sich Nummer Eins genannt hatte. Er saß dem Boss gegenüber. Unvermittelt spuckte er dem Letzten ins Bierglas. Schönes frisches Blut, bis jetzt hat er noch nichts gebracht. Nur gekostet.

Die Männer, bis auf den Letzten, hoben die Biergläser zum Mund und tranken.

Noch mal vier, sagte der Boss, und der Wirt kam an den Tisch, um die leeren Gläser abzuräumen.

Er zeigt uns morgen, was er kann, sagte der Boss. Er wird es uns morgen schon zeigen. Wenn ihr wollt, könnt ihr ihn vor dem Essen noch ein bisschen in Fahrt bringen.

Die Männer hatten das Geld dem Boss zugeschoben. Der Haufen des Letzten war sehr klein gewesen.

Und was zu essen, rief der, den der Wirt bei sich Nummer Zwei nannte.

Es gibt nur Pommes und 'ne Wurst, antwortete der Wirt.

Merkt ihr was? Das ist hier 'ne Luxusabsteige. Das haben wir ihm zu verdanken.

Viermal, hörte er hinter seinem Rücken.

Der Wirt ging in die Küche. Die Putzfrau hatte das schmutzige Aufwischwasser in den Ausguss geschüttet. Er ging an den Wasserhahn, drehte ihn auf und spülte mit der linken Hand den Dreck weg, während er mit der rechten den Schalter an der Fritteuse betätigte. Das Fett hatte eine dünne weißliche Schicht gebildet, die sich langsam auflöste, während er auf die Stimmen aus der Gaststube hörte.

Er will nicht, sieh mal an, er will nicht, sagte der Boss.

Der Wirt hörte Stühle über den Holzfußboden rücken. Wenig später ging die Tür. Drinnen wurde es still. Der Wirt hängte die weichen, engerlingweißen Kartoffelstücke in das heiße Fett. Er stellte vier Teller auf den Küchentisch und quetschte eine dicke rote Plastiktube über ihnen aus. Langsam bildeten sich auf den Tellern sämige rotbraune, fast herzförmige Flecken. Er hob das Sieb mit den Kartoffelstücken hoch, ließ es abtropfen und warf vier sehr große, blässlich-graue Würste in das Fett. Während die Würste ihre Farbe von Grau in Braun änderten, sah er aus dem Fenster. Der Mann, der als Letzter die Gaststube betreten hatte, kam aus der Hintertür. Er konnte ihn vom Fenster aus beobachten. Der Mann war schmächtig. Er ging gebückt über den Hof und hielt eine Hand vor den Mund. Vielleicht war er krank.

Der Wirt fischte die Würste aus dem Fett und legte sie auf die Teller. Es sah aus, als wollte er die Teller mit roten, pfeildurchbohrten Herzen schmücken. Er schüttete die heißen Kartoffelstücke neben die Würste und trug die beiden ersten Teller in die Gaststube. Die anderen vier Männer saßen am Tisch und unterhielten sich leise.

Der Wirt stellte das Essen hin, brachte noch einmal vier Bier, stellte sich hinter die Theke und sah zu, wie es draußen dunkel wurde. In der Gardine vor dem Fenster hing eine vertrocknete Fliege.

Der fünfte Mann kam nicht zurück. Die anderen tranken Bier und sprachen leise miteinander. Der Wirt hatte Zeit, sie zu beobachten. Aber es war nicht viel an ihnen dran. Der mit dem Mittelscheitel, sie nannten ihn tatsächlich Boss, trug ein imitiertes Leinenjackett und schwarz-weiße Schuhe. Alle hatten schmuddelige Jeans an und dünne, eng anliegende Rollkragenpullover. Er fand, dass sie schäbig gekleidet waren und aussahen, als wären sie schlecht bei Kasse. Als Erster ging der Mann mit dem Klumpfuß. Er hatte nur einen kleinen Klumpfuß und er hüpfte beim Gehen.

Der Wirt schlief schlecht. Jedes Mal, wenn er aufwachte, horchte er in die Dunkelheit, aber es war alles ruhig. Gegen Morgen schlief er noch einmal ein. Als er aufstand, waren die Männer schon weg. Sie hatten ihr Rasierzeug zurückgelassen. Er nahm an, dass sie gegen Abend wieder auftauchen würden.

Sie kamen gegen acht. Er merkte schon, als er sie beim Aussteigen beobachtete, dass sie schlechte Laune hatten. Diesmal war die Gaststube voll. Am Nachmittag hatte es ein Fußballspiel gegeben, und die Anhänger der siegreichen Mannschaft begossen den Sieg. Die Männer verschwanden in ihren Zimmern und tauchten den ganzen Abend nicht mehr auf. Der Wirt hatte sie im Verdacht, vor mitgebrachten Schnapsflaschen zu sitzen. Aber er war froh, sie nicht sehen zu müssen. Einmal, als er in der Küche war, hörte er jemanden schreien, aber der Lärm in der Gaststube war so stark, dass er alles andere übertönte.

Am nächsten Morgen durchsuchte er die Zimmer der Männer. In Zimmer Zwei fand er nichts außer ein paar schmutzigen Wäschestücken und zwei Kartons mit Glückwunschkarten. Auch in Drei entdeckte er nichts Besonderes. Vor dem Waschbecken in Zimmer Vier sah er auf dem Fußboden einen braunen Fleck, der vorher nicht da gewesen war. Er bückte sich und stellte fest, dass es Blut war. Im Waschbecken entdeckte er kleine Blutspritzer, die nicht weggespült worden waren. Auf der Plastikablage unter dem Spiegel lag ein Stück von einem Zahn. Am rechten unteren Rand des Spiegels bemerkte er einen Abdruck wie von einem blutigen Finger. Er räumte die Zimmer auf, machte die Betten, wischte das Blut weg und überlegte dabei, wie er die Männer loswerden könnte, ohne gleichzeitig auf das Geld für die Zimmer zu verzichten.

An diesem Abend kamen sie früher. Der Wirt sah zu, wie sie den fünften Mann aus dem Auto stießen. Sie brachten ihn auf Zimmer Vier, bevor sie die Gaststube betraten und ihr Bier bestellten. Der mit dem Klumpfuß kam später hereingehüpft als die anderen und bestellte einen Doppelten zum Bier.

Sie zählten Geld wie an den vorigen Abenden. Danach starrten sie auf die Tischplatte.

Ihr Kollege ist wohl krank, sagte der Wirt, während er ihnen die Getränke auf die Bierfilze setzte.

Die Arbeit bekommt nicht jedem, antwortete der Boss.

Seine Stimme klang so gemein, dass es dem Wirt leidtat, gefragt zu haben.

Wir sind schon eine Weile zusammen, zu viel Routine, aber er bringt frisches Blut rein. Das strengt ihn ziemlich an.

Der Klumpfuß kicherte, während er sprach.

Der Wirt ging zurück hinter die Theke. Betont gleichgültig nahm er eine Zeitung vom Haken. Er fühlte die Blicke der Männer in seinem Rücken.

Nach einer Weile verließen Nummer Eins und Nummer Zwei den Raum. Es dauerte eine Ewigkeit, bis sie zurückkamen. Der Wirt brachte noch einmal vier Bier an den Tisch. Er stellte fest, dass die beiden Männer nach Seife rochen. Er hörte den Klumpfuß »mir reicht's« sagen und hätte gern gewusst, worüber sie sprachen. Aber sie hatten die Stimmen gesenkt, und er blieb hinter der Theke und traute sich nicht, näher heranzugehen.

Am Morgen stand er früh auf. Er stand im Zimmer hinter der Gardine und wartete.

Als Erster kam der, den sie Boss nannten. Unter seinen in der Mitte gescheitelten Haaren schimmerte die weiße Kopfhaut in der Morgensonne. Eins und Zwei trugen Kartons, die sie unter die Vordersitze schoben. Auch sie sahen von oben älter und abgerissener aus. Jeans und Turnschuhe, dachte der Wirt. Solche Leute bringen es nie weiter.

Er sah zu, wie der Klumpfuß den letzten Mann vor sich her zum Wagen schubste. Dabei blickte er nach rechts und nach links, als fürchte er Beobachter. Aber die Straße war leer. Der Letzte erhielt einen Tritt und wurde zwischen Eins und Zwei in den Laderaum des Wagens gestoßen. Der Klumpfuß schloss die Tür und kletterte auf den Sitz neben dem Fahrer. Während er sich abwandte, hörte der Wirt den Bus über das Kopfsteinpflaster davonfahren.

Diesmal ging er nicht in die Zimmer der Männer. Er nahm sich vor, sie am Abend vor die Tür zu setzen. Aber sie kamen sehr spät, und er hörte sie nicht mehr.

Als er am Morgen die Treppe herunterkam, saßen sie in der Gaststube und verlangten Kaffee. Sie waren zu viert. Der Wirt brachte den Kaffee und nahm sich vor, nach dem fünften zu sehen, falls die anderen ohne ihn fahren würden.

Wir reisen heute Abend ab, sagte der Boss. Sie können die Rechnung fertig machen.

Nach dem Kaffee fuhren sie tatsächlich ohne den fünften los.

Der Wirt wartete, bis das Geräusch des fahrenden Wagens nicht mehr zu hören war. Er ging vor die Tür, sah nach rechts und links, die Straße war leer, und kehrte ins Haus zurück. Er räumte die Kaffeetassen beiseite und kippte den Aschenbecher aus. Er polierte eine Weile am Zapfhahn herum. Hin und wieder warf er einen Blick auf die Tür der Gaststube, aber der Letzte erschien nicht. Schließlich ging er hinaus auf den Flur und klopfte an die Tür von Zimmer Vier. Es antwortete niemand. Er klopfte lauter. Als keiner reagierte, drückte er die Klinke herunter. Die Tür war nicht abgeschlossen. Er schob sie auf und sah auf den ersten Blick, dass das Zimmer leer war. Auch die beiden anderen Zimmer waren leer.

Am Nachmittag schrieb er die Rechnung für fünf Personen aus. Als die Männer kamen, zu viert, die Kartons ließen sie im Wagen, legte er die Rechnung auf den Tisch, an dem sie in den letzten Tagen gesessen hatten. Aber sie setzten sich nicht. Nur der Boss betrat die Gaststube, nahm die Rechnung vom Tisch und zahlte. Er zahlte, ohne etwas zu sagen, für fünf Personen, obwohl der Letzte in der vergangenen Nacht ganz sicher nicht da gewesen war. Die anderen hatten inzwischen die Sachen gepackt und zum Wagen gebracht.

Wo soll's denn hingehen, fragte der Wirt den Mann,

der die Rechnung bezahlt hatte, während er ihn zur Tür begleitete.

Das geht dich einen Scheißdreck an, sagte der.

Ist ja gut, ist ja gut, sagte der Wirt und verzichtete darauf, ihm die Tür zu öffnen. Aber er ging hinter ihm her und blieb in der Tür stehen, um dem Bus nachzusehen.

Um diese Zeit saßen die Leute im Dorf vor dem Fernseher. Der Wagen fuhr durch die leere Straße nach Westen, direkt in die rote untergehende Sonne.

Wie frisches Blut, dachte der Wirt.

Er ging zurück in die Gaststube und räumte das Geld weg, das noch auf dem Tresen lag. Als er fertig war, griff er zum Telefon und rief die Polizei an. Er wartete. Dann sagte er: Kann sein, dass 'ne Schweinerei passiert ist. Vielleicht kommt ihr mal vorbei.

Eine triviale Geschichte

Ich war immer zu groß für eine Frau; zu groß und zu dünn. Um es genau zu sagen: Ich war nicht dünn, sondern dürr. Das mag mit sechzehn attraktiv sein, wenn man die Absicht hat, Model zu werden. Meine Intelligenz und meine musikalische Begabung haben damals eine solche Karriere nicht zugelassen. Inzwischen bin ich vierundvierzig, meine Haare sind dünn und struppig und die Augen werden kleiner, die üblichen Zeichen beginnenden Alters.

Meine intellektuellen Interessen lagen immer im Bereich der Naturwissenschaften. Deshalb habe ich Biologie und Medizin studiert, in beiden Fächern promoviert und nebenbei mein Klavierstudium abgeschlossen. Ich bin stolz auf meine Intelligenz, die wirklich herausragend ist, und auf meine Musikalität, die es mir möglich macht, neben meiner Arbeit und der Beschäftigung mit dem Kind in einem Trio zu spielen.

Ich lebe zusammen mit einem Mann, der beinahe zehn Jahre jünger ist als ich. Das dauernde Zusammenleben mit einem Mann kommt eigentlich für mich nicht in Frage. Notwendig scheint es mir nur aus einem einzigen Grund: Man lässt sich ein Kind machen und zieht das Kind gemeinsam auf. Über die Zeit der Brutpflege hinaus zusammenzubleiben, kann ich mir nur schwer vorstellen. Wir hatten ein Kind, das zwei Tage nach der Geburt gestorben ist, ein Mädchen. Nun haben wir einen Jungen, den ich sehr liebe. Ich arbeite zurzeit an einem Forschungsprojekt, das sich im weitesten Sinn mit dem plötzlichen Kindstod befasst. An den Abenden, an denen ich mit meinen Mitspielern musiziere, liegt mein Mann in der Badewanne und versucht einen Roman zu schreiben. Ich halte seine Versuche für lächerlich, aber ich störe ihn nicht. Unser Zusammenleben wird voraussichtlich noch die nächsten zehn Jahre andauern. Im Interesse des Kindes liegt es, diese Zeit so harmonisch wie möglich zu gestalten. Unserer kleinen Familie geht es gut.

Ich selbst habe in Wirklichkeit zwei Probleme, die ich aber bisher für mich behalten habe. Erstens meine maßlosen Ansprüche auf Zuwendung, auf Aufmerksamkeit in Freundschaften mit Frauen; zweitens das alles überlagernde Gefühl, eine Versagerin zu sein.

Beides hat dazu beigetragen, dass es eine Reihe zerbrochener Freundschaften gibt, unter deren Ende ich aufrichtig gelitten habe.

Das Gefühl des Versagens kompensiere ich an den Abenden, an denen ich nicht musiziere, mit zu viel Alkohol.

Beide Probleme werden, wie ein einigermaßen gebildeter Mensch unschwer erkennen könnte, aus derselben Quelle gespeist. Ich bin in einem schäbigen kleinbürgerlichen Haushalt aufgewachsen und hatte eine Mutter, die Alkoholikerin war. Sie hat mich von der Stunde meiner Geburt an vernachlässigt. Ihre zeitweilig übergroße Zuneigung war nichts anderes als die Manifestation ihres schlechten Gewissens. So ist es gekommen, dass ich nach Anerkennung lechze und von grandiosen Erfolgen träume, die mich so berühmt machen, dass mir die Welt zu Füßen liegt. Manchmal denke ich, für Erfolg würde ich alles tun, alles. In ruhigen Stunden bin ich mir darüber klar, wie lächerlich solche Gedanken sind.

Der Beginn der Geschichte nun, um die es hier geht und die mich belastet, liegt viele Jahre zurück und fällt in mein erstes Biologie-Studienjahr. Ich hatte davor ein Musikstudium angefangen und bald gespürt, dass es mich nicht auslastete. Vor allen Dingen aber hatte ich das Gefühl, durch die dauernde Beschäftigung mit Musik den Boden unter den Füßen zu verlieren. Ich befand mich nicht mehr im Alltag, sondern ständig in irgendwelchen Sphären, in die die Musik mich entführte. Dieser Zustand schien mir für ein zukünftiges Leben kontraproduktiv zu sein. Ich war sozusagen nicht mehr »geerdet«. Um dem normalen Leben näher zu kommen, begann ich das Biologie-Studium.

Ich kann nicht sagen, dass mich meine neuen Kommilitoninnen besonders interessiert hätten. Sie waren von durchschnittlicher Intelligenz und geringem Ehrgeiz; eine Schar von zukünftigen Biologielehrerinnen und Labormäusen. Ich nehme an, auch ich war ihnen nicht besonders sympathisch. Sie fragten mich, wenn sie etwas nicht verstanden hatten, aber im Übrigen ließen sie mich in Ruhe. Dass ich dennoch eine Freundin unter ihnen fand, grenzte deshalb für mich fast an ein Wunder.

Ich glaube fest daran, dass in Beziehungen zu anderen nur ein einziger Wert wirklich eine Rolle spielt: Sympathie. Und diese Frau und ich, wir waren uns sympathisch von Anfang an. Ich nehme an, dass die Außenseiterinnenposition, die wir beide in gewisser Weise einnahmen, sehr dazu beigetragen hat, dass wir aufeinander aufmerksam wurden und uns anfreundeten: ich, die Hässliche, Begabte, sie zwanzig Jahre älter als ich, eine Spätentschlossene mit dem absoluten Willen, ihren Doktor in Biologie zu machen. Wir interessierten uns füreinander; sie sich für mich, weil ihr meine Begabungen, meine Spontaneität, meine damals unkonventionelle Lebensweise, mein Witz gefielen; ich mich für sie, weil ich in ihr, einer klugen, gut aussehenden, unter den Labormäusen ungewöhnlichen Erscheinung so etwas wie die immer schon ersehnte ältere Freundin, ja im Grunde die Mutter gefunden zu haben glaubte. Wir schlossen schnell Freundschaft, besuchten die Vorlesungen, soweit das möglich war, gemeinsam, amüsierten uns über den Universitätsbetrieb und die merkwürdigen Verbiegungen in den Persönlichkeiten von Professoren und Studenten, die er hervorbrachte. Wir arbeiteten zusammen, lachten während einer Vorlesung manchmal so unverschämt, dass es eine Lust war, und waren bald ein bisschen ineinander verliebt.

Dieses Verliebtsein hatte keine praktischen Folgen. Die meisten Frauen sind feige, wenn es um gleichgeschlechtliche Beziehungen geht, und sie war es auch. Ich verstand und nahm es ihr nicht übel. Ich hatte Beziehungen mit anderen Frauen, die mich befriedigten, aber sie waren nur sexueller Natur. Außerdem verband uns beide, meine ältere Freundin und mich, neben der uneingestandenen Liebe, die unser Zusammensein knistern ließ, noch etwas anderes.

So wie ich von Erfolgen in der Musik träumte, so sprach sie manchmal davon, schreiben zu wollen. Und gerade dies, unsere Liebe zur Kunst, gab unserer Freundschaft, von allem Übrigen abgesehen, den besonderen Charakter. Wir waren anders als die Biologielehrerinnen und die Labormäuse. Wir arbeiteten daran, einzigartig zu werden. Unsere Freundschaft war es schon.

Natürlich unterschieden wir uns nicht nur durch das Alter voneinander. Auch unsere äußeren Lebensumstände waren sehr verschieden. Ich hatte wenig Geld und nur eine winzige Wohnung, in der ich Klavierunterricht gab. Davon und von etwas Bafög lebte ich. Ich hatte wechselnde Beziehungen mit Männern und Frauen, fuhr jahrelang ohne Führerschein ein altes Auto und gab mehr Geld für Konzertkarten aus als für meine Garderobe. Sie war verheiratet, hatte erwachsene Kinder und lebte mit ihrem Mann in einer Vorstadtvilla. Sie hatten Freunde und Bekannte, die kennenlernen zu wollen mir nicht im Traum eingefallen wäre. Ihren Mann lernte ich zufällig kennen, einen Kaufmann, der mich überhaupt nicht interessierte.

Mich interessierte sie. Ich war verliebt in sie. Ich brauchte sie für meine Träume. Dafür, dass das Einzigartige in mir erhalten blieb. Und ich bin sicher, dass sie ebenso empfand.

Wir schafften es beide, das Studium in der vorgeschriebenen Zeit hinter uns zu bringen. Selbstverständlich waren meine Examensergebnisse sehr viel besser als ihre. Ich war die Klügere. Darüber hatte es zwischen uns nie irgendwelche Zweifel gegeben. Ihre durchschnittlichen Examensergebnisse waren ihr gleichgültig. Sie entwickelte überhaupt keinen Ehrgeiz im Studium. Als ich sie fragte, weshalb sie überhaupt studiere, sagte sie: um mir zu beweisen, dass ich es kann. Ich bewunderte sie für diese Haltung, die mir fremd war. Ich bin, wie schon gesagt, sehr ehrgeizig. Im Übrigen war während der letzten Semester in ihrer Arbeitshaltung auch deshalb eine Veränderung vor sich gegangen, weil sie begonnen hatte zu schreiben.

Am Anfang habe ich sie auch dafür bewundert. Ich hatte die Musik. Sie hatte den Roman, an dem sie arbeitete. Ich wartete darauf, dass sie mir etwas von seinem Inhalt erzähle. Aber nichts geschah. Da begriff ich, dass sie nicht über ihre Arbeit sprechen wollte, und war ungeheuer gekränkt. Ich empfand ihre Haltung als Verrat an unserer Freundschaft, an mir, an allem, was wir gedacht und getan hatten.

Erst heute, nach so vielen Jahren und nachdem ich eine sehr ähnliche Haltung während meiner ersten Schwangerschaft eingenommen hatte – niemand sollte von meinem wunderbaren Zustand erfahren, bis er unübersehbar sein würde –, verstehe ich, dass es nicht Verrat an unserer

Freundschaft war, der sie ihr mieses kleines Manuskript für sich behalten ließ. Es ist einfach dieser Zustand des Werdens, den man nicht stören will oder darf. Man hat das Gefühl, wenn man darüber spricht, könnte ein Unglück geschehen, bei dem das ersehnte Kind oder Buch sich in Luft auflösen würde. Damals sorgte ihr Verhalten für den ersten Riss in unserer Freundschaft. Ich ließ mir nichts anmerken, aber ich war verletzt.

Und um ehrlich zu sein, bald nicht nur das. Als ihr Roman erschien, bekam ich eines der ersten Exemplare. Der Text war gut. Der Roman wurde ein Erfolg. Ich war neidisch. Sie war mit dem, was sie sich vorgenommen hatte, an die Öffentlichkeit getreten. Ihre Arbeit wurde gelobt. Sie wurde bekannt, während ich einen Halbtagsjob in einem Labor angenommen hatte und die andere Hälfte des Tages damit zubrachte, Klavier zu spielen, um mich für Konzertauftritte vorzubereiten, die nicht stattfanden.

Nach dem Examen trennte sich meine Freundin von ihrem Mann. Auch dafür habe ich sie bewundert. Sie ließ das Haus und die Familie zurück, um mit einem Mann zusammenzuleben, von dem sie sagte, er sei die einzige und letzte Liebe in ihrem Leben. Ich lernte ihn kennen, und er gefiel mir.

Zu dieser Zeit war ich schon mit dem Mann befreundet, der der Vater meines Kindes werden sollte; ein viriler Typ, der Journalistik studierte und Sportreporter werden wollte. Er war für die Rolle, die ich ihm zugedacht hatte, bestens geeignet.

Der Mann, mit dem sie nun zusammenlebte, war natürlich älter. Er sah gut aus, dunkel und sanft, und hatte ein großes Interesse an Musik. Er wollte unbedingt Klavierspielen lernen, und als er hörte, dass ich unterrichte, bat er mich, ihm Stunden zu geben. Ich verliebte mich in ihn.

Ich habe miterlebt, dass meine Freundin und diesen Mann eine große Liebe verband. Ich war oft bei ihnen zu Gast, und die Atmosphäre dort war von ihrer Liebe getränkt. In gewisser Weise war ich ausgeschlossen, auch wenn sie mir immer das Gefühl gaben, ein gern gesehener Gast zu sein. Sie vertrauten einander vollkommen. Es stand überhaupt nicht in Frage, dass ich auch während ihrer Abwesenheit kommen konnte, um mit ihm gemeinsam Musik zu hören.

Und dann geschah es eben eines Tages, dass er mich anrief, um mir zu sagen, dass sie zu einer Lesereise aufgebrochen sei und wir Zeit hätten, ein ganzes Wochenende in Musik zu schwelgen.

Ich ließ meinen Sportreporter heulend zurück und machte mich auf den Weg. Ich war verliebt, und der Mann, in den ich verliebt war, hatte mich zu sich gerufen. Wir hörten Musik. Wir tranken sehr viel Wein. In der Nacht schliefen wir miteinander.

Der nächste Morgen war schrecklich. Er entschuldigte sich bei mir dafür, dass er mit mir geschlafen habe, ohne etwas für mich zu empfinden. Er sei verzweifelt darüber, dass er seine Freundin hintergangen habe. Natürlich war ich auch verzweifelt. Es ist nicht angenehm, von Liebe zu träumen und am Morgen so grausam ernüchtert zu werden. Um nicht völlig das Gesicht zu verlieren, blieb ich noch einen weiteren Tag. Wir sprachen in Ruhe miteinander. Wir hörten zusammen Musik. Es gab ein paar oberflächliche Zärtlichkeiten, die es mir ermöglichten, mein Gesicht zu wahren und meine Selbstachtung wiederzufinden. Am Morgen darauf fuhr ich zurück.

Weder er noch ich waren mutig genug, mit unserer Freundin über diesen Vorfall zu sprechen. Ich habe es ein paarmal versucht, aber es gelang mir nie, eine Situation herbeizuführen, in der ein offenes Gespräch möglich gewesen wäre. Ich hatte auch den Eindruck, als entzöge sie sich mir.

Ihr zweiter Roman erschien, und er war ähnlich erfolgreich wie der erste. Sie machte Lesereisen und hatte wenig Zeit. Als ich sie endlich zwingen wollte, sich mir zu stellen, lehnte sie ein Gespräch einfach ab. Ich schrieb ihr einen groben Brief, wütend, zornig, gekränkt, auf unsere Freundschaft pochend. Als ich keine Antwort bekam, rief ich sie an. Sie erklärte, nach den ersten Sätzen habe sie den Brief nicht weitergelesen. Sie habe ihn weggeworfen. Unsere Freundschaft war beendet.

Nicht aber meine Gefühle für sie. Wir hatten eine starke Sympathie füreinander empfunden. Sympathie ist etwas Besonderes, nicht vergleichbar mit Verliebtheit oder Erotik oder Liebe, alles Gefühle, die vorübergehend sind. Aber jemand, der einem sympathisch ist, wird diese Eigenschaft behalten, auch wenn sie manchmal von oberflächlichen Emotionen überlagert werden kann. Sympathie ist etwas Kostbares, Unzerstörbares, was die meisten Menschen nicht wissen und deshalb nicht sorgsam damit umgehen.

Ich fühlte mich mit meiner Sympathie alleingelassen. Ich versuchte damit fertigzuwerden, indem ich mir Mühe gab, zu vergessen. Aber das war nicht einfach. Meine Freundin, ich nenne sie so aus alter Gewohnheit, begann in der Öffentlichkeit eine gewisse Rolle zu spielen. Manchmal, wenn ich ahnungslos das Radio anstellte oder den Fernseher, hörte ich plötzlich ihre Stimme oder sah ihr Bild. Sie veränderte sich kaum. Mir schien, dass sie nicht älter wurde. Ihre Kleider wurden teurer, und das, was sie sagte, klang routinierter, aber niemals überheblich oder unsympathisch. Sie blieb, wie sie gewesen war, trotz des Erfolgs. Der Zufall wollte, dass ich eine Frau kennenlernte, die in dem Verlag arbeitete, der die Bücher meiner Freundin herausbrachte.

Von da an las ich jedes Buch von ihr und wusste, womit sie sich beschäftigte. Oh ja, sie war fleißig und erfolgreich, während ich ein Kind verlor, ein zweites bekam, zweimal in der Woche in einem Trio spielte, das niemals gut genug sein würde, einen öffentlichen Auftritt erfolgreich zu bestreiten, und mich an den anderen Abenden der Woche betrank; zu Hause, versteht sich, denn meine Angst, das Kind allein zu lassen, war zu groß, als dass ich hätte aus dem Haus gehen können. Auch der Brutpfleger zog es übrigens vor, soweit es seine Arbeit zuließ, abends zu Hause zu bleiben. Er fand, dass ich zu viel trank. Aber er hatte als Rückzugsgebiet seine Badewanne.

Nach sieben Jahren geschah etwas, das meine alltägliche Routine durcheinanderbrachte. Ich hatte in meiner Firma inzwischen einen winzigen Schritt voran tun können. Anstatt nur im Labor zu sitzen, durfte ich zweimal in der Woche in der Technischen Hochschule mit ausgewählten Studenten an einem geheimen Projekt arbeiten. Die Arbeit war langweilig, die Studenten uninteressant, das Projekt vermutlich irgendwie im Rüstungsbereich angesiedelt, aber die Möglichkeit, zweimal in der Woche meinen mir zur Genüge bekannten Arbeitsplatz zu verlassen, war eine angenehme Unterbrechung.

Als ich an einem dieser Hochschultage am Nachmittag noch einmal in mein Büro in der Firma zurückkam, ich hatte irgendetwas vergessen, fand ich auf dem Schreibtisch einen Zettel; ein aus einem Notizheft herausgerissenes, mit Bleistift beschriebenes Stückchen Papier. Ich erkannte die Schrift sofort.

»Liebe Ruth, ich war zufällig in der Nähe. Schade, dass Du nicht da warst. Wenn Du magst, ruf mich heute Abend im Hotel an. Ich bin noch zwei Tage in der Stadt.«

Es folgte eine Telefonnummer und ihr Name. Ich war

überglücklich. Ich hab mich wahnsinnig gefreut; über die Nachricht, darüber, dass sie ihr Schweigen gebrochen hatte, darüber, dass ich mich nicht getäuscht hatte: Die Sympathie, die uns verband, war gegenseitig. Sie würde ewig sein.

Ich war so glücklich, so beschwingt, dass mir zu Hause Mann und Sohn verändert vorkamen. Es fiel mir leicht, mich mit ihnen abzugeben, und das Cello und die Geige, die an diesem Abend gekommen waren, wurden zu ihrer eigenen Verwunderung von meinem Spiel so mitgerissen, dass sie am Ende darüber zu spekulieren begannen, ob wir uns nicht doch um einen öffentlichen Auftritt bemühen sollten. Ich betrank mich an diesem Abend nicht, oder doch nur ein bisschen, und rief sie an.

Das war gestern Abend.

Wir verabredeten uns und haben uns vorhin getroffen. Wir trafen uns, es war ihr Vorschlag, in der Universität bei einem Vortrag zum Thema Hirnforschung. Unsere Interessen waren immer noch ähnlich. Wir saßen nebeneinander auf den engen Hörsaalbänken, und als ich mit ihr flüsterte, war es fast so wie zu unserer Studienzeit. Wenn ich sie ansah, stellte ich fest, dass sie noch immer so aussah wie damals, obwohl inzwischen viele Jahre vergangen waren. Ganz kurz kam mir in den Sinn, dass ich selbst nicht mehr so aussah. Aber sie schien es nicht zu bemerken. Ich hatte den Eindruck, dass sie genauso glücklich sei wie ich.

Nach dem Vortrag gingen wir in ein Restaurant in der Nähe. Ich hatte Hunger, und wir wollten auf unsere wiedergefundene Freundschaft ein Glas Wein trinken. Wir saßen uns gegenüber und sprachen darüber, wie es uns in der Zwischenzeit ergangen war. Der Abend wurde lang. Und es geschah etwas Merkwürdiges mit mir. Ich trank nicht nur ein Glas Wein, sondern viele. Und je mehr ich trank, desto mehr veränderte ich mich. Ich meine, ich veränderte mich innerlich, aber so sehr, dass ich Mühe hatte, die Veränderung nicht in meinem Gesicht erscheinen zu lassen. Zum ersten Mal in meinem Leben, so dachte ich zwischendurch belustigt, war ich mit meinem zu kleinen Kopf und dem kleinen Gesicht einverstanden. Ich glaubte, ich würde nicht in der Lage sein, eine größere Fläche Gesicht zu beherrschen. Und auch sie veränderte sich in meiner Vorstellung. Aus der Freundin von einst wurde die Karrierefrau, die Erfolgreiche, die auf mich herabsah; auf mich, die ich immer die Intelligentere gewesen war, die, der eigentlich der Erfolg zustand, der Erfolg, für den ich alles getan hätte.

Ich glaube nicht, dass sie die Veränderung bemerkte, die in mir vorging. Sie blieb ruhig, gelassen, mir zugewandt wie immer und vielleicht noch ein bisschen stärker, denn die Freude über unser Wiedersehen schien sie zu beleben. Sie hatte tatsächlich keine Ahnung, dass ich mich nach ihrem Erfolg verzehrte und, bestärkt durch jedes neue Glas Wein, den Neid in mir kaum noch bezwingen konnte. Es musste etwas geschehen. Es musste mir gelingen, sie auf irgendeine Weise aus der Fassung zu bringen, ihre Freude, ihre Freundlichkeit, ihre Gelassenheit zu zerstören.

Ich fragte sie nach ihrem Mann, der ja eine Zeitlang mein Schüler gewesen war. Spielte er noch Klavier? Sie sprach von ihm und ihrer beider Verhältnis als etwas Besonderem.

»Ich weiß nicht, woran es liegt«, sagte sie, »vielleicht daran, dass wir vollkommen aufrichtig miteinander umgehen. Aber es ist ja die Frage: Lieben wir uns, weil wir aufrichtig miteinander umgehen, oder gehen wir aufrichtig miteinander um, weil wir uns lieben? Ich weiß es nicht, jedenfalls sind wir immer noch glücklich.«

Da wusste ich, was ich zu tun hatte. Am Anfang machte ich nur eine kleine Bemerkung, eine kleine Andeutung, um ihre Reaktion zu testen. Ich sah, dass sie verstand, worauf ich hinauswollte, aber sie fragte nicht nach. Mir fiel ein, dass sie nicht nachzufragen brauchte, nicht bei mir. Sie würde in ihrem aufrichtigen Haus auf ihrem aufrichtigen Sessel ihrem aufrichtigen Mann gegenübersitzen, und er würde aufrichtig antworten, und sie würden sich aufrichtig über mich mokieren. Der Gedanke machte mich rasend. Und ich erzählte ihr die ganze Geschichte.

Sie hatte sich unter Kontrolle, aber ich kannte sie zu gut, um die Veränderung in ihrem Verhalten nicht zu bemerken. Wir gingen. Ihr Gang war unsicher, unkonzentriert. Sie sagte, sie wisse nicht, ob wir uns wiedersehen würden. Ich sei ihr so maßlos vorgekommen wie damals und sie habe Schwierigkeiten damit, meine Maßlosigkeit zu ertragen, trotz der unveränderten Sympathie, die sie für mich empfinde. Ich dachte, dass etwas geschehen müsse, irgendetwas, das sie so sehr aus dem Gleichgewicht brächte, dass sie nicht mehr schreiben, keinen Erfolg mehr haben, mir nicht mehr überlegen sein könnte. Der Bus, vor den sie dann fiel, fuhr zufällig an uns vorüber. Kein Zufall war allerdings, dass sie darunter landete.

Ich bin nicht zu ihrer Beerdigung gegangen, obwohl es mir schwerfiel.

Das Meer ist blau

Der Delphin stand senkrecht im Wasser. Er stand seitwärts zur Bordwand und begleitete das Schiff für ein paar Sekunden. Er sah aus, als ob er lachte, bevor er übergangslos im Wasser verschwand.

Der Mann auf der Fähre rückte den weißen Kunststoffstuhl aus dem Wind und lehnte den Kopf an die eiserne Schiffswand. Das Meer war ruhig und blau. An Bord waren nur wenige Passagiere. Beim Anblick einer jungen Frau in kurzen Hosen und Sandalen, die ein greinendes Kind hinter sich herzog, runzelte er unwillkürlich die Stirn. So hatte sie auch ausgesehen, vor fünf Jahren, ungepflegt, schlampig und mütterlich; nur dass das Kind noch ein Säugling gewesen war.

Er hatte sie auf die Insel gebracht, damals, als das große Unglück in Tschernobyl gesundheitsbewusste Mütter, die es sich leisten konnten, von zu Hause forttrieb. Ein Jahr später hatte er sie noch einmal besucht. Da hatten sie am Strand gesessen. Sie und die anderen Mütter, im Kreis, ein Haufen Kinder um sie herum. Ihm fiel ein, wie sie ausgesehen hatte, als sie aufgestanden und ihm entgegengekommen war: barfuß, in einem wallenden Kleid, das auf den Schultern gebunden war. Ihre großen Brüste hatten unter dem Stoff herumgehangen wie Rugbybälle, und die Fußnägel waren so lang gewesen, dass schwarzer Sand sich darunter gesammelt hatte. Das Kind hatte er nicht wiedererkannt.

Er hatte sich nicht lange aufgehalten, damals. Die Klinik war immer eine gute Ausrede. Und jetzt fuhr er auf die Insel, um sie und das Kind endgültig loszuwerden.

Er öffnete die Augen, sah auf das ruhige blaue Meer und dachte, dass es keinen vernünftigen Grund gab, für einen einzigen falschen Schritt das ganze Leben lang zu bezahlen. Er hatte ihr fünf Jahre lang jeden Monat Geld geschickt. Sie und das Balg hatten fünf Jahre lang im Sand gesessen und das Meer angeschaut. Das hatte ihn beinahe hunderttausend gekostet und würde, selbst wenn sie geschieden wären, noch ein paar hunderttausend kosten.

Er fasste in die Tasche seines Jacketts und zog den letzten Brief heraus, den er von ihr bekommen hatte. Der Wind fasste nach dem Papier und er hielt den Brief mit beiden Händen, während er las:

»Lieber Wölfi-Pappi,

uns geht es wirklich gut hier, auch wenn wir uns langsam Gedanken machen, wie alles so weitergehen soll. Die Kleine muss ja irgendwie in die Schule, bald. Dabei fühlt sie sich hier echt wohl. Man kann Kinder nicht besser aufwachsen lassen als hier, wo Sand und Himmel noch sauber sind. Wir haben uns erkundigt. Es gibt natürlich auch Möglichkeiten, die Kinder hier in die Schule zu schicken. Wenn man alles zusammenrechnet, würden wir dann etwas mehr Geld brauchen. Oder sonst sollten wir vielleicht eventuell doch zurückkommen. Entscheide du, schließlich ist es dein Geld. Aber vergiss nicht, dass ich all die Jahre geopfert habe, um unser Kind gesund aufwachsen zu lassen. Und das ist es ja auch. Wir hoffen, es geht dir gut. Warst du mal an Mutters Grab? Raini und Gilli rufen, wir müssen zum Essen. Wir warten auf deine Antwort.«

Er faltete den Brief zusammen, ohne einen Blick auf die handgeschriebene Unterschrift und das Gekrakel zu werfen, das die Unterschrift des Kindes bedeutete.

Sie schrieb schon seit vier Jahren ihre wenigen Briefe mit der Maschine. Er erinnerte sich noch genau an ihre Begründung: Neben mir ist ein irrer Typ eingezogen, Schriftsteller und sehr gebildet, er heißt Rainer und leiht mir seine Schreibmaschine. Es fiel ihm nicht schwer, sich diesen irren Typen vorzustellen: dünn, mit schmutzigen Fingernägeln und langen Haaren – es ekelte ihn, wenn er daran dachte.

Mutters Grab – es ekelte ihn auch, wenn er an die alte Vettel dachte. Ihre Mutter war überfahren worden. Zur Beerdigung hatte die Frau nicht kommen können, weil das Kind krank war. Er hatte die Beerdigung organisiert und eine Entrümpelungsfirma beauftragt, die Wohnung leer zu machen. Für kein Geld der Welt wäre er selbst in die Hochhauswohnung gegangen. Womöglich, um das zerschlissene Sofa noch einmal zu sehen, auf dem das Unglück begonnen hatte.

Das Schiff fuhr jetzt langsamer. Die kahlen Berge der Insel waren ganz nah. In wenigen Minuten würde die Fähre anlegen. Er blieb ruhig sitzen und durchdachte ein letztes Mal seinen Plan.

Er hatte ihr geschrieben, dass er sie abholen würde. Die Kollegen glaubten, dass seine Frau sich vor einem halben Jahr von ihm getrennt hatte. Er hatte eine Woche Urlaub genommen, offiziell, um im Schwarzwald zu zelten. Er hatte ein Flugticket für eine vierzehntägige Urlaubsreise nach Teneriffa auf einen erfundenen Namen gebucht. Wie vorausgesehen war er ohne Schwierigkeiten mit seinem Pass und dem Ticket durch die Kontrolle gekommen. Er würde auf der Insel einen Wagen mieten, ins Valle Gran Rey fahren und die beiden abholen, um sie mit nach Hause zu nehmen. Unterwegs würde er ihnen von dem Saft geben, den er vorbereitet hatte. Er würde eine Stelle suchen, wo er die Leichen tief genug eingraben konnte. Den Klappspaten hatte er in der Reisetasche. Er würde die erste Fähre nehmen, auf dem Flugplatz in Teneriffa den Flug umbuchen und mit der nächsten Maschine zurückfliegen. Im Schwarzwald könnte er, wenn alles klappte, noch vier Tage Urlaub machen und eine Karte schicken. Seine Kollegen würden sich nicht nach seiner Frau erkundigen. Und die irren Typen vom Valle Gran Rey schon gar nicht.

Niemand würde auf die Idee kommen, nach ihr und dem Kind zu fragen. Und das war auch richtig so. Sie waren überflüssige Menschen, lästig, dazu bestimmt zu verschwinden.

Er stand auf und sah auf die Spur des Schiffes, das einen Bogen auf der Wasseroberfläche im Hafen hinterlassen hatte, bevor es anlegte. Der Bogen hielt sich auf dem Wasser, auch noch, als er als einer der Letzten das Schiff verließ.

Während er vor dem Laden am Hafen stand, in dem er den Wagen mieten wollte, sah er zurück auf das Wasser und dachte, dass die Spuren der Frau und des Kindes sich schneller verlieren würden.

Er kam am späten Nachmittag im Valle Gran Rey an. Die Fahrt hatte länger gedauert, weil er eine Stunde lang hinter einem LKW mit Bananen hatte herfahren müssen, ohne eine Möglichkeit zum Überholen zu haben. Die Luft war feucht und warm. Schon nach wenigen Augenblicken war er gezwungen, das Jackett auszuziehen. Er fand die billige Pension sofort wieder (»hundert Meter vom Strand, und die Kleine kann schon echt alleine baden gehen«). Der Hausflur war noch genauso kahl und dunkel, wie er ihn in Erinnerung hatte. Das Zimmer lag im ersten Stock. Die Tür stand offen. Es war leer. Es lagen auch keine Sachen herum, aus denen er hätte schließen können, dass die Frau und das Kind noch dort wohnten. Er dachte, dass sie umgezogen war, ohne es ihm mitzuteilen, und ärgerte sich. Aber er war sicher, sie am Strand zu finden.

Der Strand war grauschwarz und von Unrat bedeckt. Das Meer war dunkelgrau und reglos. Der Himmel hing schwer und lilafarben darüber. Nach wenigen Minuten war sein Hemd verschwitzt. Vereinzelt saßen Männer und Frauen im schmutzigen Sand. Ein paar verwahrloste Kinder spielten im Dreck. Ein älterer blasser Typ mit langen Haaren – übriggebliebener Achtundsechziger, dachte er – stümperte auf einer Gitarre. Ein paar Meter von ihm entfernt klopfte ein ähnlicher Typ auf einer Bongotrommel herum. Beide sahen dabei auf das bleierne Meer. Offenbar erwarteten sie irgendeine Rettung aus dieser Richtung. Die Frau und das Kind fand er nicht. Es blieb ihm nichts anderes übrig, als zurück zur Pension zu gehen und sich nach ihnen zu erkundigen.

Der Wirt, ein muffiger, einsilbiger Mann, verstand ihn nicht. Er dachte, dass es besser wäre, für die Nacht ein Zimmer zu mieten, und bekam das Zimmer, in dem er die beiden damals zurückgelassen hatte.

Er ging zum Wagen, holte seine Reisetasche und zog ein. Als er draußen auf dem Gang deutsche Sätze hörte, ging er hinaus und sprach ein Pärchen an, das gerade vom Strand kam und offenbar in dem Zimmer neben dem seinen wohnte. Von den beiden erfuhr er, dass seine Frau und das Kind in der Pension gewohnt hatten und dann abgereist waren; natürlich ohne eine Adresse zu hinterlassen.

Wir sind hier frei, Mann, sagte das Mädchen, eine dickliche Blondine in zu engen Shorts, und kicherte albern. Kann sie doch machen, oder? Ihr bekiffter Zustand war nicht zu übersehen.

Er fragte den Mann: Sind Sie Raini? Und ekelte sich plötzlich vor der lächerlichen Verkleinerungsform des Namens. Er drehte sich um, ohne eine Antwort abzuwarten, als der Kerl anfing, an dem Ring in seinem Ohrläppchen zu zupfen.

Wieder im Zimmer, schloss er die Tür hinter sich und

stellte sich ans Fenster, bis das schwarzgraue Meer und der lilafarbene Himmel ineinanderflossen und die Nacht da war. Durch die dünnen Wände hörte er Musik und das Pärchen, das sich stritt.

Das Bett war sauber. Er legte sich darauf, ohne die Schuhe auszuziehen, und begann zu überlegen.

Das letzte Geld hatte sie abgeholt. Irgendwo auf der Insel musste sie stecken. Die nächste Postanweisung würde morgen da sein. Er hatte vorgehabt, mit ihr zusammen das Geld abzuheben, bevor sie wegfuhren. Sie würde sich das Geld nicht entgehen lassen. Also würde er die Poststelle beobachten. Dort würde er sie treffen. Alles ging noch immer nach Plan.

Er schlief ein.

Im Traum erschien das Pärchen von nebenan in seinem Zimmer. Die dicke Blonde setzte sich auf seine Brust, und der Mann mit dem Ohrring versuchte, ihm vergiftete Bananen in den Mund zu schieben. Er wachte schweißüberströmt auf und sagte halb im Schlaf: »Mit euch werde ich schon fertig.« Seine Stimme klang erstickt. Im Nebenzimmer plärrte noch immer das Radio, als er wieder einschlief.

Am Morgen ging er hinunter, trank an der schmuddeligen Bar einen Kaffee und suchte die Poststelle.

Er beobachtete den Schalterverkehr drei Tage lang. Wenn der Schalter geschlossen war, setzte er sich auf einen halb zerbrochenen Holzstuhl am Strand, beobachtete die Frauen und Kinder und sah auf das schwarzgraue Meer. Die Frau und das Kind fand er nicht. Ein paarmal hatte er den Eindruck, dass das Pärchen von nebenan ihn belauerte. Er hatte keine Lust, mit den beiden zu sprechen. Nachts hatte er Albträume.

Am vierten Tag beschloss er zurückzufahren. Er würde die Überweisungen stoppen. Sie würde sich melden. Dann würde er weitersehen.

Er zahlte die Rechnung, die erstaunlich hoch war, packte seine Tasche in den Wagen und fuhr ab. Er fuhr schnell, froh, den schmutzigen Strand und den dunklen Himmel hinter sich zu lassen.

Die Straße ging steil bergauf. In einer Kurve kurz vor Las Rosas sah er tief unten das Meer. Von hier oben war es dunkelblau und sehr schön. Er fühlte sich freier, fuhr noch etwas schneller und bemerkte den entgegenkommenden LKW sehr spät. Er trat heftig auf die Bremse, die nicht reagierte. Der Wagen schoss über die unbefestigte Straße etwa siebenhundert Meter tief. Er dachte, aber das ging rasend schnell, zwei Dinge: Er dachte, dass das Pärchen schon vier Jahre lang von seinem Geld lebte, und an den lachenden Delphin, der die Fähre begleitet hatte.

Bass goes Föhr

Ich hatte mich vor der Überfahrt ein wenig gefürchtet, aber dann erwies sie sich als harmlos. Das Meer war spiegelglatt, und ich spürte nicht die geringsten Anzeichen von Seekrankheit, als das Schiff den Hafen von Wyk erreichte und ich die Insel betrat.

Meine Reisetasche war nur klein, und so ging ich unbeschwert, in allerbester Stimmung, von der noch kräftigen Nachmittagssonne beschienen, den von meinen Freunden beschriebenen Weg die Promenade entlang bis zum Hotel. Es war genügend Zeit, die Menschen, die mir entgegenkamen, und die, die nicht weit von der Promenade entfernt im Sand oder in ihren Strandkörben lagen, zu betrachten. Ich sah nichts, was meine fröhliche Stimmung hätte zunichtemachen können, und als ich vor dem kleinen Strandhotel stand, hätte dessen strahlend weißer Anblick meine gute Laune nur noch heben können, wenn das möglich gewesen wäre.

Vor dem Hotel saßen nachmittäglich fein gekleidete Gäste; Herren in weißen Leinenanzügen und Damen in einfachen, raffiniert geschnittenen Sommerkleidern, die sanft gebräunte Arme und Schultern freiließen. Zweimal fiel mein Blick eher zufällig auf schmale braune Füße, die in den flachen Sandalen steckten, die in jenem Sommer Mode waren und die in diesem Haus offensichtlich in ihrer teureren Ausgabe getragen wurden.

Auch das Innere des Hotels, in dem ich ein paar erholsame Tage zu verbringen gedachte, gefiel mir: viel Weiß, hin und wieder, wie es an der See üblich ist, ein paar Tupfer von hellem Blau, herrliche Sträuße in dunklerem Blau auf dem Tresen der Rezeption und auf dem nahen Treppenabsatz.

Ich wusste sofort, meine Freunde hatten sie mir beschrieben, dass es die Besitzerin des Hotels war, die mich an der Rezeption begrüßte: eine schöne Frau unbestimmbaren Alters, bei deren Anblick ich dachte, dass sie als Kind hellblonde Zöpfe und im Sommer braune Haut gehabt haben müsste. Auch der Norden bringt ja schöne Menschen hervor, und ich, die ich eigentlich dem südlichen Typ anhänge, musste zugeben, dass ich hier einer besonders schönen nordischen Frau gegenüberstand.

Die Formalitäten an der Rezeption waren schnell erledigt. Auf einen Wink der Besitzerin hin erschien eine alte, in einen schlichten langen Rock und eine dunkle Bluse gekleidete Person, die mich zu meinem Zimmer brachte.

Auch in der ersten Etage stand in einer großen Vase ein herrlicher blauer Strauß. Was mich allerdings besonders fesselte, war ein Foto, vielleicht achtzig Zentimeter breit und vierzig Zentimeter hoch, ein Format, gut geeignet, einen endlosen Wattstrand abzubilden, auf dem nichts weiter zu sehen war als eine junge Frau, die mit einem Kinderwagen im Watt steht. Im Wagen sitzt ein Kind mit hellen Haaren.

Das Foto zog mich an, und ich trat näher, um es zu betrachten. Die alte Frau blieb neben mir stehen. Sie sah ebenfalls auf das Bild, mit großem Ernst, wie mir schien, obwohl es ihr doch bekannt sein musste.

Ich wandte mich ihr zu, machte eine Bemerkung über die Einsamkeit, die Melancholie, die das Foto ausstrahlte, irgendetwas in der Art, und fragte sie dann, eigentlich eher, um etwas zu sagen: Kennen Sie die Dame?

Noch heute, wenn ich darüber nachdenke, wundert es mich, dass ich das Wort Dame gebrauchte, das doch eigentlich eher ungewöhnlich war für eine im Schlick stehende Frau mit Kinderwagen.

Die Alte wandte sich ab, ohne zu antworten. Ein paar Schritte weiter lag mein Zimmer. Sie öffnete mir die Tür, gab mir den Schlüssel und ging.

Noch bevor ich mit dem Auspacken begann, trat ich ans Fenster. Das Meer zog sich zurück. Mein Blick fiel über die Promenade hinweg auf den sich langsam leerenden weißen Strand und auf das dunklere, von feinen Rinnen durchzogene Watt. Das Bild der Frau im Watt fiel mir wieder ein, aber es hatte nun doch wenig Ähnlichkeit mit dem, was ich sah. Es war eindeutig ein trauriges Bild, während das, was sich meinen Blicken jetzt darbot, nichts weiter war als der spätnachmittägliche, aber immer noch helle, bunt gesprenkelte Strand eines Seebades vor dem Abendessen.

Ich beschloss, vor dem Auspacken eine Weile zu ruhen, und wurde erst wach, als es im Zimmer bereits dunkel zu werden begann. Viel zu spät betrat ich das Restaurant.

Die Gäste des Hotels hatten ihr Abendessen bereits beendet. Ich war allein, sah durch die zur Promenade hin geöffnete Tür auf eine schwarze Nacht, hörte von irgendwoher Musik, Jazzmusik, und aß ein leichtes Abendbrot. Einmal sah ich die Besitzerin. Sie hatte sich umgezogen. Anstatt des weißen Kleides, das sie am Nachmittag angehabt hatte, trug sie eine schwarze Hose und einen schwarzen Pullover. Sie verließ mit schnellen Schritten das Hotel. Die alte Frau, die eben an den Tisch gekommen war, um nach meinen Wünschen zu fragen, sah ihr genauso fasziniert nach wie ich.

Ihre Chefin ist eine besonders elegante Frau, sagte ich leise.

Ja, sagte die Alte, besonders elegant und besonders klug

und besonders traurig. Möchten Sie noch etwas trinken, ein Glas Weißwein vielleicht?

Ich weiß nicht mehr, wie ich es angestellt habe, die zurückhaltende Alte davon zu überzeugen, dass wir uns gemeinsam mit einer Flasche Genever beschäftigen sollten. Sie zögerte, aber es war ja so, dass die Gäste des Hotels entweder schliefen oder woandershin unterwegs waren, wo es Musik gab oder eine der anderen Veranstaltungen, die eine tüchtige Kurverwaltung zur Unterhaltung organisiert. Sie hatte Zeit, und sie setzte sich zu mir.

Ich glaube, dass dabei ihr Bedürfnis zu reden eine Rolle spielte, denn sehr bald begann sie, vielleicht auch durch den Genever angeregt, über das Foto zu sprechen.

Die Frau darauf war tatsächlich ihre Chefin. Sie war zwanzig Jahre alt gewesen, als das Foto entstand. Das Kind im Wagen, ein Junge, war ihr Sohn.

Und wird er das Hotel übernehmen?, fragte ich.

Nein, sagte die Alte, das wird er nicht. Er ist nämlich tot.

Wir schwiegen eine Weile. Ich, weil ich nicht wusste, wie ich passend auf diese Mitteilung reagieren sollte, sie, weil sie sich darauf vorbereitete, mir die Ereignisse zu erzählen, die sich hinter ihrer knappen Mitteilung verbargen.

Ihre Geschichte war dann trivial. Während ich zuhörte, dachte ich, dass es hunderte, ja tausende solcher Erzählungen gibt, in denen junge Männer, die sich für Künstler hielten, die Mädchen, die sie geschwängert hatten, verließen, weil ein Kind, eine Heirat, die Sorge für eine Familie ihrer erträumten Karriere im Wege stand. Halldór Laxness fiel mir ein, Miles Davis und noch ein paar andere Künstler, die dann tatsächlich Karriere gemacht hatten. Von den unzähligen anderen, die gescheitert sind, weiß man natürlich nichts. In Zeiten, in denen das Wort »alleinerziehend« noch nicht zum guten Ton gehörte, sondern einen Makel beschrieb, war das Schicksal der Verlassenen allerdings nicht leicht gewesen. Das weiß man inzwischen.

Zurück zu dem, was die Alte erzählte. Das Kind war früh gestorben. Die junge Frau, vorgesehene Erbin des kleinen Hotels, hatte in Wyk viel Häme erdulden müssen. Sie war nach dem Tod des Jungen aufs Festland gegangen. Das war nicht ungewöhnlich, denn viele junge Leute verlassen eine Weile die Insel, um ihre Ausbildung zu vervollkommnen. Ungewöhnlich war, dass die junge Frau nach Frankreich ging, nach Monaco, nach England, mehr als fünfzehn Jahre in großen Hotels arbeitete und erst zurückkam, als es ihren Eltern schon sehr schwerfiel, den Hotelbetrieb aufrechtzuerhalten.

Sie war dann sehr anders, sagte die Alte, nachdem sie eine Weile nachgedacht hatte. Sie war ja schon immer hübsch gewesen, aber nun war sie schön und elegant und sehr tüchtig. Hat hier alles auf den Kopf gestellt, aber der Erfolg hat ihr recht gegeben.

Sagten Sie nicht, sie sei traurig?, fragte ich. Die Traurigkeit schien mir nicht zu der erfolgreichen Person zu passen, die mir eben beschrieben worden war.

Die Alte antwortete nicht. Sie stand auf, nahm die Geneverflasche, die nur noch zur Hälfte gefüllt war, und trug alles an die Bar im Hintergrund. Sie kam noch einmal zurück, blieb vor mir stehen und sah auf mich herunter.

Sie ist traurig und böse, sagte sie, aber das weiß niemand. Ihnen sage ich es nur, weil Sie wieder wegfahren.

Sie wandte sich um und ging, grußlos und wütend, schien mir.

Den folgenden Tag verbrachte ich damit, mir radelnd die Insel anzusehen. Ich war entzückt von unterschiedlichen Eindrücken: von bäuerlichen Gegenden, schilfigen Mooren, strohgedeckten Fischerkaten, kleinen, villenähnlichen Wohnhäusern im Stil der zwanziger Jahre, von Stockrosen, Galerien, Heckenrosen, Rittersporn und vom Duft von Land und Meer.

Gegen Abend kam ich zurück ins Hotel, zog mich um, aß eine Kleinigkeit und beschloss, das Jazzkonzert zu besuchen, das im Rahmen von »Jazz goes Föhr« stattfinden sollte.

Der Saal des Kurhauses war voll von Menschen, die gleich mir erwartungsvoll auf die Bühne blickten. Ein Quartett war angekündigt, das sich Bob Cats nannte. Ich kannte die Gruppe nicht, hörte aber, dass sie den Menschen um mich herum nicht unbekannt war. Es war sehr heiß im Saal, und alle warteten geduldig auf den Beginn des Konzerts. Kurz bevor das Licht ausging und nur noch die Bühne beleuchtet blieb, nahm neben mir die Hotelbesitzerin Platz. Sie grüßte mich freundlich, wir kamen aber nicht mehr dazu, ein Wort miteinander zu wechseln.

Auf der Bühne erschienen die Musiker, ältere Herren, wie man sie ja inzwischen oft in Jazzbands sieht. Einer der Musiker, der Bassist, dicklich und leicht verschwitzt, trat ans Mikrofon, um die Gruppe vorzustellen.

Meine Nachbarin hatte ihre Hände auf die Rückenlehne des vor ihr stehenden Stuhls gelegt. Ich sah, wie sie sich verkrampften, und blickte unwillkürlich zur Seite. Ihr Gesicht hatte sich auf eine Weise verzerrt, wie ich es bis dahin noch bei keinem Menschen wahrgenommen hatte. Selbstverständlich wandte ich meinen Blick sofort wieder ab. Ich hatte etwas gesehen, das nicht für mich bestimmt gewesen war, und ich versuchte, mich nur auf die Bühne und auf die Musik zu konzentrieren. Das fiel mir nicht schwer, denn was ich hörte, nahm mich gefangen. Dass der Stuhl neben mir leer war, bemerkte ich erst, als das erste Stück zu Ende ging, die Zuhörer begeistert klatschten und ich mich an meine Nachbarin wenden wollte, um sie nach ihrem Eindruck zu fragen.

Ich genoss das Konzert trotz der Hitze in dem überfüllten Saal. Der stille, sommerkühle Abend am Meer, der mich empfing, als ich, nicht ohne vorher zusammen mit anderen durch begeistertes Klatschen etliche Zugaben erzwungen zu haben, den Saal verließ, war dann ein herrlicher Kontrast. Ich beschloss, einen langen Spaziergang zu machen, und kam erst sehr spät zum Hotel zurück. Alle Fenster waren dunkel. Im Hintergrund der Bar, nur durch eine schwache Tischlampe beleuchtet, saßen die Hotelbesitzerin und der Bassist.

Ich blieb einen Augenblick stehen. Da ich im Dunkeln stand, war ich von innen nicht zu sehen. Ich beobachtete die beiden neugierig.

Vor ihnen standen Teller, von denen sie wohl zu Abend gegessen hatten; dazu eine Schüssel mit einem Salatbesteck, ein Weinkühler, ein Weinglas, aus dem die Wirtin trank, und das halb leere Bierglas des Bassisten. Der Mann redete, gestikulierte, schien bester Dinge, während die Frau ihn ansah, hin und wieder ein Wort einwarf, ihm aber ansonsten so aufmerksam zuhörte, wie Frauen häufig Männern zuhören, die von ihren Abenteuern berichten. Ich sah eine typische Szene, die wohl Feministinnen dazu verleitet hätte, über gewisse Erkenntnisse zu räsonieren, die darauf hinauslaufen, dass Frauen gerade durch ein solches Verhalten an ihrer eigenen Bedeutungslosigkeit arbeiten.

Ich verließ meinen Platz bald, betrat das Hotel, ging vorbei an den wunderbaren blauen Sträußen, die jetzt im Halbdunkel der dezenten Beleuchtung beinahe etwas Finsteres, Geheimnisvolles annahmen, und betrat mein Zimmer.

Ich schlief ausgezeichnet und überlegte beim Erwachen, dass ich den vor mir liegenden Tag ganz genauso verbringen wollte wie den vergangenen, der mir so gutgetan hatte. Noch ein solcher Tag, und ich würde gestärkt abreisen und an meinen Schreibtisch zurückkehren können, bereit, mich erneut der Arbeit zuzuwenden, die ich verlassen hatte.

Der Tag gelang tatsächlich ganz so, wie ich ihn mir vorgestellt hatte. Dazu trug sicher das beständige Sommerwetter bei, das, wenn es einmal da ist, die Nordseeinseln so unvergleichlich hinreißend macht.

Nach dem Abendessen ging ich wie am Abend zuvor zum Saal, in dem die Jazzkonzerte stattfanden. Vor dem Eingang standen viele Menschen, einige mit ratlosen Gesichtern, andere in Gespräche, ja heftige Diskussionen verwickelt. Ich begann mich ein wenig umzuhören und stellte sehr schnell fest, dass es in den Gesprächen um das Schicksal des Bassisten ging. Es hieß, er sei tot. Aber niemand wusste Genaues. Auch woran der Mann so plötzlich gestorben sein sollte, blieb unklar. Die Mutmaßungen gingen von »ertrunken« über »Schlaganfall« (ich hatte ja selbst gesehen, dass er ziemlich beleibt und während des Konzerts heftig ins Schwitzen geraten war) bis zu »Messerstechereien« wegen irgendwelcher Eifersüchteleien innerhalb der Band.

Ich hörte mir einige Gespräche an und ging dann zurück ins Hotel; enttäuscht darüber, dass der Abend nicht so enden würde, wie ich es mir vorgestellt hatte.

Unterwegs fiel mir meine Wirtin ein, die Szene, deren Zeugin ich am Abend geworden war, und ich bedauerte für sie den Tod des Bassisten, von dem ich aufgrund ihrer heftigen Reaktion bei seinem Auftritt annahm, dass er – ich gebe zu, eine kühne Vermutung – der nach vielen Jahren wieder aufgetauchte Vater ihres Kindes gewesen war, mit dem sie sich versöhnt hatte.

Als ich an der Rezeption vorüberkam, traf ich auf die alte Frau, bei der ich meine Abreise für den nächsten Morgen ankündigte.

Wie geht es Ihrer Chefin?, fragte ich, aber die Alte zuckte nur mit den Schultern und antwortete nicht.

Ich ging hinauf, schlief bei geöffneten Fenstern und dem sachten Rauschen des Meeres tief und fest und erwachte am nächsten Morgen trotzdem mit einer leichten Beunruhigung. Die konnte ich mir nicht erklären, aber ich war froh, als ich nach dem Frühstück meine Rechnung beglichen hatte und abreisen konnte.

Ich packte meine Reisetasche, und als ich nach einer Weile aus der Tür trat, war die Alte damit beschäftigt, das Bild wegzutragen, das neben meiner Tür gehangen hatte. Deutlich sah man noch seine Umrisse an der Wand. Die großen Vasen, in denen die dunkelblauen Sträuße gestanden hatten, waren leer.

Ich ging, ohne die alte Frau noch einmal nach ihrer Chefin zu fragen. Die traf ich aber, als ich an der Rezeption vorüberkam. Sie verabschiedete mich freundlich, begleitete mich bis zum Ausgang und blieb dort stehen, während ich mich in Richtung Fähranleger auf den Weg machte. Sie winkte mir nach, als ich mich noch einmal umwandte, und so blieb sie mir in Erinnerung: groß, schlank, in einem weißen Kleid, das graublonde Haar zu einer eleganten Frisur aufgesteckt und lächelnd.

Wenige Tage später, ich hatte zu Hause meine Arbeit wieder aufgenommen, fand der wöchentliche Stammtisch statt, zu dem wir, ein paar Freunde und ich, uns seit Jahren regelmäßig trafen. Die Treffen, oft nur belanglos, sind doch für uns alle eine willkommene Unterbrechung der täglichen Routine. Es ist einfach angenehm, Freunde wiederzusehen, mit denen man sich versteht, auch wenn sie so verschieden sind wie die in unserer Runde. Es gibt zwei Ärzte, zwei Juristen, eine Lehrerin (mehr Lehrer waren nicht zugelassen, weil sonst zu viel von Schule die Rede gewesen wäre), einen Chemiker, eine Grafikerin und sogar einen Kriminalschriftsteller; einen von der ernsthaften Sorte, versteht sich. Nicht immer nehmen alle am Stammtisch teil, aber er findet immer statt, und es kommt gar nicht so selten vor, dass wir vollzählig versammelt sind.

So war es auch diesmal. Da ich den Kurzurlaub auf Anregung meiner Freunde auf Föhr verbracht hatte, wurde ich befragt und begann von meinem kurzen, aber intensiven Aufenthalt zu berichten. Natürlich sprach ich auch über das Hotel, die Besitzerin, die alte Frau, die in meiner Erzählung ein wenig zur Norne geriet, und den Tod des Bassisten. Ich muss sehr engagiert gesprochen und die Wirtin aufrichtig bedauert haben, denn nach meiner Erzählung blieben die Freunde eine Weile still.

Was, hast du gesagt, war in diesen Blumenvasen?, fragte endlich der Schriftsteller.

Keine Ahnung, sagte ich, große dunkelblaue Stiele, soviel ich gesehen habe.

Rittersporn?

Nein, sagte ich, den kenn ich, ähnlich, aber kein Rittersporn.

Dann war es wahrscheinlich Eisenhut.

Und Salat haben die beiden gegessen, sagte der Chemiker nachdenklich. Ist dir eigentlich klar, dass vor deinen Augen ein Mord geschehen sein könnte?

In das Gelächter, das nach dieser Frage ausbrach, stimmten nur der Schriftsteller und der Chemiker nicht ein.

Die Diskussion, die dann folgte, ging um die unterschiedlichen Interpretationsmöglichkeiten dessen, was wir beobachten: um Wahrheit und Phantasie, darum, wie sehr wir alle bei der Wahrnehmung unserer Umgebung von eigenen Interessen und unserer eigenen Lebensgeschichte geleitet sind. Ich war froh, das Gespräch durch meine Erzählung ausgelöst zu haben, denn es war sehr anregend. Auf die Geschichte selbst sind wir nicht wieder zurückgekommen. Sie hatte für niemanden von uns eine persönliche Bedeutung, nehme ich an.

Zwei Fremde in Schaffhausen

Es war eine von diesen Entscheidungen gewesen, über die man lange nachdenkt, bevor man sie trifft. Dann trifft man sie, und schon beim ersten Schritt in die nun vorgegebene Richtung weiß man, dass sie falsch war.

Sie hatten viele Jahre miteinander verbracht. Oft kam es ihr so vor, als wäre es ihr ganzes Leben gewesen. Das ganze Leben – verpfuscht. Das wollte sie nicht. Deshalb hatte sie ihm vor ein paar Wochen gesagt, sie müssten sich trennen. Insgeheim hatte sie gehofft, dass es ihm ähnlich ginge und er mit der Trennung einverstanden wäre. Stattdessen hatte er geweint. (Eine der vielen Errungenschaften, die die Frauenbewegung den Männern gebracht hat, ist, dass sie Tränen vergießen dürfen, ohne ihr Gesicht zu verlieren.)

Seine Trauer, seine offensichtliche Angst vor dem Alleinsein hatten sie nachdenklich gemacht. Sie war sogar bereit gewesen, alles noch einmal zu überdenken. Am Ende hatten sie sich auf einen Kompromiss geeinigt. Sie würden einen längeren Urlaub miteinander verbringen und am Ende entscheiden, wie es weitergehen solle. Sie hatten am Anfang ihres Zusammenlebens sehr schöne Reisen zusammen unternommen, zu denen Picknicke auf sonnigen Wiesen, Sex an einsamen Stränden und endlose Gespräche gehört hatten, über Bücher, die sie gelesen, Bilder und Kirchen, die sie unterwegs angesehen hatten.

Aber vielleicht hatte ihr die Erinnerung einen Streich gespielt. Beim Beladen des Wagens war es ihr einigermaßen gut gegangen. Doch schon in dem Augenblick, als er anfuhr und sie den Sicherheitsgurt schloss, wusste sie, dass die Reise überflüssig sein würde.

Natürlich war sie nicht sofort wieder ausgestiegen. Sie waren losgefahren, er hatte sich Mühe gegeben, fröhlich zu sein, und sie war langsam zu Stein geworden. Im Hotel in Überlingen, nach einem langen Spaziergang auf der Seepromenade, der wegen der eben untergehenden Sonne, der blühenden Rosen und der weißen Segel auf dem Wasser sehr schön hätte sein können, hatte er den Versuch unternommen, mit ihr zu schlafen. Sie war nicht in der Lage gewesen, ihn zurückzuweisen, was ihre Abneigung gegen ihn noch verstärkt hatte. Das Frühstück im Hotel am nächsten Morgen war wortlos verlaufen, und auch im Auto schwieg sie, bis in der Gegend von Singen dieser verdammte Storch über die Autobahn segelte. Dicht vor ihnen glitt er im Tiefflug und so ruhig, als gäbe es nichts anderes als ihn auf der Welt, über die Fahrbahnen hinweg. Und sie war beim Anblick des Vogels plötzlich in Tränen ausgebrochen.

Sie hatte so heftig geweint, dass der Mann erschrocken den nächsten Parkplatz anfuhr. Dort, am Rande der Autobahn, hatte sie ihm, noch immer von heftigen Weinkrämpfen unterbrochen, zu verstehen gegeben, dass sie wegwolle, nur noch fort, von ihm, von allem.

Vielleicht hatte ihre große Verzweiflung ihn beeindruckt. Er war eine Weile am Feldrand auf und ab gewandert und sie im Wagen sitzen geblieben, vergeblich darum bemüht, ruhiger zu werden, während in ein paar Metern Entfernung die Autos an ihnen vorüberrasten. Eine absurde Situation. Dann war er zurückgekommen, hatte sich neben ihr niedergelassen und gefragt: »Wo soll ich dich absetzen?«

Unter Schluchzen hatte sie hervorgebracht, dass es ihr egal sei, wo sie aussteigen würde. Schweigend war er weitergefahren, hatte nicht mehr gesprochen, bis sie den Bahnhof von Schaffhausen erreicht hatten.

»Den Krimskrams nehm ich mit. Du kannst ihn bei Gelegenheit abholen lassen.« Dann war er davongebraust. Und sie stand mit zwei Koffern und einer Reisetasche vor dem Bahnhof in Schaffhausen, immer noch weinend und mit dem sicheren Gefühl, jeden Augenblick in eine Depression zu fallen.

Der Zug hatte vor einer halben Stunde den Bahnhof von Stuttgart verlassen und ratterte nun durch eine hügelige Landschaft. Während der Mann aus dem Fenster sah, überdachte er seine Lage. Er wusste, dass er ein paar Vorteile auf seiner Seite hatte. Genau genommen waren es mindestens drei: Die Frauen, die er getötet hatte, waren ihm fremd gewesen. Es gab keine Verbindung zwischen ihm und den Toten. Sie hatten einander nicht ähnlich gesehen und weit entfernt voneinander gewohnt. Niemand außer seinen Opfern, die aber nach der Begegnung mit ihm verstummt waren, konnte sein Gesicht mit den Frauenmorden in Verbindung bringen.

Mit der Polizei hatte er noch nie zu tun gehabt. In ihren Dateien existierte er nicht.

Er war klüger als die Kripo, und er war unabhängig.

Es gab noch ein paar Kleinigkeiten, an denen er seine Überlegenheit festgemachte, aber das waren die wesentlichen Gründe, weshalb er sich bisher sicher gefühlt hatte.

Was beunruhigte ihn jetzt?

Vielleicht war beunruhigen nicht das richtige Wort für den Zustand, in dem er sich befand. Entscheidend war eher, dass ihn das, was er in den vergangenen Jahren getan hatte, nicht mehr interessierte. Es hatte ihn einfach eine so große Erschöpfung erfasst, dass er beschlossen hatte, damit aufzuhören. Er war müde, müde, müde. Frauen reizten ihn nicht mehr. Er hatte festgestellt, dass er es inzwischen sogar vorzog, in Restaurants zu gehen, in denen die Bedienung männlich war. Er wollte Ruhe, ein friedliches Leben, lange Nächte, in denen er Musik hören, Tage, die er verschlafen konnte, Spaziergänge durch Felder, Abende mit Büchern.

Er war immer ein guter Beobachter seiner selbst gewesen. Es hatte schon vor längerer Zeit kleine Zeichen gegeben. Die Abstände zwischen seinen Beutezügen waren größer geworden. Das Vergnügen beim Beobachten seiner Auserwählten, das immer ein wesentlicher Teil seines Rituals gewesen war, ließ merklich nach. Er hatte begonnen, lange Reisen zu hassen, die viele Jahre ein besonderer Genuss, eine Quelle der Vorfreude gewesen waren. Aber das Leben von einem Tag auf den anderen zu ändern war nicht so einfach. Trotzdem war er entschlossen, aufzuhören. So weit, so gut.

Aber die Beunruhigung? Woher kam es, dass er nicht so entspannt war, wie er es sich eigentlich gewünscht hätte?

Wieder und wieder hatte er sich seine Überlegenheit vor Augen geführt, bis ihm klar geworden war, woran es lag, dass er sich unwohl fühlte. Ihre Methoden hatten sich verbessert. Sie kannten ihn zwar nicht, aber sie hatten inzwischen sein Profil.

Er hatte sich ein paar Bücher besorgt, um sich über die Methoden der Profiler zu informieren. In den meisten stand weiter nichts als Geschwafel. Aber es gab auch andere, in denen er seine Vermutung bestätigt fand. Er war einfach nicht mehr sicher. Das war ihm nun klar.

Eine Weile hatte er überlegt, wie er den Fängen der Kripo entgehen könne. Dann war er darauf gekommen, dass die sicherste Methode, die Ruhe zu finden, nach der er sich sehnte, wäre, das Land zu verlassen. Er würde Deutschland den Rücken kehren. Er würde dahin gehen, wo er die

Landessprache verstand und Europol nicht zuständig war. Deshalb war er nun auf dem Weg in die Schweiz.

Der Mann sah noch immer aus dem Fenster, aber als er hinter sich Stimmen hörte, blickte er sich um. Zwei deutsche Grenzpolizisten wanderten langsam durch das Abteil und musterten die Fahrgäste.

Sie kennen dein Gesicht nicht, dachte er, spürte kurz ihren gleichgültigen Blick auf sich ruhen und sah ihnen nach. Sie öffneten die beiden kleinen Wandschränke, die am Ende des Abteils über den Abfallklappen eingelassen waren.

Niemand drin?, dachte der Mann.

Er fand es seltsam und es belustigte ihn ein wenig, dass er unbehelligt im Zug saß, während die Beamten vor seiner Nase Schränke kontrollierten, in die nur sehr kleine Menschen unter sehr großen Verrenkungen hineinpassten.

Wenig später hielt der Zug am Bahnhof Singen. Gleich nachdem er wieder angefahren war, erschienen schweizerische Beamte. Ihr Kontrollgang durch das Abteil und die Überprüfung der kleinen Schränke an der Wand glichen dem Prozedere der Deutschen aufs Haar. Der Mann lehnte sich entspannt zurück. Er dachte darüber nach, weshalb ihm die schweizerischen Polizisten sympathischer gewesen waren als die deutschen, fand das in seiner Lage nur natürlich, andererseits jedoch lächerlich. Was ihn aber wieder stärker zu beschäftigen begann als bisher, war seine große Müdigkeit.

Es soll Schluss sein, dachte er.

Als der Zug in Schaffhausen hielt, stieg er aus.

Hotel Park Villa 400 Meter – sie sah das Schild an einer Mauer, als sie sich die letzten Tränen aus den Augen gewischt hatte.

Park Villa, dachte sie, weshalb nicht.

Sie schleppte den Koffer die Straße hinauf. Für vierhundert Meter wollte sie kein Taxi nehmen. Hellgraue Steinquader, Türmchen, Erker, Rundbögen – das Hotel würde in einen Hitchcock-Film passen, dachte sie, als sie mit hängenden Armen davorstand.

Sie ging trotzdem hinein und war angenehm überrascht. Klein, aber nicht eng, eine freundliche Hausdame, Teppiche und alte Lampen, eine Bar mit getäfelten Wänden, Regale mit Wein. Auch das Zimmer, in das ein höfliches Mädchen sie geleitete, gefiel ihr, ja hätte sie unter anderen Umständen sogar begeistert: eine in zartem Grün lackierte Vertäfelung, dezente bunte Vorhänge, eine altmodische Badewanne, viele mit dem Namen des Hotels bestickte Handtücher. Trotzdem dachte sie, dass sie sich den Beginn ihres neuen Lebens so nicht vorgestellt hatte: in einer fremden Stadt, unter Menschen, die sie nicht kannte. Was hatte sie sich überhaupt vorgestellt?

Sie fand keine Antwort auf diese Frage. Ihr Kopf war einfach leer. Sie begann wieder zu weinen, nahm sich zusammen und verließ das Zimmer, nachdem sie sich das Gesicht gewaschen hatte. Das Handtuch hatte sich gut angefühlt, irgendwie tröstlich.

»Und nun wollen Sie sicher gleich an den Rheinfall«, sagte die freundliche Hausdame an der Rezeption und beschrieb ihr den Weg.

Warum nicht?, dachte die Frau. Ihr war egal, wohin sie ging.

Am Weg den Rhein entlang wuchs Jasmin. Blühende Gräser dufteten. Das Wasser des Flusses war dunkelgrün. Frauen mit Hunden kamen ihr entgegen. Am Himmel vergrößerte sich langsam eine schwarze Wolke. Irgendwann war ein Rauschen zu hören, das zunahm und lauter wurde und endlich tosend. Dann war die Luft voller Gischt, und sie überlegte, dass das der Fluss sein müsse, der in die Tiefe fiel, und was es eigentlich ausmachte, wenn sie sich an einer geeigneten Stelle in die strudelnden Fluten fallen ließe.

Auch der Mann aus dem Zug hatte das Hotelschild gelesen. Er war der Frau gefolgt, langsam, denn sie kam schleppend voran. Ihr Anblick ließ ihn kalt, was er nicht einmal als Problem empfand, so sehr hatte er sich an seine Müdigkeit, an seinen empfindungslosen Zustand gewöhnt. Er betrat das Gebäude nach ihr und blieb ein paar Schritte entfernt stehen, während sie an der Rezeption verhandelte. Sie bekam das Zimmer mit der Nummer 15. Er war froh, als es auch für ihn noch eine Unterkunft gab. Er hatte das Gefühl, keinen Schritt mehr tun zu können, so sehr hatte ihn die kleine Steigung mitgenommen, die auf dem Weg zum Hotel zu überwinden gewesen war. Im Zimmer legte er sich aufs Bett und schlief sofort ein. Als er wach wurde, ging es ihm besser. Er duschte und beschloss, einen Rundgang durch die Stadt zu unternehmen, bevor er im Hotel zu Abend essen würde.

Die kleine Altstadt gefiel ihm. Die Häuser wirkten gepflegt, aber gleichzeitig auch bewohnt und nicht wie Museumsstücke. Für die Bewohner hatte er keinen Blick. Menschen hatten ihn noch nie interessiert, aber die Namen der Anwesen las er aufmerksam: Zur Hoffnungsburg, Zur Gerechtigkeit, Zum Frieden, Zum vorderen Glücksrad, und während der Mann unter bemalten Fassaden und Erkern umherwanderte, dachte er, dass er vielleicht gar nicht weiterfahren müsse. Hier zu wohnen, in einem der Erker zu sitzen, auf die Straße zu sehen, ein Restaurant zu kennen, in dem er jeden Abend um die gleiche Zeit sein Abendbrot verzehren würde – all das schien ihm möglich und wie eine Erlösung von dem unruhigen Leben, das er bisher geführt hatte. Selbst der Regen, der plötzlich – er hatte nicht bemerkt, dass ein Gewitter näher gekommen war – mit ungeheurer Wucht auf das Pflaster stürzte und ihn zwang, sich im Kreuzgang zu Allerheiligen unterzustellen, schien ihm, als er nachgelassen hatte, eine befreiende Wirkung zu haben.

In einer Beiz am Herrenacker trank er ein Bier und sah auf den leeren Platz vor dem Theater. Vielleicht hielt diese Stadt nicht, was sie versprach. Aber er würde sich ein paar Tage Zeit nehmen, um das herauszufinden.

Nach der Brücke über die Grabenstraße, in Richtung Hotel, führte der Weg ein wenig bergauf. Er ging langsamer. Die kleine Steigung schien ihm beschwerlich. An der Rezeption im Hotel stand die Frau, die mit ihm zugleich angekommen war. Sie war nass bis auf die Haut, die rosa durch ihre weiße Hose schimmerte. Sie wartete und nahm ihren Schlüssel selbst aus dem Fach an der Wand, als niemand kam. Triefend ging sie die Treppe hinauf. Unter dem durchnässten Stoff bewegten sich ihre Hinterbacken.

Der Regen war sehr plötzlich auf sie niedergestürzt. Sie war sofort klatschnass gewesen. Eine kleine Weile hatte sie sich in ein Gebüsch gestellt. Als die Blätter dem Wasser keinen Widerstand mehr boten, war sie einfach weitergegangen, den aufgewühlten, jetzt schwarzen Fluss an ihrer Seite, begleitet vom Zucken der Blitze und dem Getöse des Donners. Am Anfang bemerkte sie es nicht, aber irgendwann hatte sie ein Gefühl gehabt, als schritte sie leichter dahin. Sie begann, auf sich und ihre Reaktionen zu achten, und langsam fühlte sie, dass es ihr besser ging. Sie verstand nicht, weshalb. Es war albern zu glauben, dass ein Gewitter, ein starker Regen, frische Luft diese Veränderung bewirkt haben könnten. Dennoch, sie spürte deutlich, dass ihre Schritte leichter wurden, dass ihr Gesicht, das sie dem Regen entgegenhielt, fröhlich war. Schließlich begann sie sogar vor sich hin zu singen. Sie blieb stehen.

»Ich hab's geschafft«, sagte sie leise, immer wieder, und übersah schließlich wegen des immer noch strömenden Regens, aber auch, weil sie über die Ursache ihres plötzlichen Glücksgefühls nachdachte, den Abzweig, der zum Hotel Park Villa führte. Irgendwann fand sie sich auf der Rheinstraße wieder. Als sie an einem Haus vorüberging, das Zum Störchlein hieß, lächelte sie. Es hatte eine Zeit gegeben, da hätte sie gern Kinder gehabt. Der große Storch, der auf der Autobahn an ihnen vorübergeflogen war, hatte sie an diesen unerfüllten Wunsch erinnert und ihr Weinen ausgelöst. Nun wusste sie, nass und allein, aber neugierig auf das, was die fremde Stadt ihr zu bieten haben würde, dass sie am Anfang von etwas Wunderbarem stand.

Sie wollte nicht mehr zu Abend essen. Sie hatte keinen Hunger. Sie würde ihr Zimmer aufsuchen, sich abtrocknen und ins Bett gehen. Sie würde schnell und glücklich einschlafen und dem nächsten Tag entgegenschlummern, gespannt auf das, was er ihr bescheren würde.

Der Mann saß im Restaurant, betrachtete den glitzernden Kronleuchter, die in dunklem Rosa gestrichenen Wände, die fein darauf abgestimmten geblümten Vorhänge, und es gelang ihm nicht, das leichte Gefühl der Unruhe zu ignorieren, das ihn erfasst hatte. Er kannte das Gefühl. Er würde ihm nicht nachgeben. Er war in dieses Land gegangen, um zur Ruhe zu kommen. In seiner Müdigkeit kam es ihm vor, als atme er langsamer, schwerer. Er brauchte Erholung. Besonderen Aufregungen war er nicht mehr gewachsen.

Schlafen, und morgen noch einmal ein Gang durch die

Stadt. Am besten ein Museumsbesuch. Keine Menschen. Ablenkung durch Bilder, Skulpturen, fremde Welten. Er wusste, dass ihm das guttun würde. Er kannte sich lange genug.

Eine Weile betrachtete er eine Gruppe russischer Gäste, aber er fand sie nicht besonders interessant: dicke Männer und eine kleine, schmächtige Frau, die den ganzen Abend stumm neben ihren Begleitern verbrachte. Ein freundlicher älterer Kellner fragte ihn, ob er noch Wünsche habe. Er bemerkte ihn erst, als der, auf Antwort wartend, schon eine Weile neben seinem Tisch gestanden hatte.

»Nein«, entgegnete er.

Er sagte nur dieses eine Wort, aber er hasste die Stimme, die es aussprach. Es war die andere Stimme, die, von der er dachte, sie wäre verschwunden. Der Kellner entfernte sich. Der Mann verließ bald darauf seinen Tisch, ging durch die Bar und warf einen Blick auf die Sessel, die dort standen, bevor er sich an der Rezeption seinen Schlüssel geben ließ. Sie war nicht wieder aufgetaucht.

Die Sonne schien. Die Frau überquerte den Platz vor dem Theater, warf einen Blick auf das Wirtshaus Zum Frieden und ging hinunter in die Innenstadt. Dort wandte sie sich nach rechts. Sie ließ sich durch die Vordergasse treiben, erreichte die Bachstraße und fand einen Aufstieg zum Munot. Als sie am Morgen aufgewacht war, hatte sie das glückliche Gefühl vom Abend noch gespürt. Der Wunsch, die Festung zu erklimmen, um die Stadt von oben zu sehen, einen weiten Blick zu haben, hatte damit zu tun. Die Welt und auch ihre eigene Zukunft schienen ihr klarer als am Tag zuvor.

Sie schaffte den Aufstieg durch blühende Gärten leicht. Die Wegränder waren mit weißen Rosen und lila Katzenminze bepflanzt. Ihr Duft erfüllte die Luft. Sie erreichte die Plattform. Der Blick im Sonnenschein auf die braunen, altertümlichen Dächer der Stadt gefiel ihr.

Er war eingeschlafen, vor den Augen den nassen Stoff, durch den die zarte Haut geschimmert hatte. Als er erwachte, sah er noch immer die Frau vor sich die Treppe hinaufgehen. Er blieb eine Weile wie betäubt liegen. Weshalb quälten ihn die Bilder, obwohl er müde war? Der Schlaf hatte ihn nicht erfrischt.

Schließlich stand er auf, zog sich an und verließ das Hotel. Er vergaß zu frühstücken, aber er wusste noch, dass er sich am Abend zuvor vorgenommen hatte, ins Museum zu gehen. Museum zu Allerheiligen. Eine Ausstellung von Kinderbildern: »Glückliche Tage?«.

Er ging durch die Ausstellung, ohne die Exponate wahrzunehmen. Er streifte umher, als suchte er etwas. In einem der letzten Räume blieb er lange vor einem Gemälde stehen: weiß, blau, rot, schwarz – ein Bild der Verwüstung. Schließlich ging er näher heran, um den Titel zu lesen: »Zerstörung«. Er trat noch einmal zurück.

Eine Vergewaltigung, dachte er. Weshalb malt jemand eine Vergewaltigung.

Sie blieb eine Weile auf der Plattform des Munot. Eine freundliche Frau mit einem Kind an der Hand setzte sich neben sie und erzählte von Festen, die dort oben gefeiert würden. Insgeheim wünschte sie sich, bei so einer Feier dabei zu sein. Nichts hinderte sie daran, ihren Aufenthalt in der Stadt zu verlängern. Alles lud dazu ein. Auf dem Rückweg machte sie einen Abstecher durch den Rosengarten unterhalb des Turms. Rosen in allen Farben und Formen, mit Namen, die die Phantasie anregten. Eine besonders schöne buschige, lachsfarbige Blüte hieß »Gertrude Jekyll«. Die Frau lächelte, als sie weiterging.

Wie kann man eine so schöne Rose »Jekyll« nennen, dachte sie.

Es war zu spät, und er wusste es. Trotzdem unternahm er noch einen letzten Versuch. Die freundliche Person an der Kasse des Museums wies ihm den Weg in die Sammlung Ebnöther. Dort saß er eine Weile, schweißnass, umgeben von Toten, Mumienmasken, Tragödien- und Komödienmasken, bis er das Angestarrtwerden durch den Museumswärter nicht mehr aushielt. Er erhob sich und schleppte sich zum Ausgang. Eine mexikanische Tonflasche, darauf ein nackter Gefangener, dessen Hände und Füße mit Stricken an eine Baumgabel gefesselt waren, nahm seine Aufmerksamkeit noch einmal in Anspruch, bevor er das Museum verließ.

Als sie am späten Nachmittag ihr Zimmer im Hotel betrat, war der Mann schon dort. Sie glaubte, sich in der Zimmertür geirrt zu haben, und entschuldigte sich.

»Nein«, sagte er freundlich, »ich glaube nicht, dass Sie sich geirrt haben«, während er ruhig an ihr vorbei zur Tür ging und sie von innen verschloss.

Der Bulle von Gelsenkirchen

Ein Jahr, bevor Horst Griese pensioniert werden sollte, verließ ihn seine Frau.

Dass Polizistenehen nicht für die Ewigkeit geschlossen werden, war auch ihm bekannt. Und wenn die Trennung fünfzehn oder zwanzig Jahre zuvor stattgefunden hätte, wäre von kaum einem Kollegen ein Wort darüber verloren worden. Ein Jahr vor der Pensionierung auseinanderzugehen war aber so ungewöhnlich, dass sich einige von Grieses Mitarbeitern anteilnehmend nach seinem Befinden erkundigten. Er versuchte dann, dem Thema mit einer nichtssagenden Antwort zu entgehen.

Griese und seine Frau hatten sich vor dreißig Jahren während eines Urlaubs auf den Kanaren kennengelernt. Sie war mit ein paar Freundinnen unterwegs, er allein. Sie war ihm aufgefallen, weil sie in der Gruppe am lautesten lachte und ihr Ruhrgebiets-Dialekt ihm gefiel, obwohl er eigentlich kein Freund von dialektgefärbter Sprache war. Edith war klein, zierlich und blond, und eines Abends in der Bar hatten sie sich näher kennengelernt. Im Jahr darauf waren sie zusammen in Urlaub gefahren. Vorher hatte sie ihn schon in Hamburg besucht und festgestellt, dass sie dort nie leben könnte.

»Hamburg? Nä, da kannzen Ei drüber schlagen.«

So stand fest, dass sie nach der Heirat in Gelsenkirchen wohnen wollten, der Stadt, von der Edith sich nie trennen würde.

Fünfzehn Jahre ging es Griese und seiner blonden Edith in Gelsenkirchen gut. Er machte Karriere bei der Kripo, sie liebte ihren Beruf als Lehrerin. Nach ein paar Jahren kauften sie sich eine hübsche Wohnung in einer Villa am Stadtgarten, und wenn Griese abends nach Hause kam, legte Edith die Hefte ihrer Schüler beiseite, und sie sprachen über das, was sie am Tag erlebt hatten. Edith beklagte sich oft über die zunehmende Zahl von Schülern, die kein Deutsch sprachen, und sie überlegten gemeinsam, wie man deren Interesse am Lernen wecken könnte. Griese berichtete von seinen Erfolgen bei der Mordkommission und Edith hörte ihm bewundernd zu. Ihre Wochenenden verbrachten sie auf Schalke, wenn es Heimspiele gab; sie waren oft mit dem Fahrrad unterwegs, und wenn sie oder er Kollegen zum Abendessen einluden, dann waren alle davon überzeugt, dass die beiden auch ohne Kinder ein glückliches Paar waren.

Und so war es ja auch, bis zu diesem verdammten Trinkhallen-Fall.

Am 23. August vor zehn Jahren bekam die Gelsenkirchener Mordkommission von einer Streife einen merkwürdigen Hinweis, dem Griese, weil Urlaubszeit war und seine Abteilung schwach besetzt, gemeinsam mit einem noch unerfahrenen Kollegen nachging.

Ein Streifenpolizist war an einer Trinkhalle an der Ückendorfer Straße ausgestiegen, um für sich und seinen Kollegen zwei Flaschen Wasser zu kaufen. Der Tag war sehr heiß. Es war nachmittags gegen 17 Uhr, und vor der Trinkhalle standen vier oder fünf Männer, die sich darüber unterhielten, dass sie einen ihrer Saufkumpane schon längere Zeit nicht gesehen hätten. Kein Grund, irgendetwas Böses zu denken. Als aber der Besitzer der Trinkhalle erklärte, eine Nachbarin des Vermissten sei vor ein paar Stunden da gewesen und habe sich über den Gestank in ihrem Treppenhaus beschwert, war der Polizist hellhörig geworden und hatte sich nach dem Namen des vermissten Mannes erkundigt. Griese hatte dann seinen Anruf entgegengenommen, und obwohl eigentlich Feierabend gewesen wäre, machten sie sich auf den Weg.

»Ich hab einen Instinkt für so was«, erzählte er am Abend seiner Frau. »Ich wusste sofort, dass da etwas faul war.«

Wie immer, wenn Griese an einem vermeintlichen Tatort ankam, stellte er das Auto ein Stück entfernt ab. (Er hatte eine eigene, durchaus erfolgreiche Ermittlungsstrategie, und bis ans Ende seiner Tage ärgerte er sich über Fernsehkommissare, die mit dem Wagen direkt neben der Leiche hielten.) Auch weil es in der Ückendorfer Straße früher nicht so viele leerstehende Wohnungen und so viele Billigläden gegeben hatte, fiel ihm – Griese war empfänglich für Stimmungen und Atmosphären, unter anderem darauf gründete mancher seiner Fahndungserfolge – eine gewisse Vernachlässigung an den Häusern auf. Viele Hausbesitzer hatten auf einen Neuanstrich verzichtet, obwohl wegen der stillgelegten Zechen kaum noch Ruß die Luft verschmutzte. Sie kamen an einem überquellenden Mülleimer vorbei, den jemand zu spät auf die Straße gestellt und nicht wieder ins Haus geholt hatte. Es war immer noch sehr heiß, und an einer Ecke, an der am Vormittag wohl ein Obsthändler gestanden hatte, glänzten zertretene Früchte in der Sonne. Sie waren froh, als sie die angegebene Adresse erreicht hatten und von der Straße verschwinden konnten.

Im Hausflur war es kühl, aber schon auf der untersten Stufe nahmen sie den Geruch wahr, der stärker wurde, je höher sie stiegen. Leichengeruch, daran bestand kein Zweifel. Griese bedauerte einen Augenblick, dass die Kollegen von der Streife nicht dabei waren. Das letzte Schloss, das er ohne Schlüssel geöffnet hatte, war vor zehn Jahren sein eigenes Kellerschloss gewesen, aber der junge Kollege erwies sich als geschickt.

»Und dann«, sagte Griese am Abend zu seiner Frau, »stand ich da in all dem Müll und Gestank, und der Kollege rannte ins Treppenhaus und übergab sich, was die Geruchslage auch nicht besser machte. Das Treppenhaus war übrigens noch ganz gut in Schuss, rot-weiße Fliesen auf dem Fußboden, die Treppe mit grauem Linoleum und sogar geputzt, die Wände ordentlich gestrichen, gelb, glaub ich.«

Griese rief den Arzt und die Spurensicherung, was nach Feierabend nicht ganz einfach war, und besah die Wohnung in allen Einzelheiten, ohne etwas anzufassen. Der junge Kollege blieb, nach Luft schnappend, in der Wohnungstür stehen, weil Griese ihm untersagt hatte, ein Fenster zu öffnen.

Von diesem Tag an ließ Griese das Bild der heruntergekommenen und durchwühlten Wohnung mit dem alten Mann, der tot, gefesselt und geknebelt auf dem Ehebett lag, nicht mehr los. Die Beschreibung, die er am Abend seiner Frau gab, war so gründlich, dass Edith sich die Szene in allen Einzelheiten vorstellen konnte und auch ihr übel wurde. Vielleicht verzichtete sie deshalb in diesem Fall darauf, sich nach dem Fortgang der Ermittlungen zu erkundigen. Außerdem hatte ihr Mann am Ende seines Berichts gesagt: »Den krieg ich, das steht fest«, und sie hatte keinen Grund, daran zu zweifeln.

Als Horst Griese zusammen mit dem jungen Kollegen den Tatort verlassen hatte, hatte sein erster Gang zur Trinkhalle geführt, an der von dem verschwundenen Mann gesprochen worden war. Die Trinkhalle war geschlossen. Niemand stand davor herum, den man hätte befragen können. Leer lag die Straße in der brütenden Abendhitze vor ihnen; selbst in der Straßenbahn, die an ihnen vorüberfuhr, waren kaum Menschen. Die Ückendorfer nutzten den Sommerabend. Sie schwammen im Baldeney-See, lagen unter den Bäumen am Ufer der Emscher oder hinter zugezogenen Gardinen bei eisgekühltem Bier auf dem Sofa vor dem Fernseher. Griese war sicher, dass der Besitzer der Trinkhalle seinen Laden dichtgemacht hatte, als die Autos der Spurensicherung und des Arztes vorbeigefahren waren. Er ärgerte sich, dass er es unterlassen hatte, die Kollegen zu bitten, weiter entfernt zu halten. Später, wenn er über den Fall nachdachte, wurde ihm bewusst, dass hier sein erster Fehler gelegen haben könnte. Damals, vor der verschlossenen Bude stehend, dachte er nur: Der macht morgen wieder auf, und auch seine Kunden kommen wieder.

»Machen wir Schluss für heute«, hatte er dem jungen Kollegen gesagt. Der war, immer noch grün und schweißnass im Gesicht, deutlich erleichtert gewesen.

Die Erwartungen Grieses, den oder die Täter dingfest zu machen, erfüllten sich nicht. Je länger aber Erfolge bei seinen Ermittlungen ausblieben, desto mehr beschäftigte er sich mit der Sache. Nach einem Jahr wussten nicht nur er selbst, sondern auch seine Kollegen alle Einzelheiten des Falles. Und seine Frau bekam oft, ohne dass sie ihn dazu aufgefordert hätte, an den Abenden die ganze Geschichte, so wie sie sich Griese gerade darstellte, ausführlich serviert.

Sämtliche in Frage kommenden Kunden und der Besitzer der Trinkhalle waren gründlich vernommen worden. Nach ihren Aussagen war der Tote Witwer gewesen, dem vor einem halben Jahr die Frau weggestorben war. Seit dieser Zeit hatte er sich verändert. Er hatte begonnen zu trinken, aber nicht aus Trauer, wie er versicherte, sondern vor Freude, dass die Alte ihn nicht mehr kujonieren könne. Ein paar Wochen nach der Beerdigung war er eines Tages gekommen und hatte großsprecherisch erzählt, er habe Geld und Schmuck gefunden und sei nun ein reicher Mann. Damit habe er dann bei jeder Gelegenheit angegeben, auch hin und wieder mal eine Runde spendiert und kurz vor seinem Verschwinden erklärt, er hätte sich entschlossen, den größten Teil seines Geldes Schalke zu spenden für das Privileg, bis ans Ende seines Lebens eine Dauerkarte zu besitzen.

Die Dauerkarte hatte man nicht bei ihm gefunden. Schalke hatte auch keine Spende bekommen. Geld und Schmuck fand man in der Wohnung nicht. Dafür fanden sich zwei Taxifahrer, die am vermutlichen Todestag im Abstand von einer halben Stunde zur Wohnung des Opfers gerufen worden und, nachdem ihnen niemand geöffnet hatte, wieder weggefahren waren.

Die Aussagen der Nachbarn bestätigten diese Angaben. Die Frau sei ein Drachen gewesen und eine Schlunze obendrein. Ihr Mann hätte gekuscht und sei erst lebendig geworden, als sie tot gewesen sei. Niemand hatte gesehen, dass er Fremde in die Wohnung mitgenommen hatte. Eine Frau in der Wohnung über ihm hatte aber die Taxifahrer vom Fenster aus gesehen, die geklingelt hätten und dann wütend weggefahren wären. Die Ergebnisse, die die Spurensicherung zutage gefördert hatte, waren gleich null. Es gab keine Fingerabdrücke in der Wohnung außer denen des Toten. Das Seil, mit dem er gefesselt worden war, erwies sich als Teil einer alten Wäscheleine, deren Rest in der Speisekammer hing. Der Knebel, an dem der Mann erstickt war, bestand aus den Socken, die man ihm ausgezogen hatte.

So war der Stand der Ermittlungen, und jeder vernünftige Kriminalbeamte hätte sich nach einer gewissen Zeit damit zufriedengegeben und den Fall beiseitegelegt. Nicht so Griese. Im Gegenteil, es kam so, wie es eben manchmal im Leben kommt. Erst ein besonderes Ereignis fördert bei einem Menschen eine vorher nicht gekannte Eigenschaft, ein ganz neues Verhalten zutage, das die Umwelt zuerst verblüfft, vielleicht sogar erheitert, dann aber, wenn es zur Marotte wird, allen auf die Nerven geht und nur noch Unmut hervorruft. Bei Griese war diese Veränderung ein bis dahin nicht gekannter Ehrgeiz, den seine Frau zuerst und später auch seine Kollegen als Besessenheit bezeichneten.

Es begann damit, dass Griese den jungen Kollegen beauftragte, die Kunden der Trinkhalle ausfindig zu machen und sie und den Besitzer noch einmal zu vernehmen, während er selbst sich jeden Nachmittag nach Feierabend eine Stunde, manchmal auch länger, unter die Kunden und Säufer mischte, die sich vor der Trinkhalle trafen. Er war inzwischen nämlich von zwei Punkten fest überzeugt: Erstens war der alte Mann nicht von einem, sondern von zwei Tätern überfallen worden; wahrscheinlich Mann und Frau. Und zweitens kamen die Täter aus dem Kreis der Trinkhallenbesucher.

Während er am Anfang meist noch stumm dort stand, kam er, als er erfahren hatte, dass einige der Männer Bergleute gewesen waren und auch der Besitzer kurz vor der Staublunge erst aus dem Schacht gekrochen war, je nach seiner Stimmungslage mit einem fröhlichen oder ruhigen oder nachdenklichen »Glückauf« bei den Leuten an. Dann trank er sein Bier, meist zwei oder drei, nie mehr, hörte zu und beteiligte sich nur selten und dann mit Themen, die er der Gelsenkirchen-Seite der WAZ entnommen hatte, am

Gespräch. Niemand fragte ihn nach seinem Beruf, seiner Wohnung, seinen Lebensverhältnissen. Darüber wunderte er sich am Anfang, aber nur so lange, bis er verstanden hatte, dass auch die anderen Trinker nicht gefragt werden wollten. Man stellte sich dazu und war akzeptiert. Man kam nicht und war aus dem Gedächtnis der anderen verschwunden.

Diese und andere Mechanismen, die Griese nach und nach verstand, besprach er nicht mit seinen Kollegen, die ihm schon bald nicht mehr zuhörten, weil sie mit anderen Fällen beschäftigt waren, sondern ausführlich jeden Abend mit seiner Frau. Wochenlang diskutierte er zum Beispiel mit ihr die Frage, ob Trinkhallen für den sozialen Zusammenhalt der Leute wichtig seien oder nicht.

»Natürlich sind sie das«, sagte Edith.

»Aber wieso, wenn in Wirklichkeit keiner Interesse am anderen hat? Man spricht nicht über Abwesende. Man spricht nicht über Privates«, war dann seine Gegenrede.

Die Tatsache, dass über Abwesende nicht gesprochen wurde, beschäftigte ihn lange, denn es war klar, dass dieses Verhalten seine Arbeit erschwerte. Er war sicher, dass die Täter die Trinkhalle nach der Tat eine Weile gemieden hatten. Vielleicht waren sie verreist, wenn in der Wohnung wirklich Geld gewesen war, obwohl er das eigentlich nicht glaubte. Er begann deshalb, eine Zeitlang auch die nächstgelegenen Trinkhallen zu besuchen. Ein Pärchen, das als Täter in Frage kommen konnte, entdeckte er nicht. Dafür philosophierte er lange Abende mit seiner Frau darüber, wie wohl ihre Ehe verlaufen wäre, wenn sie sich Abend für Abend an einer Trinkhalle aufgehalten hätten; so lange, bis Edith der Kragen platzte und sie ihn anschrie: »Du kriss gleich ein getupft, weennenich sofort ruhig biss.«

Edith wurde um diese Zeit die stellvertretende Schulleitung der Ückendorfer Gesamtschule angeboten, weil ihren Vorgesetzten nicht verborgen geblieben war, dass sie große Erfolge im Unterrichten nicht deutschsprachiger Kinder aufzuweisen hatte. Griese war da schon nicht mehr in der Lage, ihre Arbeit ernsthaft zu diskutieren.

»Ja«, sagte er wohl, wenn sie davon anfing, »da sind auch zwei Türken und ein Libanese. Die kommen öfter, reden wenig und trinken Kakao. Ich kann mir nicht vorstellen, dass die etwas mit dem Mord zu tun haben könnten.«

Irgendwann hatte Edith keine Lust mehr, ihre beruflichen Sorgen mit ihm zu besprechen. Der erste Urlaub, den sie nach dem Trinkhallen-Fall miteinander verbrachten, ging so gründlich daneben, dass Edith froh war, als sie wieder zu Hause waren. Nach dem Auspacken stand sie am Fenster ihrer hübschen Wohnung, sah hinüber zum Stadtgarten, sah auf die blühenden Rhododendren und einen kleinen schwarzen Hund, der durch die Büsche stromerte. Griese stellte sich neben sie.

»Einen Hund hatten die nicht. Leute mit Hund kommen auf jeden Fall nicht in Frage«, sagte er, während er automatisch ihren Arm streichelte.

Einen kurzen Augenblick hatte Edith das Bedürfnis, laut zu schreien. Sie schrie nicht, sie blieb stumm, und nach und nach verstummten auch die Gespräche zwischen ihnen. Hin und wieder erzählte Griese von neuen Hypothesen, die er entwickelte. Dass die Antworten seiner Frau nur noch aus »ja« oder »nein« bestanden, fiel ihm gar nicht auf.

»Wenn es eine Liste gäbe, auf der die gestohlenen Schmuckstücke aufgeführt wären«, sagte er einmal, »dann könnte man sich auf den Schmuck konzentrieren. Aber solche Leute führen keine Listen. Wahrscheinlich war eh alles Plunder, was da herumgelegen hat. Was meinst du?«

»Was hast du gesagt?«, fragte Edith nach einer Weile, aber Griese antwortete nicht. Er war damit beschäftigt, zum hundertsten Mal die Tatortfotos anzusehen, von denen es inzwischen Vergrößerungen gab, die jedes Detail erkennen ließen.

Zwischen den Eheleuten Griese kehrte endgültig Stille ein. Irgendwann begann Edith wieder, mit ihren Freundinnen in Urlaub zu fahren. Wenn sie dann zurückkam und sich unten auf der Straße von den Frauen lachend und lärmend verabschiedete (»Willse den Tortenarsch wirklich wiedersehen?«), stand er wohl hinter dem Fenster und freute sich über ihre Fröhlichkeit. Kam sie dann nach oben und umarmte ihn mit einem Rest der Fröhlichkeit, die sie von unten mitgebracht hatte, dann küsste er sie und sagte: »Ich bin weitergekommen. Setz dich, ich hab dir was zu erzählen.«

Edith tat dann wohl, wie ihr geheißen, hörte ihm schweigend zu, wenn er davon sprach, dass er zwei weitere Trinkhallen in seine Ermittlungen einbezogen habe.

»Fast alle diese Leute wechseln manchmal für ein paar Tage ihren Standort«, war das, was er herausgefunden hatte, und das Schweigen kehrte in ihre Beziehung zurück.

Dass Eheleute schweigend nebeneinanderher leben, kommt nicht nur in Gelsenkirchen vor. Es hätte so weitergehen können mit den beiden. Dann aber kam Griese eines Abends, es war ein Jahr, bevor er pensioniert werden sollte, nach Hause, und Edith sah ihm an, dass er Neuigkeiten hatte. Sie selbst war inzwischen von ihrem engagierten Einsatz in der Schule so aufgerieben worden, dass sie Stundenermäßigung beantragt und auch bekommen hatte. Deshalb war sie nun öfter zu Hause und hatte ein wenig mehr Zeit für sich selbst.

Vielleicht war das der Grund, weshalb sie wieder bereitwilliger geworden war, ihrem Mann zuzuhören. Sie setzte sich an den Küchentisch und sah ihn an.

»Der Kioskbesitzer hört auf«, sagte Griese. »Was hältst du davon, wenn wir den Kiosk kaufen? Es wird nicht schwer sein, in der Ückendorfer Straße eine Wohnung zu finden. Da sollen inzwischen mehr als hundert Wohnungen leer stehen. Das wird auch günstiger für uns, wenn ich pensioniert bin«, setzte er hinzu, als er Ediths entgeistertes Gesicht sah.

Edith starrte ihn an und antwortete nicht. Schließlich stand sie auf, ging ins Schlafzimmer und holte eine Reisetasche aus dem Schrank. Sie packte ein paar Sachen ein und erschien nach einer Weile wieder im Wohnzimmer, wo Griese am Fenster stand und in den Stadtgarten hinaussah.

»Ich geh dann«, sagte Edith. »Ich hab von einem Mann gehört, der eine Trinkhalle geheiratet hat. Wenn wir geschieden sind, solltest du dich um den kümmern. Es geht ja nichts über eine glückliche Ehe.«

Sie ging, ohne die Tasche abgestellt zu haben, und das Geräusch der hinter ihr ins Schloss fallenden Tür blieb Griese mehrere Wochen in den Ohren.

So kam es, dass Kriminaloberkommissar Horst Griese ein Jahr vor seiner Pensionierung geschieden wurde. Man verkaufte die Wohnung, die inzwischen im Wert gestiegen war, und teilte den Erlös. Was Edith mit dem Geld anfing, entzog sich Grieses Kenntnis, denn er sah sie nicht wieder. Alle ihre Angelegenheiten wurden von einem Anwalt besorgt, dem sie vertraute. Griese traf mit dem Besitzer der Trinkhalle ein Abkommen. Der Mann war bereit, ein Jahr länger hinter dem Tresen zu stehen, und bekam dafür beim Verkauf seiner Trinkhalle einen Preis, der höher war als der, den er üblicherweise bekommen hätte. Den Kollegen erzählte Griese nichts von seinen Absichten. Er wusste, dass sie ihn in der Trinkhallen-Sache schon lange nicht mehr ernst nahmen.

Als der Tag seiner Pensionierung gekommen war, versammelte man sich im Zimmer des Polizeipräsidenten, um ihn in allen Ehren zu verabschieden. Der Präsident sang ein Loblied auf die gute Arbeit, die er geleistet hatte, und er übertrieb dabei nicht. Man kaute Häppchen, die seine Mitarbeiterin bestellt hatte, und stieß mit ihm auf die guten Jahre an, die nun kommen würden.

»Hat es eigentlich irgendeinen Fall gegeben, Herr Griese, den Sie in Ihrer Dienstzeit nicht gelöst haben?«, fragte der Polizeipräsident irgendwann locker.

»Jawohl, Herr Präsident. Ich bin froh, dass ich nun mehr Zeit haben werde, mich mit dieser verd…, Entschuldigung, mit dieser Sache zu beschäftigen. Ich gebe mir ein Jahr. Dann, so hoffe ich, werden Sie noch einmal von mir hören.«

Der Präsident lachte kurz auf. Plötzlich hatte er das Gefühl, etwas Falsches gesagt zu haben. Die Kollegen wechselten Blicke. Die Unterhaltung wollte nicht mehr recht in Gang kommen. Ziemlich bald war die Abschiedsfeier zu Ende.

Die Wohnung, die Griese dann in der Ückendorfer Straße mietete, lag über einem türkischen Basar und dem Tatort schräg gegenüber. Sie hatte zwei Zimmer, eins zur Straße hin und das andere zum Hof hinaus. Sie ähnelte in gewisser Weise der Wohnung, in der der alte Mann erstickt worden war. Auch diese Wohnung hätte Griese mieten können, sie stand seit damals leer. Der Leichengeruch, den er sofort wieder in der Nase gehabt hatte, als er sie besichtigte, war ausschlaggebend dafür, dass er es nicht tat. In der neuen Wohnung wurde das Zimmer, das zur Straße hin lag, sein Arbeitszimmer, zum Hof hinaus schlief er.

Am Abend vor seinem ersten Tag in der Trinkhalle saß er an dem Wohnzimmertisch, der ihm als Schreibtisch diente und den er unter das Fenster geschoben hatte. Es war Sommer, der 23. Juli 2009, ein langer, warmer Sommerabend, elf Jahre und elf Monate nach der Tat, die sein Leben verändert hatte. Vor ihm auf dem Tisch lagen die Tatortfotos. Wenn er den Kopf hob, sah er auf die Fenster des Tatorts. Bevor er seinen Dienst antrat (so nannte er von nun an die Stunden, die er in der Trinkhalle verbringen würde), wollte er sich noch einmal Klarheit verschaffen, wo seine Ermittlungen ansetzten. Seine Täter, der Mann und die Frau, die er noch nicht identifiziert hatte, von denen er aber sicher war, dass er sie schon kannte, waren jetzt elf Jahre älter als zur Tatzeit. Er nahm an, dass sie damals Anfang zwanzig gewesen waren. Das war, wie er aus langjähriger Erfahrung wusste, genau das Alter, in dem vergleichbare Taten am häufigsten begangen wurden. Es kam auf körperliche Kräfte an. Der Entschluss zur Tat wurde eher spontan und unbekümmert gefasst, mögliche Folgen wurden meist erst bedacht, wenn etwas schiefgegangen war. Wenn er recht hatte, dann waren die beiden heute zwischen fünfunddreißig und vierzig Jahre alt. Vielleicht waren sie in der Zwischenzeit woanders hingezogen, aber er war sicher, dass sie wieder zurückgekommen waren. Solche Leute kamen immer zurück. Das Zurückkommen zeichnete sie geradezu aus. Er suchte einen Mann und eine Frau, vielleicht auch einen Vater und einen Sohn, jedenfalls zwei Menschen, von denen der eine rücksichtslos gewesen war und der andere ein paar Bedenken gehabt hatte, die ihn dazu veranlassten, ein Taxi zu rufen. Dieser andere hatte damit gerechnet, dass der Fahrer an der Wohnungstür klingeln und dann die Geräusche hören würde, die der drinnen Gefesselte auf dem Bett von sich gab. Da der erste Taxifahrer unten gewartet hatte und nicht bis zur Tür gegangen war, hatte man ein zweites Taxi bestellt. Das bedeutete, dass die Täter sich nach der Tat in der Nähe der Wohnung aufgehalten und die Fahrer beobachtet haben mussten. Sie hatten dabei nicht auf der Straße gestanden. Dann wären sie aufgefallen. Sie hatten in einer Wohnung oder in einem Laden hinter den Fenstern gestanden, die dem Tatort gegenüber lagen. Zu dieser Wohnung oder zu diesem Laden mussten sie Zugang gehabt haben, ohne aufzufallen. Von den Kunden, die er im Lauf der Jahre vor der Trinkhalle kennengelernt hatte, waren einige bereits gestorben. Da sie alle Einzelgänger gewesen waren, konnte er sie aus dem Kreis der Verdächtigen ausschließen. Die, die ihn interessierten und denen sich zu widmen er seiner Meinung nach bisher zu wenig Zeit gehabt hatte, waren ein Pärchen (wobei nicht ganz klar war, ob die beiden verheiratet waren) und ein alter Mann und seine Tochter, die in einem merkwürdigen Abhängigkeitsverhältnis zueinander zu leben schienen. Auf diese vier wollte er ein besonderes Auge haben, wenn sie an seiner Trinkhalle auftauchten.

Grieses erster Arbeitstag war ein Montag. Natürlich hatte es sich unter seinen bisherigen Kumpanen herumgesprochen, dass er die Trinkhalle übernehmen würde. Im Grunde war es den Leuten egal, wer ihnen das Bier oder die Zigaretten reichte, wenn sie nur den Eindruck hatten, der Wirt sei in gewisser Weise einer von ihnen. Da sie Griese kannten, ging es in Ordnung, dass er nun auf der anderen Seite des Tresens stand.

Vielleicht versprachen sich aber die Stammkunden am ersten Tag eine besondere Behandlung, denn schon um Viertel vor zehn, noch bevor Griese die Klappe hatte hochstellen und die Zeitungen auf dem Ständer verteilen können, war ein kleiner Trupp von ihnen vor dem Kiosk versammelt. Sie sahen ihm entgegen. Als er ankam, murmelten sie ein beinahe zaghaftes »Glückauf« und harrten der Dinge, die da kommen sollten. Griese grüßte zurück, freundlich, aber auch gemessen, so, wie er sich vorgenommen hatte, seinen Kunden von jetzt an zu begegnen. Er reichte ein paar Flaschen über den Tresen.

»Das trinkt ihr jetzt nicht hier, sondern ein paar Meter weiter, wegen der Konkurrenz und der Polizei. Ihr wisst ja, dass Alkoholtrinken auf offener Straße verboten ist.«

Dabei lachte er, und die frühen Trinker lachten ein wenig verschämt, aber auch erleichtert zurück. Zwischen ihnen und dem neuen Chef war die Sache geregelt.

Griese versah seinen Dienst regelmäßig von Montag bis Sonnabendmittag. Den Nachmittag und den Sonntag nutzte er, um am Tisch unter dem Fenster seine Beobachtungen während der Woche, die er am Kiosk nur flüchtig skizziert hatte, durchzusehen und ordentliche Berichte anzufertigen. Am Anfang gab es eine Menge zu schreiben. Der Blick von schräg innen aus dem Kiosk war tatsächlich ein anderer als der von draußen. So war es nun einfacher, das Alter der Kunden zu schätzen, ihre Kleidung zu analysieren, Gruppenbildungen zu beobachten, als vorher. Es gab ein paar Kunden, die immer allein herumstanden, und einen, der sogar wütend wurde, wenn man ihn ansprach. Es gab mehrere Paare, zwei davon in einem Alter, das sie für seine Überlegungen interessant machte. Deren Beziehung konnte er nun gründlicher studieren. Besonders der Vater, ein Mann um die fünfzig, der aber vom Trinken gezeichnet war und deshalb auch jünger sein mochte, und seine Tochter, die wenig sagte, beschäftigten ihn. Und manchmal erzählte ihm jetzt sogar jemand von seinen Problemen. Als Kioskbesitzer genoss er eine gewisse Vertrauensstellung, wie er bald merkte. Die würde er, so nahm er sich vor, im Dienst der Aufklärung ausnutzen. Er stellte außerdem fest, dass die Leute, seit er sie genauer beobachten konnte, eigentlich alle so aussahen, als fühlten sie sich schuldig. Woran, das würde er herausfinden.

So begann Grieses Ermittlungsarbeit als Pensionär. Sie dauerte Jahre, und sie war sehr eintönig. Mit der Zeit wurden die neuen Informationen weniger, seine Berichte kürzer. Es war klar: Er kam nicht voran. Weder in der Wohnung gegenüber noch am Kiosk tat sich irgendetwas, das ihn weiterbrachte. Einmal ging eine Gruppe von Frauen an der Trinkhalle vorüber. Die Frauen trugen Schalke-Schals und lachten so laut, dass er sich schmerzlich an Edith erinnert fühlte. An einem Tag im Winter, Griese musste nun schon sehr genau nachdenken, um herauszufinden, wie lange er seinen Dienst versah, fuhr in der Dämmerung eine beinahe leere Straßenbahn an seiner Trinkhalle vorüber, und er glaubte Edith zu sehen, die durch die Scheiben zu ihm herüberstarrte.

An einem Wochenende, als er in einem ruhigen Augenblick fähig war, seine Lage einigermaßen objektiv zu überdenken, wurde ihm klar, dass er sich endgültig festgefahren hatte. Es musste etwas geschehen, das die Sache wieder in Gang brachte. Und nach einigem Nachdenken wusste er, was er tun würde. Er schrieb auf ein Blatt Papier »Montag erst ab 13:00 Uhr geöffnet«, steckte es in eine durchsichtige Plastikhülle, ging noch einmal hinunter und befestigte die Nachricht an einem Fensterladen des Kiosks. Danach war er das ganze Wochenende damit beschäftigt, aus dem Berg von Tatortfotos die herauszufinden, die am beeindruckendsten waren.

Am Montagmorgen ging er zum Copyshop, ließ Vergrößerungen im Format A0 anfertigen und einschweißen. Schließlich hatte er acht große Plakate, die das Verbrechen so deutlich zeigten, als wären mögliche Betrachter dabei gewesen. Vier zeigten den gefesselten und geknebelten alten Mann. Sie wirkten so schauerlich, dass Griese den Leichengeruch noch einmal in der Nase zu haben glaubte, als er sie vor sich sah. Die übrigen vier zeigten die demolierte Wohnung: herausgerissene Schubladen, ausgekippte Blumentöpfe, aufgeschlitzte Sofakissen, zertretene Keksschachteln und geöffnete und auf dem Teppich ausgekippte Dosen verschiedenen Inhalts. Die, die wohl einmal Bohnensuppe enthalten hatten, vermittelten den Eindruck, als hätten die Täter auf den Teppich gekotzt.

Am folgenden Sonntag stellte Griese die Plakate am Eingang zur nahe gelegenen Kirche auf, während drinnen, es war die Zeit um Erntedank, fromme Lieder gesungen wurden. Aus seiner seit Jahren erworbenen Kenntnis der Lebensumstände in der Gegend wusste er: Es gab keine abgeernteten Felder in der Nähe, die Arbeitslosigkeit war im letzten Jahr gestiegen, die Wohnungen in der Ückendorfer Straße standen immer noch leer, die Kindergärten hatten immer noch zu wenig Personal, Schalke 04 hatte immer noch Schulden und das Ruhr-Festival weniger einheimische Besucher als erwartet. Wofür die Leute dankten, war Griese unklar.

Er versteckte sich, so dass er die Gesichter der Besucher sehen konnte, als sie die Kirche verließen. Es waren vielleicht hundert Menschen, die nach und nach herauskamen. Der Pfarrer hatte sich zur Verabschiedung seiner Gemeindemitglieder weiter im Innern der Kirche aufgestellt, so dass er auf die Plakate erst aufmerksam wurde, als ein übereifriger alter Mann zurücklief und ihm aufgeregt davon berichtete. So hatte Griese Zeit genug, Reaktionen zu studieren.

Später, als er darüber nachdachte, musste er sich eingestehen, dass die Reaktionen ziemlich ähnlich gewesen waren: erschrocken, entsetzt, neugierig, stumm, ungläubig, kopfschüttelnd beim Weitergehen. Während der ganzen Zeit blieb es allerdings sehr still vor der Kirche. Dann kam der Pfarrer, aufgeregt und wütend, weil er nicht um Erlaubnis gefragt worden war, und Griese hatte Mühe, den Mann zu beruhigen und seine Plakate unbeschädigt wieder einzusammeln. Er brachte sie zum Kiosk und befestigte sie dort an den Außenwänden. Dann ging er in seine Wohnung und schrieb einen Bericht. Er schrieb, dass sich die Menschen neugierig, entsetzt, erschrocken, stumm, ungläubig, kopfschüttelnd beim Weggehen, aber vor allen Dingen stumm verhalten hätten. Ihre Reaktionen seien einander sehr ähnlich gewesen. Niemand habe sich besonders verdächtig gemacht, oder eben alle, was er aber eigentlich nicht glaube. Er schrieb auch, dass er die Plakate an der Trinkhalle befestigt habe, um von nun an die Reaktionen seiner Kunden darauf beobachten zu können. Dann legte er sich, immerhin war er nun schon fast dreiundsiebzig Jahre alt, erschöpft schlafen.

Als am Montagmorgen die Trinkhalle um zehn nicht geöffnet wurde, dachten sich seine Kunden nichts dabei. Es gab genügend Ausweichmöglichkeiten. Als aber auch am Dienstag und am Mittwoch der Chef nicht erschien, schickten sie eine Abordnung an seine Wohnungstür, um nach ihm zu fragen. Als niemand öffnete, beschlossen sie, nachdem sie sich ausführlich beraten hatten, die Polizei zu informieren.

Die Polizisten fuhren, anders als vor beinahe zwanzig Jahren, nicht in einem grünen, sondern in einem blau-silbernen Streifenwagen vor das Haus. Als sie die Wohnungstür aufbrachen, fanden sie Griese gefesselt, geknebelt und erstickt auf seinem Bett. In der Wohnung herrschte große Unordnung, und einer der Polizisten, der ältere, sagte zu seinem Kollegen: »Komisch, mir ist, als hätte ich das alles schon einmal gesehen.«

Die ausführlichen Berichte, die Griese über seine jahrelangen Ermittlungen geschrieben hatte, wurden nicht gefunden. Deshalb konnte die Polizei eventuell darin enthaltenen Spuren, die man bei objektivem Studium vielleicht hätte entdecken können, nicht nachgehen.

Vor Gericht

Ich traf eines Morgens am Frühstückstisch mit ihnen zusammen; ein Mann und eine Frau, beide etwa gleich alt, Mitte dreißig, höchstens, beide dunkelhaarig, groß und schlank. Ihr gefiel nicht, dass die Kellnerin ihnen Plätze an einem Tisch angewiesen hatte, an dem schon jemand saß, und sie war nicht gut genug erzogen, um ihren Ärger zu verbergen. Auch das Frühstück: Milchsuppe, Butter, Brot und Brötchen, Schafskäse, Tomaten und Schinken, gefiel ihr nicht, oder, richtiger, sie beklagte sich, dass von allem zu wenig auf dem Tisch sei.

»Das soll alles sein?«, sagte sie.

Ihre Stimme war kräftig, hatte einen schwachen Berliner Tonfall und jenen schneidenden Unterton, der sich einschleicht, wenn Frauen das Gefühl haben, sie lebten schon zu lange mit dem Mann zusammen, der sie begleitet. Es macht mir Schwierigkeiten, diesen Ton länger als unbedingt nötig auszuhalten. Deshalb beendete ich mein Frühstück nach der Milchsuppe und beschloss zu gehen. Ich bot ihnen meinen Teller mit Käse, Schinken und Tomaten an, den die Frau schnell zu sich herüberzog.

»Das ist ja unmöglich. Sag ihr, es fehlt hier Salz«, sagte sie und wies auf die Kellnerin.

Während ich aufstand, hörte ich den Mann mit der Kellnerin sprechen. Sein Polnisch klang weich und melancholisch. Es klang genau so, wie ich mir die polnische Sprache immer vorgestellt hatte. Als ich ging, sah ich die beiden noch einmal an, und es schien mir, als sei sein Gesicht unter der braunen Haut ein wenig rot geworden.

Ein Glück, dachte ich, während ich die Treppe zur Hotelhalle hinunterstieg, dass heute früh im Frühstücksraum die Tischdecken gewechselt worden sind. Im Hotel waren viele Familien mit Kindern. Natürlich blieb es nicht aus, dass die Kinder Flecken von Milchsuppe auf den Tischdecken hinterließen, die in der Wärme nach ein paar Tagen einen säuerlichen Geruch annahmen. Ich hatte mich an den Geruch gewöhnt. Das Hotel war äußerst preiswert, lag direkt an der Ostsee, der Strand war noch schöner, als ich ihn von Büchern und von Bildern her kannte, die Menschen waren freundlich, und die säuerlich riechenden Tischdecken waren mir gleichgültig. Ihr wären sie nicht gleichgültig gewesen. Ich freute mich für ihren Mann, dass sie ihm den Geruch nicht vorhalten konnte.

Wenn man, so wie ich, das erste Mal in Polen ist und damit beschäftigt, die Verbrechen zu begreifen, die die Generation meiner Eltern dem polnischen Volk angetan hat, dann hat man keine Zeit, sich länger als über den unmittelbaren Anlass hinaus in Gedanken mit Touristen zu beschäftigen, die morgens zufällig an demselben Frühstückstisch gesessen haben. Ich vergaß die beiden sofort und wurde erst am nächsten Abend an sie erinnert, als ich von einer längeren Fahrt durchs Land zurückgekommen war. Ich stand auf dem Balkon meines Hotelzimmers. Die Sonne ging unter, Rot in Grau, auf dem Innenhof waren ein paar hundert Möwen zum Schlaf eingefallen, und ich stand dort und versuchte mit der Erinnerung an eine der Baracken fertigzuwerden, die ich unterwegs gesehen hatte. Da hörte ich ihre Stimme.

»Ich verstehe nicht, weshalb die sich so aufgeregt haben«, sagte sie.

Unwillkürlich sah ich zur Seite. Ihre Stimme kam aus

der geöffneten Balkontür des Zimmers, das neben meinem lag. Im Zimmer hinter der Tür war es dunkel. Vielleicht lagen die beiden schon im Bett. Ich hörte ihn antworten. Obwohl ich einzelne Wörter verstand, er sprach Deutsch mit einem polnischen Akzent, verstand ich seine Antwort nicht.

»Du würdest sie immer in Schutz nehmen, was? Dich hat's ja auch nicht gestört, wie sie mich angesehen haben, bevor die Alte zu keifen anfing. In Europa, man wird doch in Europa noch nackt am Strand ...«

Ich hatte mich abgewandt und war schon in mein Zimmer zurückgegangen, als ihre Stimme abbrach. Ich stellte mir vor, wie er ruhig aufgestanden war, die Balkontür geschlossen hatte und nun geduldig seiner Frau erklärte, weshalb es in seinem Land nicht Sitte sei, sich nackt am Strand zu zeigen. Ich bewunderte seine Geduld einen Augenblick, bevor ich ins Bad ging. Es war tagsüber sehr heiß gewesen, und ich hatte schon unterwegs beschlossen, abends unter die Dusche zu gehen. Die Gedanken an das Paar nebenan verließen mich, als ich das Badezimmer betrat. Es war grau gestrichen. Aus der Wand ragte ein gebogenes Rohr, das einen einfachen Duschkopf trug. Ich sah einen Augenblick auf die Dusche, bevor ich das Bad wieder verließ. Die Erinnerung an die Eindrücke des vergangenen Tages war zurückgekommen.

In den nächsten zwei Tagen verließ ich mein Zimmer nicht. Ich hatte das Gefühl, ich sei krank. Eine Art Fieber hinderte mich daran, das Bett zu verlassen. Es hinderte mich nicht daran, zu denken. Im Gegenteil, es schien mir, als seien meine Gedanken besonders klar und als reiche meine Erinnerung plötzlich weiter in die Kindheit zurück als sonst. In einer Art Wachtraum sah ich die Männer meiner Familie und ihre Freunde vor mir, die im November 1938 in der kleinen Stadt nahe der jetzigen polnischen Grenze die Synagoge zerstört hatten. Ich sah sie nach ihrer Tat ins Haus kommen, angetrunken und großsprecherisch. Sie mussten angetrunken gewesen sein. Ein wenig Alkohol war noch nötig, um ihre kleinen Bedenken hinwegzuspülen. Ich hörte sie die Treppe heraufkommen und sah sie das Zimmer betreten, in dem ihre Frauen auf sie warteten. Es war das Zimmer, in dem der große Holztrog stand, wenn geschlachtet wurde. In dem Holztrog war dann Blut, aus dem die Frauen Wurst rührten. Jetzt saßen sie um den Tisch. Die beiden niedrigen Fenster waren halb offen. Der Lärm auf der Straße war verebbt. In der Luft hing ein Geruch von Frost und Feuer, und sie sahen den Männern entgegen. Die Frauen hatten sie nicht daran gehindert, loszuziehen. Sie sahen ihnen bewundernd entgegen. Und einzig meine Großmutter, eine dicke alte Frau, sagte:

»Das kann man nicht machen. Das wird sich rächen.«

Aber sie sagte es nicht, weil sie sich schuldig fühlte, sondern weil sie die Angst vorwegnahm, die sie alle ein paar Jahre später für kurze Zeit spüren würden.

Ein knappes Jahr später waren die Männer in Polen. Ich habe einen Brief gelesen, der von dort kam, und auch wenn er später nie mehr aufgetaucht ist, ließ das Fieber seinen Inhalt, ja sogar die Schrift und das Papier deutlich wieder vor meinen Augen erstehen. Ich sah einen doppelten Bogen, herausgerissen aus einem Schulheft. Der Faden, mit dem die Blätter geheftet worden waren, hatte in der Mitte der Seiten einen Riss zurückgelassen. Eine Seite des Bogens war beschrieben. Ich brauchte nur die Augen zu schließen, um den Text vor mir zu sehen. Er klang fröhlich, der Brief. Vielleicht lag es daran, dass ich als Mädchen eine Zeitlang der Meinung war, Untermenschen seien kleine Wesen, die fröhlich kritzelnd vor Heften saßen, die meinen Schulheften glichen. Aber weshalb musste dann mit ihnen Schluss gemacht werden? Ich weiß nicht, ob ich als Kind danach gefragt habe.

Ich schlief viel, niemand störte mich, und nur beim Erwachen hatte ich ein paarmal den Eindruck, als sei es während der vergangenen Stunden im Zimmer nebenan laut gewesen. Aber ich hatte genug mit meinen Träumen zu tun und kein Bedürfnis, darüber nachzudenken, was während meines Schlafes nebenan geschehen sein mochte. Ein Traum quälte mich besonders. Er überfiel mich jedes Mal, bevor ich erwachte, sechs oder sieben Mal am zweiten Tag. Ich glaube, ich bin nur deshalb am dritten Tag wieder aufgestanden, weil ich ihn nicht mehr ertragen wollte.

Als ich am Frühstückstisch erschien, saßen sie schon dort.

Ich sagte freundlich guten Morgen, bekam aber keine Antwort. Sicher hätte ich die beiden nicht weiter beachtet, aber ihr Schweigen war so ungewöhnlich, ich meine, sie schwiegen nicht nur auf meinen Gruß, sondern sie schwiegen auch untereinander so absolut, dass ich begann, sie zu beobachten. Was ich sah, erschreckte mich so sehr, dass ich mich an diesem Morgen weigerte, es zu glauben. Aber bevor es geschah, sah ich die beiden noch zweimal beim Frühstück, und ich konnte schon am nächsten Morgen nicht mehr umhin, den ersten Eindruck, den ich gewonnen hatte, für wahr zu halten. Ich muss übrigens sagen, dass mir an diesem Tag zum ersten Mal auffiel, dass die Frau nicht dunkel war, sondern blond. Vielleicht hatte sie beim ersten Mal, als ich sie sah, im Schatten gesessen, so dass ich ihr Haar für so dunkel hielt wie das ihres Mannes. Vielleicht hatte auch das Fieber meine Wahrnehmung verändert. In Wirklichkeit war ihr Haar weizenblond und zu Zöpfen geflochten, die sie um den Kopf geschlungen trug.

Sie schien mir im Sitzen ein wenig größer zu sein als er. Auch ihr Hass schien größer zu sein. Sie hasste ihn, weil sie ihn verachtete. Sie machte ihn dafür verantwortlich, dass sie nicht fähig war, sich von ihm zu trennen. Sie hielt ihn für einen Schwächling, für überflüssig, für ekelerregend. Sie wollte da sein, wo er war, und er sollte verschwinden. Er sollte ihr alles lassen, was er besaß: seine weiche Sprache, seine sanften Bewegungen, seine Geheimnisse. Sie wollte ihn vernichten, weil sie sein Anderssein und ihren Irrtum nicht ertragen konnte.

Ich sah ihn an und sah, dass er alles wusste. Er hatte versucht, allen Hass, zu dem er fähig war, zu beleben. Er hasste sie jetzt, aber er verachtete sie nicht. Er liebte sie noch immer.

Ich weiß nicht, weshalb ich am Tisch sitzen blieb. Vor ein paar Tagen noch wäre ich gegangen. Ich wäre gegangen, weil sie mich nicht interessierten und weil die furchtbaren Gefühle zwischen ihnen mir Unbehagen bereitet hätten. Oder war es so, dass ich ihren Hass spürte, weil ich inzwischen längst mit ihnen verbunden war und deshalb sitzen bleiben musste?

Sie standen vor mir auf. Ich glaube nicht, dass sie etwas gegessen hatten. Ihr Aufbruch geschah ganz plötzlich und vollkommen synchron. Ich sah ihnen nach. Sie gingen nebeneinanderher. Zwischen ihnen war ein Abstand, der, wenn ich jetzt darüber nachdenke, nicht breiter als fünfzig Zentimeter gewesen sein kann, denn sie gingen nebeneinander die Treppe hinunter, und die Treppe ist nicht breiter als zwei Meter. Damals schien mir, sie gingen nebeneinander und hätten zwischen sich mehrere Meter Zwischenraum. Merkwürdig war nur, dass es genau dieser Zwischenraum war, der auf mich eine deutliche Anziehungskraft ausübte.

Ich erinnere mich, dass ich aufstand, ohne etwas gegessen oder getrunken zu haben, und ihnen folgte. Auf dem Weg zur Treppe kamen mir mehrere Familien mit Kindern entgegen, und eine Kellnerin trug ein mit Suppenschüsseln gefülltes Tablett so vor mir her, dass ich nicht an ihr vorbeigehen konnte. Ich meinte gesehen zu haben, dass die Frau Stiefel trug, Reitstiefeln nicht unähnlich, in die sie ihre Hose gesteckt hatte, und ich hörte das leichte, harte Geräusch ihrer Absätze auf der Treppe, während ich versuchte, die beiden einzuholen.

Als ich mir endlich einen Weg gebahnt hatte, war die Treppe leer. Auch unten in der Hotelhalle und vor dem Eingang konnte ich das Paar nicht entdecken. Ich beschloss, hinauf in mein Zimmer zu gehen, blieb aber nach wenigen Augenblicken noch einmal stehen. Was hatte ich eigentlich von den beiden gewollt?

Ich spürte, wie mein Gesicht heiß wurde; ob vor Scham oder wegen des Fiebers, das ich wieder stärker spürte, hätte ich nicht zu sagen vermocht.

An diesem Tag nahm ich meine Ausflüge wieder auf. Schon bevor ich krank geworden war, hatte ich die Absicht gehabt, in einen weiter entfernten Ort zu fahren, den ich als zeitweilige Feldpostadresse meines Vaters noch im Kopf zu haben glaubte. Es ist wahr, dass ich meine Reise insgesamt ohne gründliche Vorbereitung angetreten habe. Wäre ich besser vorbereitet gewesen, so hätte der Anblick meines Vaters auf einem Foto – aber ich will der Reihe nach erzählen.

Ich erinnere mich, bevor ich losfuhr, einen Schluck Wasser getrunken und meine Thermosflasche mit Wasser gefüllt zu haben. Die Flasche stand auf dem Balkon, und als ich sie ins Zimmer holte, sah ich, dass er auf dem Nachbarbalkon stand. Er hatte mir den Rücken zugekehrt und sah hinunter auf den Innenhof. Ich verließ den Balkon, bevor er mich bemerkte. Ich hatte das Gefühl, es könnte ihm unangenehm sein, in diesem Zustand gesehen zu werden. Er war barfuß und trug einen kurzen Bademantel. Ich erinnere mich an die mageren braunen Männerbeine und an die zuckenden Schultern, aus denen ich schloss, dass er weinte oder zumindest ein Weinen unterdrückte. Er tat mir leid, aber ich weiß, dass ich ihn gleichzeitig auch ein wenig verachtete.

Der Ort, den ich am frühen Nachmittag erreichte, war eher ein Dorf als eine Stadt. Ich hatte auf meiner Reise schon mehrere Orte gesehen, an denen die Zeit vorübergegangen zu sein schien, aber in diesem war die Abwesenheit von Zeit so deutlich, dass ich meinen Wagen nur wenige Meter nach dem Ortsschild an den Straßengraben stellte und zu Fuß weiterging. Das Geräusch des Motors hätte die Zeit hereinstürzen lassen und mich unter ihr begraben können. Die Zeit war nicht da. Sie war irgendwo stehengeblieben. Vielleicht in einem der Dörfer, die ich auf meiner Fahrt gesehen hatte; jedenfalls war sie nicht bis hierher gekommen. Während ich die Dorfstraße entlangging, begann ich mich wohlzufühlen.

Inzwischen weiß ich, dass die Abwesenheit von Zeit – oder Geschichte – die Voraussetzung dafür gewesen ist, dass ich bis dahin ein einigermaßen erfolgreiches Leben geführt hatte. Ich war sozusagen in meinem Element gewesen. Wenig später sollte ich erfahren, wie unsinnig es ist, zu glauben, dass die Zeit einstürzt, sei zu verhindern. Vorläufig aber ging ich langsam durch den hellgrauen Staub der Dorfstraße auf die Kirche zu, die müde und klein weit hinten an der Straße zu sehen war.

Es gibt in diesen Dörfern im Sommer eine Stunde am frühen Nachmittag, in der niemand auf der Straße ist. Alle

Fenster sind geschlossen. Phlox und Margeriten und Ringelblumen stehen in den Vorgärten, als habe niemand sie gesät und als würde sie nie jemand schneiden. Das Kartoffelkraut und die Feuerbohnen hinter den Häusern sind voller Schmetterlinge. Aber sie bewegen sich nicht. Nichts bewegt sich, die Sonne steht still. Die schwarzen Kirschen liegen schwer im Straßenstaub. Und wenn wirklich eine einzelne alte Frau zum Fenster hinausschaut, dann steht sie so, dass man sie nicht sieht. Dann soll man umkehren. Oder sich auf einen Stein am Straßenrand setzen und ruhig abwarten, bis die ersten Menschen wieder aus den Häusern kommen, irgendwo eine Ladentür geöffnet wird und jemand mit einer Milchkanne klappert.

Ich kehrte nicht um. Ich ging auf die Kirche zu, deren Tür von weitem so aussah, als sei sie nur angelehnt und hinge ein wenig schief in den Angeln. Die Tür war aber keine Tür mehr und die Kirche keine Kirche. Ich war auf die einzige Wand zugegangen, die von der Kirche stehen geblieben war. Ich bemerkte meinen Irrtum erst, als ich die lose in den Angeln hängende Tür öffnete und vor einem grasbewachsenen Platz stand, der von einer Mauer begrenzt wurde. Ich hätte umkehren können, natürlich.

Ich trat über den schweren, angekohlten Balken, der einmal als Türschwelle gedient hatte, überquerte den Grasplatz, dessen Gras kurz gehalten war, und stand vor der Mauer. In einem flachen langen Glaskasten klebten Fotos. Ich muss allerdings sagen, dass ich sie nicht als Fotos empfand. Ich sah sie, und die Zeit war zurückgekommen. Ich habe meinen Vater gesehen. Ich hörte ihn lachen. Ich habe ihn wirklich gehört, dort vor der Mauer. Ihn und die anderen, während sie sich damit unterhielten, auf nackten Frauen zu reiten, deren Nacktheit Scham oder Erbarmen mit dunklen Balken verdeckt hatte. Es waren sieben Fotos, sieben Mal Gelächter und Geschrei in dem Bordell, das eine Kirche gewesen war und nun ein Museum. Ich sah ihn nur auf einem der Fotos, aber ich hörte ihn die ganze Zeit rufen, Anweisungen geben, lachen. Er hat die Fotos gemacht. Ich kenne den Fotoapparat. Während seines letzten Urlaubs hatte er ihn mir geschenkt. Ich war sehr stolz gewesen. Er schenkte mir den Apparat und einen bestickten Gürtel, der dem Band ähnlich sah, das eine der Frauen auf den Fotos als Leine um den Hals gebunden trug.

Ich glaube nicht, dass die Dorfbewohner aus den Überresten der Kirche ein Museum gemacht haben, um die Erniedrigung der Frauen darzustellen. Jeder Mensch weiß, was mit Frauen im Krieg geschieht, auch wenn niemand darüber spricht. Aber die Bewohner dieser Gegend sind fromm. Die weiterziehenden Truppen hatten die Kirche in Brand gesteckt. *Das* sollte dokumentiert werden. Die Frauen waren zusammen mit einigen in den umliegenden Wäldern gefangen genommenen Partisanen darin verbrannt.

Ich erinnere mich, dass ich über die Dorfstraße zurückgehen wollte. Ich trat über die angekohlte Schwelle und richtete meinen Blick auf das weit entfernt stehende Auto, und meine Augen ließen es nicht los, während ich über die noch immer menschenleere Straße dahin zurückging. Ich weiß nicht, woher das Schreien kam, das ich hörte und das mich dazu veranlasste, schneller zu gehen. Ich weiß auch nicht, wie es möglich war, dass ich die alten Männer und Frauen an den Fenstern gesehen habe. Ich kann mich an jedes ihrer Gesichter erinnern, obwohl ich das Auto nicht aus dem Blick ließ.

Während ich zurückfuhr, alle Straßen waren schwarz und blank und ohne Schlaglöcher, so dass ich leise und achtlos dahinrollte, verlor sich das Schreien langsam. Es wurde auf eine merkwürdige Weise still. Sie verstehen, was ich meine? Das Schreien war noch da, aber es war nicht länger zu hören. Mein Fieber dagegen konnte ich deutlich spüren. Es war noch stärker geworden. Ich erinnere mich, dass ich anhielt, um etwas Wasser aus der Thermosflasche zu trinken. Merkwürdigerweise sah ich dabei den Mann auf dem Balkon vor mir. Ich sah ihn deutlich weinen und hatte das lächerliche Gefühl, ihn trösten zu müssen. Ich fühlte mich jetzt, ich kann es nicht anders beschreiben, ich fühlte mich stark und frei.

Die Straßen führten durch Weizenfelder. Die Felder, die am Tag in der Sonne hellbraun ausgesehen hatten, waren in der Dämmerung weiß, als habe sich Schnee auf die Ähren gelegt. Der Anblick der weißen Felder gegen den dunkler werdenden Himmel schien mir wie eine Verheißung zu sein. Ich fuhr langsam und kam erst spät zurück.

Die meisten Fenster des Hotels waren schon dunkel. Die Kapelle, die ich jede Nacht vor dem Einschlafen bis hinauf in mein Zimmer gehört hatte, spielte auch an diesem Abend. Ich ging über die Hotelterrasse, sie war leer, glaube ich, jedenfalls erinnere ich mich nur an die dunklen Säulen der zusammengebundenen Sonnenschirme, und nahm den Eingang zur Bar.

Der Raum, den ich betrat, war groß, niedrig und dunkel. Weit entfernt von der Tür sah ich die Kapelle, mehrere Männer in roten goldbestickten Kostümen, die Ähnlichkeit hatten mit den aufziehbaren Trommeläffchen, mit denen wir als Kinder spielten. Niedrige Tische und Sessel standen um eine weite Tanzfläche, auf der sich zwei Paare drehten. Sehr junge Mädchen in kurzen Röcken und mit hochhackigen Schuhen tanzten mit älteren Männern, die jugendlich gekleidet waren und sich so formell bewegten, als trügen sie die Maßanzüge, an die sie gewöhnt waren. Es ist möglich, dass sie die Vorstandsmitglieder der Deutschen Bank waren, von denen der Staatsanwalt in seiner Rede als Zeugen gesprochen hat. Ich hatte sie vorher nie gesehen und hielt sie für Deutsche, die das billige Vergnügen genossen, von dem sie glaubten, dass es ihnen zustand. Und so war es ja auch. Die Art ihres Vergnügens bleibt immer gleich. Nur die Umstände, unter denen es genossen wird, sind von den Zeiten abhängig.

Meine Zimmernachbarn, der Pole und die Deutsche, saßen an der Bar. Sie waren nicht allein. Neben ihnen standen einige ältere Frauen. Ich nahm an, dass sie zu der Reisegruppe gehörten, die angekommen war, als ich morgens das Hotel verlassen hatte. Ich nahm es deswegen an, weil ich eine der Frauen wiedererkannte, die mich schon am Morgen, während ich meinen Zimmerschlüssel an der Rezeption abgab und einen flüchtigen Blick auf die Angekommenen warf, an meine Großmutter erinnert hatte. Jetzt, im Halbdunkel, unter dem rötlichen Licht und in dem fiebrigen Zustand, in dem ich mich befand, war sie meine Großmutter. Ich hätte ihr nicht zuhören müssen, um zu wissen, was sie sagte.

Sie und die anderen waren gekommen, um ihre Häuser in Augenschein zu nehmen. Die Meinungen darüber, ob sie Entschädigung verlangen und auf die Häuser verzichten oder abwarten sollten, bis die Verhältnisse sich weiter gebessert haben würden, waren geteilt.

»Sie müssen bedenken«, sagte die Frau meines Zimmernachbarn, »verzeihen Sie, wenn ich das so offen sage, aber man soll den Tatsachen ins Gesicht sehen, Sie müssen bedenken, dass es in Ihrem Alter vielleicht doch günstiger ist, die Entschädigung zu nehmen. Bis die hier einsehen, dass sie endgültig bankrott sind, und uns unser Land zurückgeben, dauert es vielleicht noch ein Weilchen. Was man hat, das hat man.«

In diesem Augenblick trafen sich unsere Blicke. Es war dies das erste und einzige Mal, dass der Pole und ich uns angesehen haben. Ich glaube aber, dass der Herr Staatsanwalt trotzdem recht hat mit seiner Feststellung, es habe eine Verabredung zur Tat gegeben. Es gab sie, wenn auch nicht in so konkretem Sinn, wie er es sich vorstellt. Der Pole verstand, was ich dachte, in dem gleichen Augenblick, als sie »Entschädigung« sagte, und wir sahen uns nicht länger an, als sie brauchte, um das Wort auszusprechen. Ich hätte ihn auch nicht länger ansehen können.

Ich spürte das Fieber jetzt sehr stark. Mein Gesicht brannte, und als ich versuchte, bei dem Mann hinter der Bar ein Glas Wasser zu bestellen, versagte meine Stimme. Ich wäre gern gegangen, aber ich hatte Angst davor, den Saal zu durchqueren. So dachte ich jedenfalls. Heute glaube ich, dass es mir nicht möglich war, mich von ihnen zu trennen. Auch interessierte mich die Frage, ob die Frau mit den hochgesteckten grauen Haaren wirklich meine Großmutter war, denn gleichzeitig erinnerte ich mich daran, dass man sie schon vor Jahren begraben hatte.

Es gelang mir nicht, diese Frage endgültig zu klären. Gleich nachdem ich mich in einen Sessel fallen gelassen hatte, verließen die alten Frauen den Saal. Wir waren allein. Es wird so gewesen sein, dass die Äffchen noch Musik machten und die alten Männer noch tanzten. Ich kann es nicht sagen. Ich saß im Dunkeln und hörte meinen Zimmernachbarn zu. Es ist möglich, dass sie zu diesem Zeitpunkt meine Anwesenheit nicht wahrgenommen haben. Ich bemerke ausdrücklich, es war nicht so, dass ich gezwungen gewesen wäre, ihnen zuzuhören, weil mein Platz in ihrer Nähe war und ich deshalb jedes ihrer Worte verstehen konnte. Nein, ich hatte mir einen Sessel in ihrer Nähe gesucht, weil ich ihnen zuhören wollte. Mir war klar, dass ich die Frau töten musste. Aber der Entschluss zu töten und einen unmittelbaren Anlass dafür zu finden, sind zwei verschiedene Dinge. Ich bin keine Mörderin. Ich glaube überhaupt, dass es Mörder nicht gibt. Es gibt Situationen, in denen Menschen dazu gezwungen sind, sich oder andere zu töten. Und wenn ich sage, sie sind gezwungen, dann meine ich nicht, dass sie von jemand anderem gezwungen werden, sondern dass sich ihre Lebensgeschichte bis zu einem Punkt entwickelt hat, an dem der Selbstmord oder die Tötung eines anderen die zwingende Fortsetzung dessen sind, was sie bisher gelebt haben. Die gesellschaftliche Übereinkunft, solche Menschen als Mörder zu bezeichnen, ist ein Zeichen von Hilflosigkeit oder von Rachsucht.

Ich will versuchen, mich zu konzentrieren, um zum Ende zu kommen. Dabei darf ich vorwegnehmen, dass sie es mir leicht gemacht hat. Als die alten Frauen außer Hörweite waren, machte er eine Bemerkung, die ich nicht genau verstand. Ich verstand nur, was sie darauf antwortete.

»Mach dich nicht lächerlich«, sagte sie. »Ich bin mit dir hierher gefahren, weil du wolltest, dass ich dein Land kennenlerne. Ich hab's kennengelernt. Es ist genau so, wie ich es erwartet hatte. Ihr seid doch unfähig. Jedes einzelne dieser alten Weiber würde schneller Ordnung in den Laden bringen als du oder deine Volksgenossen. Es wird Zeit, dass die Deutschen das Heft wieder in die Hand nehmen.«

Ich hörte seine Antwort nicht mehr. Ich stand auf und ging zum Wagen.

Auf dem Rückweg, das Hotel hat lange Gänge, und die Luft in den Gängen war sehr schlecht, hatte ich einen Schwächeanfall. Es kann aber auch sein, dass ich wegen des Fiebers nur sehr langsam vorangekommen bin, jedenfalls setzte ich mich für einen Augenblick in einen der Sessel, die auf jeder Etage neben der Treppe stehen. Einer der alten Männer aus dem Tanzsaal kam gleich nach mir die Treppe herauf. Er stützte sich auf das Mädchen neben ihm. Er stützte sich nicht, weil er Hilfe brauchte, sondern um dem Mädchen zu zeigen, dass er der Herr war. Sie gingen an mir vorbei, ohne mich zu beachten. Ich sah, dass sie in einem Zimmer verschwanden, das ein paar Türen von meinem entfernt lag, und der Gedanke an das Bordell, das ich am Nachmittag gesehen hatte, machte mir einen Augenblick lang zu schaffen; genau gesagt so lange, bis mir einfiel, dass ich die Nacht wohl nicht mehr im Hotel verbringen würde.

Ich erhob mich, als ich den Eindruck hatte, dass meine Beine mir wieder gehorchten, und ging in mein Zimmer, um zu packen. Nachdem ich fertig war, ich reise immer mit wenig Gepäck und brauchte deshalb nicht lange, schaltete ich das Licht aus und setzte mich in die geöffnete Balkontür. Die Nacht war sehr warm und sehr dunkel. Die Bässe und einzelne Akkorde der Tanzmusik drangen zu mir herauf. Durch das Balkongitter sah ich die bis zum Terrassenboden reichenden Fenster des Tanzsaals, hinter deren mit grobem Tüll verhängten Scheiben sich ein einzelner Schatten im Rhythmus der Musik bewegte. Als der Pole und seine deutsche Frau ihr Zimmer betraten, machten die Musiker gerade eine Pause. Ich hörte das Geräusch des Schlüssels in der Zimmertür und blieb ruhig sitzen. Die Pistole aus dem Wagen lag neben mir auf dem Fußboden. Die beiden sprachen nicht. Ich hätte sie hören müssen, denn auch in ihrem Zimmer stand die Balkontür offen. Aus der Tür fiel ein schwacher Lichtschein nach draußen. Nach einer Weile, ich weiß nicht zu sagen, wie viel Zeit vergangen war, aber wenn ich jetzt darüber nachdenke, dann hatte die Musik gerade wieder eingesetzt, und an den vergangenen Abenden waren die Pausen nicht länger als eine Viertelstunde gewesen, kam sie auf den Balkon. Und auch, wenn in den Akten von einem Kostüm die Rede gewesen ist, so weiß ich doch: Sie trug noch die Hosen, die sie in die Stiefel gesteckt hatte, und ein Jackett, so wie es zurzeit für Frauen Mode ist. Ihre Silhouette sah der meines Vaters ähnlich, als er uns ein Jahr vor dem Ende des Krieges besuchte. Auch die Pistole, die ich zu meinem Schutz mitgenommen hatte und die ich jetzt in der Hand hielt, hat er damals zurückgelassen.

Ich habe ihn nicht angerufen. Ich habe zwei Mal auf ihn geschossen. Ich habe gewartet, bis er auf der Innenseite des Balkons zu Boden gerutscht war. Dann habe ich die Pistole in die Tasche gesteckt und bin gegangen. Ich weiß nicht, ob mich jemand gesehen hat, während ich hinunterging. Mein Reisepass lag in einem der Fächer an der Rezeption. Ich habe ihn an mich genommen und bin gegangen, ohne dass mich jemand aufgehalten hätte. Für die Fahrt habe ich sechs Stunden gebraucht. Als ich zu Hause angekommen war und an meinem Fenster stand, ging gerade die Sonne auf. Zusammen mit dem bestickten Gürtel und dem Fotoapparat habe ich die Pistole in einen Karton gepackt, den ich ein paar Tage später an das Museum geschickt habe. Bevor ich einschlief, ich war sehr erschöpft, aber das Fieber war verschwunden, dachte ich daran, dass wenigstens diese Frau kein Unheil mehr anrichten würde. Ich erinnere mich, dass mich der Gedanke ruhig einschlafen ließ.

Winterquartier

»Was passiert eigentlich, wenn man in einem Nichtraucherzimmer raucht?«

Sie stritten sich seit Tagen, und er hatte Grit im Verdacht, dass sie die Frage nur gestellt hatte, um den Streit, in dem sie sich gerade befanden, zu unterbrechen. Aber das war ihm recht. Dauernd streiten macht müde, und es war erst elf Uhr am Morgen.

»Keine Ahnung«, sagte Pit. »Ich vermute, irgendwo an der Rezeption blinkt ein Licht, und dann rufen sie an und bitten dich, auf den Balkon zu gehen oder das Zimmer zu wechseln. Ich glaube, beides wäre nicht so gut für uns.«

»Soll ich es ausprobieren?«

»Wozu«, sagte er, »es ist nicht gut für uns. Das hab ich doch gerade gesagt.«

»Und was ist gut für uns?«

Auch sie war müde. Er konnte es ihrer Stimme anhören, und er würde es in ihrem Gesicht gesehen haben, wenn sie ihm nicht den Rücken zugewandt hätte. Sie stand vor der Gardine und sah aus dem Fenster.

»Das weißt du doch«, antwortete er.

Sie waren seit dem Frühjahr unterwegs, hatten den Mai in Andalusien verbracht, waren auf Sizilien, in Rom und in Budapest gewesen, über Prag und Wien langsam nach Deutschland zurückgetrödelt und lebten nun schon seit drei Wochen am Starnberger See. Sie hatten ein herrliches Leben gehabt. Der Streit, in dem sie sich befanden, ging darum, ob es nun Zeit wäre, das Winterquartier zu beziehen. Er war dafür und hatte verschiedene Vorschläge gemacht. Sie war dagegen, weil sie die Langeweile fürchtete, die ihr im Winterquartier sicher bevorstand. Deshalb hatte sie bisher an allen seinen Vorschlägen etwas auszusetzen gehabt. Er dagegen war davon überzeugt, dass der richtige Zeitpunkt zur Übersiedlung beinahe schon verpasst wäre. Er musste diplomatisch vorgehen, um ihr Einverständnis zu gewinnen.

»Lass uns rausgehen«, sagte er. »Wir machen einen langen Spaziergang. Das wird uns guttun.«

»Ich möchte ein Glas Wein«, antwortete sie.

Aber sie drehte ihm nicht mehr den Rücken zu. Er sah sie an, ihr rundes hellhäutiges Gesicht, die braunen Augen und die braunen Haare, die sich um ihr Gesicht kringelten. Sie hatten einen Sommer, einen Winter und wieder einen Sommer miteinander verbracht, und er langweilte sich immer noch nicht mit ihr.

»Lass uns gehen«, sagte er. »Wir gehen ein Stück, und wenn wir eine schöne Bar finden, bekommst du deinen Wein.«

Er hatte nicht mehr viel Geld, aber Wein war noch möglich. Auch wegen des Geldes mussten sie ins Winterquartier.

Als sie an der Rezeption vorüberkamen, sprach die Wirtin sie an. »So ein schöner Tag, da muss man raus, nicht wahr? Wissen Sie schon, wie lange Sie bleiben werden?«

Die beiden blieben stehen.

»Meinetwegen solange Sie wollen«, setzte die Wirtin schnell hinzu, »es kommen nur manchmal Anrufe, und ich möchte die Leute nicht abweisen, wenn es nicht nötig ist. Das verstehen Sie doch?«

»Wir entscheiden uns heute«, antwortete Pit. »Wahrscheinlich können wir Ihnen schon Bescheid geben, wenn wir zurück sind.«

Auf dem Tresen der Rezeption stand ein Topf mit einem

kleinen Nadelbaum. Winzige rote Kugeln hingen daran. Die gleiche Dekoration gab es auch im Restaurant an den weiß gedeckten Tischen.

Ihm war klar, dass er das Gerede der Wirtin nutzen konnte, um seinen Umzugsplänen mehr Nachdruck zu verschaffen, aber er wusste auch, dass er im Recht war mit seinen Überlegungen. Um ins Winterquartier zu kommen, würden sie wahrscheinlich zwei bis drei Tage brauchen. In der Zeit mussten sie essen, mit der Bahn fahren und genug Geld für Grits Wein haben. Für ein paar Tage würde reichen, was er in der Tasche hatte; auch noch ein wenig länger. Aber es wurde wirklich Zeit, dass er anfing zu arbeiten.

Sie benutzten den Ausgang, der durch den Speisesaal und über die Terrasse nach draußen führte. Im Saal roch es nach Tannengrün. Die Dekoration, die auf dem Flügel gestanden hatte, war abgeräumt worden. Am Abend würde es das Hauskonzert geben, von dem ihnen die Wirtin seit Tagen begeistert erzählte. Auch Gäste von auswärts wurden erwartet.

Die breite überdachte Terrasse war leer. Korbstühle und Tische waren an den Wänden aufgestapelt worden. Der Wind, der sie empfing, als sie unter dem schützenden Dach hervorkamen, war eisig und scharf.

Sie gingen nebeneinander, eng zusammengedrängt, einer den anderen gegen den Wind schützend. Sie gingen schnell und sprachen nicht.

Was für ein Leben, dachte er, und er war sicher, dass sie das Gleiche dachte.

In Tutzing betraten sie ein spanisches Restaurant. Es war klein und dämmerig. Ein einsilbiger dunkelhaariger Kellner servierte ihnen zum Wein in gebratenem Speck eingewickelte Pflaumen. Es dauerte eine Weile, bis sie sich aufgewärmt hatten. Pit bestellte ein zweites Glas Wein für Grit und für sich einen Kaffee. Grit schob ihre Hand über den Tisch, der niedrig war und schwarz lackiert, und berührte seine Fingerspitzen.

»Hast du gesehen«, fragte sie, »heute Abend, das Fest?«

Er sah sie dankbar an. Sie waren sich einig. Der Streit war beendet.

Auf dem Weg ins Hotel hatten sie den Wind im Rücken. Sie gingen leicht, auch weil nun wieder alles in Ordnung war zwischen ihnen. Es roch nach fauligem Laub, und auf dem See trieb ein einzelner Schwan auf die Roseninsel zu. Der Wind erfasste ihn von der Seite und blies seine Federn auseinander. Die Roseninsel war ein dunkler bewegungsloser Block im Wasser.

Er wandte den Kopf und musterte Grit von der Seite. Bevor sie sich kennengelernt hatten, waren sie beide allein durch die Welt gezogen. Er hatte gleich gemerkt, dass sie eine gewisse Erfahrung darin hatte, in Hotels zu übernachten, ohne zu bezahlen. Es war nicht nötig, dass er ihr etwas beibrachte. Aber seit sie zusammen lebten, überließ sie ihm die Initiative. Und er konnte nicht einmal sagen, dass ihm das missfiel. Er spürte, dass er Lust hatte, mit ihr zu schlafen.

»Du siehst wunderbar aus«, sagte er, und sie blieben stehen und küssten sich.

Als sie die Rezeption betraten, sah ihnen die Wirtin freundlich entgegen.

»Wir reisen morgen ab«, sagte Pit.

»Wie schön«, sagte sie, »dann können Sie ja unser Hauskonzert noch miterleben. Wir essen heute etwas früher, die Hausgäste, meine ich. Aber wenn Ihnen das zu früh ist, können Sie auch nach dem Konzert ans Buffet gehen.«

Von ihrem Zimmer aus sah man über den Golfplatz bis hinunter zum See. Sie hatten aber nur einen flüchtigen

Blick für die Schönheit der Aussicht, und als sie miteinander geschlafen hatten, war es dunkel. Sie standen auf, packten zusammen, was sie besaßen, stellten die Taschen zurück in den Wandschrank und gingen unter die Dusche.

»Für ein Hauskonzert bin ich nicht angezogen«, sagte Grit, und er versicherte, dass sie die Schönste von allen sein würde. Das war dann nicht ganz richtig, aber beinahe. Die Damen aus der Umgebung waren durchaus imstande, aus dem Hauskonzert eine kleine Modenschau zu machen. Wenn man genug Geld hat, kann man sogar Geschmack kaufen, dachte Pit. Die Wirtin und ihre Freundinnen trugen Lodenkostüme, und sie sahen selbst darin elegant aus. Pit amüsierte sich damit, den Wert der Brillanten zu schätzen, die an Händen, Ohren und Hälsen getragen wurden. Für einen Dieb wäre der Abend bestimmt lohnend gewesen.

Der Pianist war ein kleines verwachsenes Männlein mit großen spinnenfingerigen Händen. Aus den Gesprächen der Gäste entnahmen sie, dass er berühmt war. Als die Wirtin sich neben den Flügel begab und den Pianisten in der einsetzenden Stille begrüßte, wurde begeistert geklatscht.

Der Pianist beachtete den Beifall nicht. Überhaupt machte er den Eindruck, als wäre ihm dieser Auftritt lästig und er nur hier, um der Wirtin einen Gefallen zu tun. Als er sich setzte und zu spielen begann, hingen die Schöße seiner Jacke wie lahme Flügel an beiden Seiten des Klavierhockers herunter. Das war ein merkwürdiger Anblick. Es schien, als wäre alle Kraft, die in dem kleinen Mann steckte, in seinen Händen versammelt und reiche deshalb nicht aus, um noch irgendeinen anderen Teil seines Körpers oder seiner Kleider zu bewegen.

Grit und Pit langweilten sich nicht, auch wenn sie dem Klavierspiel kaum zuhörten. Eine gewisse Erregung hatte sie ergriffen, die Erregung, die sie jedes Mal spürten, bevor sie aufbrachen. Ihre Sinne waren geschärft, ihre Blicke aufmerksam. Aber es geschah nichts Ungewöhnliches, wenn man davon absah, dass ein Hauskonzert im festlichen Rahmen nicht das war, was sie gewöhnlich erlebten. Offenbar hatte niemand Verdacht geschöpft. Weder tuschelten die Kellnerinnen mit der Wirtin, noch erschien der Hausbursche, um eine wichtige Mitteilung zu machen. Sie hatten sich in die letzte Reihe gesetzt. Als das Konzert beendet war und alle aufstanden, um zu klatschen und halblaut »bravo« zu rufen, ging die Wirtin an ihnen vorüber und lächelte ihnen zu.

Die Speisen auf dem Buffet waren nicht in der Hotelküche hergestellt worden. Die Wirtin hatte sie vom Käfer in München kommen lassen, in der sicheren Annahme, dass für die Damen aus den umliegenden Villen nichts anderes in Frage kam. Auch ein paar Herren waren während der letzten Takte der einzigen Zugabe erschienen; unter dem Vorwand, eigentlich nur die Damen abholen zu wollen, machten sie sich über das exzellente Buffet her. Während sich die Zuhörer auf das Essen stürzten, als hätten sie wochenlang gehungert – die Wirtin hatte den Raum im Halbdunkel gelassen, so dass die Steine an Fingern, Armen und Hälsen rund um das Buffet besonders schön funkelten –, verließen Grit und Pit unbemerkt das Haus.

Die S-Bahn nach München war leer. Außer drei älteren Frauen, die laut miteinander sprachen und die Pit für Bäuerinnen hielt, weil er kein Wort von dem verstand, was sie sagten, war niemand im Wagen. Sie hatten beschlossen, mit dem Zug zu fahren, weil es in der Dunkelheit schwer sein würde, per Anhalter mitgenommen zu werden. Pit löste beim Schaffner zwei Karten bis Augsburg. Grit schlief schnell ein, und er ließ sie schlafen bis kurz vor Kassel-Wilhelmshöhe. Dort wechselte das Personal der

Bahn. Sie stiegen aus, nahmen ein Taxi und ließen sich ins Hotel Wilhelmshöhe bringen. Im Frühjahr waren sie schon einmal im Park von Wilhelmshöhe gewesen. Er hatte Grits sehnsüchtige Blicke auf das schön gelegene Hotel nicht vergessen. Jetzt freute er sich über ihr strahlendes Gesicht, während sie an der Rezeption standen und er den Anmeldezettel ausfüllte.

»Geh schon an die Bar, Liebes«, sagte er, »welche Zimmernummer?«

»Zweihundertvier«, antwortete das Mädchen freundlich, »Sie können die Getränke gern aufs Zimmer schreiben lassen.«

Obwohl sie müde waren, ein wenig zitterte in ihnen auch die Anspannung der Abreise aus Feldafing nach, genossen sie die Stille in der großen Hotelhalle, das sanfte Licht der beiden beleuchteten Weihnachtsbäume am Eingang, die leise Hintergrundmusik an der Bar, die unverhohlene Bewunderung des jungen Mädchens, das sie bediente. Sie waren ein schönes Paar, und sie waren geübt darin, sich mit den Augen anderer zu betrachten. Für ihre Lebensweise war das genauso unerlässlich, wie auf den Gebrauch eines Mobiltelefons zu verzichten.

»Frühstück um neun?«, fragte Grit später, während sie das Formular für die Bestellung ausfüllte, bevor sie es von außen an die Zimmertür hängte.

Obwohl Pit einen Augenblick daran gedacht hatte, dass es nicht so einfach sein könnte, am Morgen unbemerkt zu verschwinden, denn die Hotelhalle war übersichtlich, der Tresen der Rezeption lang, so dass abreisende Gäste gut zu überblicken sein würden, schlief er schnell ein. Sie schliefen beide tief und ohne sich am Morgen noch an ihre Träume erinnern zu können.

Ihre Abreise war dann sehr viel einfacher, als er sie sich

am Abend vorgestellt hatte. Sie fuhren nach dem Frühstück mit dem Fahrstuhl in die Garage, verließen das Hotel durch die Garagenausfahrt, machten einen herrlichen kleinen Spaziergang über Kieswege, an bereiften Wiesen und Bäumen vorbei, fuhren mit der Straßenbahn zum Bahnhof und nahmen den nächsten Zug nach Norden.

Es war Abend, als sie auf der Insel ankamen.

Vor dem Bahnhof stand eine Telefonzelle, aber Pit sagte, die wolle er nicht benutzen, und sie gingen ein Stückchen bis zum nächsten Telefon. Sein Bruder war zu Hause. Während Pit mit ihm sprach, hörten sie im Hintergrund die Stimme seiner Frau und mehrere Kinderstimmen. Es war nicht zu unterscheiden, ob seine Nichten und Neffen oder der Fernsehapparat den Lärm verursachten; wahrscheinlich alle zusammen. Er entfernte den Hörer ein wenig vom Ohr.

»Mann, ich hab gedacht, ihr hättet euch eine anständige Arbeit gesucht«, sagte der Bruder.

Grit und Pit lächelten sich zu. Pits Bruder war eine Seele von Mensch, aber vom Leben – und Schreiben – hatte er keine Ahnung. Sie verabredeten sich mit ihm in einer Stunde, gingen in eine Teestube, tranken Tee mit Rum und warteten.

Während sie warteten, glaubte Pit, dass Grit missmutig aussähe. Er würde ernsthaft mit ihr darüber reden, dass sie ihre Einstellung zum Winterquartier ändern müsste. Er brauchte diese Zeit, um für den Rest des Jahres das nötige Geld herbeizuschaffen für das Leben, das ihnen beiden gefiel.

Als der Bruder die Teestube betrat, im Gegensatz zu Pit war er klein, blond und breitschultrig, standen beide erleichtert auf. Obwohl außer der Bedienung, einer zierlichen mittelalten Dame in blau-weiß gestreifter Bluse und dunkelblauem Rock, niemand dort gewesen war, hatten sie sich ein wenig wie auf dem Präsentierteller gefühlt, eine Empfindung, die vielleicht schon mit der Aussicht darauf zusammenhing, wie sie die Wochen bis zum Frühjahr verbringen würden.

»Im Augenblick ist alles leer«, sagte der Bruder, während sie zum Auto gingen. »Aber denkt bloß nicht, ihr könntet deshalb am Tage ausgehen. Wenn ihr nachts das Haus verlasst, macht kein Licht, und tagsüber …«

»Ist ja gut, Karl«, sagte Pit. »Kein Mucks. Das wissen wir doch. Und über Weihnachten …«

»Da habt ihr Glück, diesmal. Die Leute sind in Florida.«

Grit, die hinter Karl auf der Rückbank saß, strich sanft über seine breiten Schultern.

Die letzten hundert Meter zum Haus gingen sie zu Fuß. Ihr Weg führte zwischen Hecken hindurch, hinter denen sich schwarz und still die Umrisse der verlassenen Häuser abzeichneten. Pit wäre es lieber gewesen, wenn es vor der Haustür einen Parkplatz gegeben hätte; nicht, weil ihm der Fußweg unbequem war, sondern weil man ein Auto, das vor dem Haus hielt, kaum überhören konnte. Aber weil er wusste, dass auf Karl Verlass war, dachte er nicht länger über die Lage des Hauses nach. Karl würde sie wegbringen, wenn die Besitzer sich ankündigten. Ausweichquartiere gab es genug.

Sie warteten, bis Karl die Taschen mit den Lebensmitteln abgestellt und das Haus wieder verlassen hatte, bevor sie sich in die Arme fielen. Grits schlechte Laune hatte sich nicht verstärkt, und er gab sich Mühe, auch noch den Rest davon verschwinden zu lassen.

»Ich glaub, es ist das Haus vom letzten Jahr«, sagte Grit irgendwann.

Da hockten sie auf dem breiten Sofa im Wohnzimmer, sahen Humphrey Bogart zu, der einen Sheriff spielte, ganz souverän, und dabei sah er so klein und dünn aus, dass man Mitleid mit ihm haben konnte.

»Ein bisschen siehst du ihm ähnlich«, sagte Grit, und sie lächelten beide, weil sie wussten, dass sie recht hatte und dass ihrer beider Aussehen auch eine Art Kapital war, von dem sie zehrten, wenn sie unterwegs waren.

»Weißt du schon, was du schreiben wirst?«, fragte sie später.

Da lagen sie nebeneinander in einem spitzgiebeligen Schlafzimmer und hörten dem Wind zu. Er war kräftiger geworden.

»Ich glaub schon«, antwortete er. »Ich werde unsere Geschichte schreiben, nur wird sie schlecht ausgehen.«

»Du meinst, man nimmt die beiden fest?«

Er hörte Grit kichern, wandte sich zu ihr um und versuchte ihr Profil zu erkennen. »Ich weiß noch nicht«, sagte er. »Ich weiß doch vorher nicht, wie die Geschichte endet.«

»Lass sie ruhig verhaften«, murmelte sie mit schläfriger Stimme. »Und dann besorgst du ihnen einen Rechtsanwalt, einen besonders schlauen, der durchsetzt, dass sie zusammen in eine Zelle gesperrt werden.«

Er wollte antworten, dass seine Geschichten nie ein Happy End hätten, aber dann hörte er, dass sie eingeschlafen war, und blieb still.

Die nächsten Wochen verliefen genau so, wie sie es vom vergangenen Jahr her kannten. Pit schrieb tagsüber an seinem Roman. Grit schlief lange, hielt sich danach lange im Badezimmer auf, hantierte ein wenig in der Küche mit den Lebensmitteln, die Karl an jedem dritten Tag brachte, und begann gegen Abend, sich zu langweilen. Pit schrieb dann nicht weiter, sondern las ihr vor, was er tagsüber geschrieben hatte. Anders als im letzten Jahr hörte Grit diesmal voller Interesse zu. Sie stellte gelegentlich sogar Fragen.

»Weshalb macht sie das?«

»Warum sind sie sich einig?«

»Gibt es wirklich solche Zufälle?«

Und Pit erschien es manchmal so, als wollte sie durch ihn ihre eigene Geschichte erklärt bekommen, die ihr bisher ein Rätsel gewesen war, ja von der sie angenommen hatte, dass es gar keine Geschichte wäre. Manchmal, gegen Abend, beobachtete er sie, wie sie an einem der Tag und Nacht verhängten Fenster saß, vor sich hin blickte und angestrengt nachzudenken schien. Er hörte dann auf zu schreiben und wartete, bis sie zu sprechen begann.

»Ich bin mit dir gegangen, weil nichts von dem, was ich bisher getan hatte, wirklich war«, sagte sie dann wohl, oder: »Ich glaube, du kannst froh sein, dass dein Vater ein Schwein war, nicht?«

Manchmal sahen sie in der Nacht einen Film und anschließend die Spätnachrichten. Sie sahen nichts, was sie interessierte, und lächelten ein wenig mitleidig über Polizisten, die nach Terroristen suchten. Die Nachrichten kamen aus einer hysterischen Welt, die sie nichts anging, und sie schalteten bald wieder ab.

Pit kam mit seiner Arbeit gut voran. Grit hatte nur selten schlechte Laune. Aber am schönsten waren die Nächte. Sie warteten immer bis Mitternacht, bevor sie das Haus verließen, obwohl sie von Karl wussten, dass die Häuser in der Nachbarschaft leer standen. Sie gingen dann durch die Dünen zum Strand. Die Augen gewöhnten sich sehr schnell an die Dunkelheit (»Wir sind Maulwürfe«, sagte Grit lachend), und schon nach kurzer Zeit kam es ihnen so vor, als wäre das Meer nachts gewaltiger als am Tag, als wäre der Strand nachts weißer als in der Sonne und als wären die Rufe der Nachtvögel lebendiger als die der Vögel am Tag.

Sie gingen vier oder fünf Stunden, bei jedem Wetter. Manchmal hockten sie in den Dünen, horchten auf das Wasser, das an den Strand schlug, und sahen Kaninchen zu, die im Mondschein herumhoppelten. Einmal schliefen sie ein und wachten erst auf, als es schon hell wurde. Es war klar, dass es zu spät geworden war, um ins Haus zurückzukehren. An diesem Tag blieben sie am Strand, tranken im nächsten Dorf in dem einzigen Café, das geöffnet war, Tee mit Rum zum Frühstück, kehrten dort gegen Abend noch einmal ein, um zu essen. Am Nachmittag waren sie im Kino gewesen, Grit war dort eingeschlafen, und er hatte mit Interesse den Untergang des Helden verfolgt, aber keine Parallelen zu ihrem Leben entdecken können. Was taten sie schon, dass es einer so empfindlichen Strafe bedurft hätte. Sie blieben bis weit nach Mitternacht am Strand und kehrten gegen Morgen müde und glücklich zurück, um zu schlafen.

Dann, eines Tages gegen Mittag, als Grit aufstand, um Kaffee zu machen, stellten sie fest, dass Karl nicht da gewesen war. Weder im Flur noch in der Küche stand die Tüte mit den Lebensmitteln, die sie erwarteten. Da sie glaubten, sich auf Karl verlassen zu können, und außerdem Vorräte reichlich vorhanden waren, dachten sie nicht weiter darüber nach. Fragen konnten sie ihn nicht, denn zwischen ihnen und Karl gab es zwei Absprachen, die unbedingt eingehalten werden mussten: Wenn sie aus dem Haus gingen, hatten sie zu warten bis nach Mitternacht. Und sie durften das Telefon im Haus nicht benutzen, weder um Karl noch um irgendjemand sonst anzurufen.

Karl kam auch in den nächsten Tagen nicht. Grit schlug vor, nachts in das nahegelegene Dorf zu gehen und nachzusehen, ob er zu Hause wäre.

»Weshalb sollte er nicht da sein«, sagte Pit. »Er hat Weib und Kind. Vielleicht hat er einfach nur die Grippe.« Aber insgeheim wusste er, dass Karl auch mit Grippe die Tüte mit den Lebensmitteln gebracht hätte. Es war seine Aufgabe, regelmäßig nach dem Haus, in dem sie wohnten, und nach ein paar anderen Häusern in der Nachbarschaft zu sehen, solange die Besitzer nicht dort waren. Und er war eben einer, auf den die Besitzer sich verlassen konnten.

»Teil die Lebensmittel, die wir haben, ein bisschen ein«, sagte Pit, »ich will sehen, dass ich fertig werde. Zwei, drei Tage, mehr brauche ich nicht. Wenn ich das Manuskript abliefere, haben wir die erste Rate.«

»Und wenn sie es nicht nehmen?«

»Schaf, weshalb sollten sie nicht? Es ist eine Liebesgeschichte, und du kommst drin vor.«

»Ich?«

»In jeder Liebesgeschichte muss eine wunderschöne Frau vorkommen, wenn sie den Leuten gefallen soll«, antwortete er, und seine Stimme klang so sicher, dass Grit beruhigt war.

Er selbst war es nicht. Dass der Verlag sein Manuskript nehmen würde, war sicher. Aber er hatte eine Beobachtung gemacht, die ihn beunruhigte. Als sie gegen Morgen nach Hause gekommen waren, hatte er geglaubt, einen Lichtschimmer unter der Haustür des Nachbarhauses gesehen zu haben. Er hatte daraufhin die beiden anderen in der Nähe liegenden Häuser betrachtet. Die Häuser waren sich ähnlich. Mit ihren tief heruntergezogenen Strohdächern standen sie wie riesige Steinpilze gegen den helleren Nachthimmel. Er hatte den schmalen Lichtschein auch unter den Haustüren der beiden anderen Häuser sehen können. Wurden sie beobachtet? Kaum vorstellbar. Karl hätte sie doch gewarnt.

Er wusste, dass die Häuser nicht bewohnt waren. In den

vergangenen Wochen hatte er dieses Licht nicht bemerkt. Es wäre ihm aufgefallen, da war er ganz sicher. Vielleicht hatten sich dort heimlich Menschen einquartiert, Menschen wie Grit und er, die beschlossen hatten, nach ihren eigenen Regeln zu leben, sich an keine Konventionen zu halten, frei zu sein?

Der Gedanke war ihm unangenehm. Für ihn gehörte zu dem wunderbaren Leben, das sie führten, auch, dass allein sie auf die Idee gekommen waren, aus allem auszusteigen, nur das zu tun, was ihnen Spaß machte, nur ihrer Liebe zu leben. Er fühlte sich klebrig, unsauber, so als hätten ihn Hände berührt, die schmutzig waren, wenn er daran dachte, dass hinter den Türen vielleicht andere saßen, die ihnen ähnlich waren.

Es war klar: Sie mussten hier weg.

In den nächsten zwei Tagen schlief Pit nicht. Er schrieb, um fertig zu werden.

»Eine Nacht noch«, sagte er. »Irgendetwas ist los, ich spür's doch. Ich kann heute Nacht nicht mitkommen. Wenn du zurück bist, bin ich fertig. Dann räumen wir auf, und sobald es dunkel ist, gehen wir.«

»Nachts fährt kein Zug von der Insel«, sagte Grit, »und ein Hotel kommt hier wohl nicht infrage.«

»Fang schon mal mit dem Aufräumen an. Und wenn du heute Nacht rausgehst, such dir eine Telefonzelle und versuch Karl zu erreichen. Sag ihm oder seiner Frau, egal, wer dran ist, sag, dass wir morgen weg sind. Das wird ihn erleichtern. Wir kriegen das schon hin. Zur Not bleiben wir in den Dünen, bis ein Zug fährt.«

Grit war erstaunt darüber, dass er es plötzlich so eilig hatte. Er sah es an ihrem Gesicht. Aber sie sagte nichts, und er war ihr dankbar dafür.

Grit kam nicht zurück.

Er war gegen Morgen mit der Arbeit fertig geworden, hatte hinter dem Fenster gesessen und auf sie gewartet, bis es begann, heller zu werden. Durch einen Spalt zwischen den hölzernen Fensterläden starrte er auf den von Heckenrosensträuchern eingefassten Weg, der zur Haustür führte. Er sah die zerzausten Sträucher, die rötlich schimmernden Hagebutten, das dunkle Pflaster des Weges, in der Ferne die unregelmäßige Linie der Dünen. Der Anblick, ein typisches Bild der Insel, gefiel ihm, aber je länger er hinausstarrte, desto trübseliger kam ihm die Landschaft da draußen vor, und am Ende, da war es schon hell und es war klar, dass Grit nicht mehr kommen würde, fragte er sich, weshalb sie hierher gegangen waren, in diese kahle, graue, abweisende Öde.

Er fragte sich auch, was er nun tun sollte. Es wurde ihm klar, dass er nicht die Geduld aufbringen würde, den Abend, die Dunkelheit abzuwarten, bevor er das Haus verließe. Er musste Grit jetzt suchen. Es konnte ihr etwas zugestoßen sein. Vielleicht lag sie in den Dünen und brauchte seine Hilfe. Vielleicht war sie auch nur zu lange bei Karl geblieben und hatte sich dann entschlossen, dort die nächste Nacht abzuwarten. Oder Karl war krank. Grit half seiner Frau, kümmerte sich um die Kinder. Es gab viele Möglichkeiten, die sie daran gehindert haben konnten, rechtzeitig zurückzukommen. Er musste sich Klarheit verschaffen.

Pit schloss die Taschen, seine und die von Grit. Er verstaute das Manuskript sorgfältig auf dem Boden von Grits kleinem Rucksack, den er auf den Rücken nahm, bevor er die Haustür öffnete, die Taschen davor auf den Boden setzte und die Haustür abschloss. Er steckte den Schlüssel in die Hosentasche und wandte sich um.

Vielleicht war der Wind zu laut, oder er war mit seinen

Gedanken zu weit weg gewesen. Er sah die vermummten Männer, die ihre Maschinenpistolen auf ihn gerichtet hatten, erst in diesem Augenblick. Sie mussten gar nicht sagen, dass er die Hände hochnehmen sollte. Er griff einfach nicht mehr nach den Taschen, sondern hielt die Hände in die Luft und wartete.

Einer der Bewaffneten hob seine Maschinenpistole ein wenig an. Pit sah, dass dessen Nebenmann den Mund bewegte, während er weiter zu ihm herüberstarrte, aber er konnte nicht hören, was der Mann sagte. Der Wind war zu heftig.

»Lass ihn«, hatte der Bewaffnete gesagt, »eine Tote reicht. Außerdem brauchen wir seine Aussage.«

Später dachte Pit manchmal, dass er die Männer vielleicht veranlasst hätte zu schießen, wenn er in diesem Augenblick gewusst hätte, dass Grit nicht mehr am Leben war. Aber sicher war er nicht.

Dominique Manotti

»Manotti gehört zu den führenden Krimiautoren der gegenwärtigen Welt. Ein literarisches Ereignis, intelligenter kann Literatur nicht sein und packender kein Krimi.« *Deutschlandfunk Büchermarkt*

»Glasklar, kühl, angriffslustig: keine politischen Kampfschriften, sondern die aufregendsten Kriminalromane, die man zurzeitfindet.« *Spiegel online*

Letzte Schicht
Aus dem Französischen von Andrea Stephani
Ariadne 1188 · 978-3-86754-188-6

Roter Glamour
Aus dem Französischen von Andrea Stephani
Ariadne 1192 · 978-3-86754-192-3

Einschlägig bekannt
Aus dem Französischen von Andrea Stephani
Ariadne 1198 · 978-3-86754-198-5

Das schwarze Korps
Aus dem Französischen von Andrea Stephani
Ariadne 1206 · 978-3-86754-206-7

Zügellos
Aus dem Französischen von Andrea Stephani
Ariadne 1193 · 978-3-86754-193-0

Ausbruch
Aus dem Französischen von Andrea Stephani
Ariadne 1218 · 978-3-86754-218-0

Abpfiff
Aus dem Französischen von Andrea Stephani
Ariadne 1197 · 978-3-86754-197-8

Schwarzes Gold
Aus dem Französischen von Iris Konopik
Ariadne 1213 · 978-3-86754-213-5

Kesseltreiben
Aus dem Französischen von Iris Konopik
Ariadne 1231 · 978-3-86754-231-9

Merle Kröger

Havarie

Ariadne 1224 · 978-3-86754-224-1 (Hardcover)
Ariadne 1232 · 978-3-86754-232-6 (Taschenbuch)

Ein Meer, vier Schiffe, verschiedene Perspektiven: ein seetüchtiger Actionthriller und ein messerscharfes Porträt Europas.

»Kollision mit der Wirklichkeit, alle Maschinen stopp! *Havarie* ist der Roman der Stunde. So kunstvoll wie politisch – muss man gelesen haben!« *Freitag*

»Das Meer der Geschichten ist ein Höllenschlund. *Havarie* gleicht einer vielfachen Fuge, für jede der Linien hat Merle Kröger einen eigenen Ton gefunden.« *Die Welt*

Grenzfall

Ariadne 1210 · 978-3-86754-210-4

1992 gab es Tote im Grenzgebiet, dann 20 Jahre Alltag im geeinten Europa und Wohlstand für alle. Für alle? Nicht ganz …

»Der europäische Kriminalroman *par excellence*. Grandios.« *kaliber.38*

Kyai!

Ariadne 1166 · 978-3-88619-896-2

Bundeswehr-Watergate im Rapsfeld, Bollywood in Berlin: furioser Politkrimi um indisches Kino, deutsche Politik und Kung-Fu.

»Turbulent, komisch, scharf beobachtet: ein Erzähl-Tsunami.« *arte*

Cut!

Ariadne 1146 · 978-3-86754-017-9

Kinoträume: Mattie Junghans gräbt in der Vergangenheit und stolpert über ein dunkles Kapitel deutsch-indischer Geschichte.

»Frei von Klischees, ein offener Stil, der wie die vielschichtigen Charaktere vom Hamburger Altnazi über die Londoner Arzthelferin bis zum Bombayer DJ ganz besonders ist.« *taz*

Monika Geier

»Monika Geier schreibt mit einer verblüffenden Leichtigkeit hervorragende Kriminalromane. So meisterhaft wie die besten britischen Krimis.« Elmar Krekeler, *Die Welt*

Wie könnt ihr schlafen

Ariadne 1110 · ISBN 978-3-88619-840-5

Jungkommissarin Boll wird in die Pampa geschickt. Da wartet ein Herrenhaus mit einer alten Babyleiche: Dorfhorror mit feinen Pointen.

Neapel sehen

Ariadne 1136 · ISBN 978-3-88619-866-5

Die Lehrerin Aurelie liegt tot im Steinbruch. Alle Finger zeigen auf die Containersiedlung. In brütender Hitze findet Bettina Boll eine Blutspur.

Stein sei ewig

Ariadne 1150 · ISBN 978-3-88619-880-1

Boll soll die Provinzvariante eines Kunstraubs aufklären. Böse Überraschung: Ein kalt inszenierter Mord schockt die Architekturfakultät.

Schwarzwild

Ariadne 1174 · ISBN 978-3-86754-174-9

Verdächtige Knochen im Wildschweingehege. Eine spurlos verschwundene Wandersfrau. Kriminalkommissarin Bettina Boll forscht nach.

Die Herzen aller Mädchen

Ariadne 1184 · ISBN 978-3-86754-184-8

Bettina Bolls große Chance: Das BKA will ihre Hilfe. Es geht um Geheimnisse in sehr alten Büchern und um Bomben …

Müllers Morde

Ariadne 1200 · ISBN 978-3-86754-200-5

Mord durch CO_2: Historiker Romanoff stellt einem Killer namens Müller nach. Bad Guy oder Rächer? Ein großes Duell beginnt.

Monika Geier

Die Hex ist tot

Ariadne 1216 · ISBN 978-3-86754-216-6

Eine Serie geöffneter Gullideckel: kein Fall für die Kripo. Nur dass im Gulli eine Leiche steckt. Boll ringt mit bösen Hexen …

Alles so hell da vorn

Ariadne 1223 · ISBN 978-3-86754-223-4

Im Frankfurter Puff wird ein Bulle erschossen, eine junge Hure ist auf der Flucht. Bettina Boll sucht die perfide Vorgeschichte.

Anita Nair

Gewaltkette

Deutsch von Karen Witthuhn · Ariadne 1226 · ISBN 978-3-86754-226-5

»Finsterer indischer Sozialrealismus, sehr geschickt verpackt in eine dicke Schicht gut geschriebener Genreprosa und humorvoller Milieuzeichnung. Ein vielfarbiges kleines Gesellschaftsporträt: weit mehr als einfach nur ein Krimi.« Katharina Granzin, *taz*

»Die Luft scheint zu vibrieren vor Aufbruchstimmung. Wie Gowda seinen Fall zusammenpuzzelt, montiert Anita Nair aus einer Vielzahl von Schlaglichtern ein düsteres Bild des indischen Silicon Valley, wie das Gebiet um Bangalore heißt.« Sofia Glasl, *Süddeutsche Zeitung*

Le Minh Khue

Nach der Schlacht

Deutsch von Günter Giesenfeld, Marianne Ngo, Aurora Ngo
Ariadne 1215 · ISBN 978-3-86754-215-9

Realistisch, lakonisch, kühl zeigt Le Minh Khue die Folgen von Krieg und Machtmissbrauch im Alltag. Literarische Sittenbilder aus Vietnam: zwei harte Novellen um Verbrechen und Familie.

Ariadne
Herausgegeben von Else Laudan

Deutsche Originalausgabe
Alle Rechte vorbehalten
© Argument Verlag 2018
Glashüttenstraße 28, 20357 Hamburg
Telefon 040/4018000 – Fax 040/40180020
www.argument.de
Umschlag und Satz: Martin Grundmann
Lektorat: Else Laudan
Druck und Bindung: CPI books GmbH, Leck
Gedruckt auf säure- und chlorfreiem Papier
ISBN 978-3-86754-235-7
Erste Auflage 2018